LE BOIS DE LUNE

DU MÊME AUTEUR
CHEZ LE MÊME ÉDITEUR

La Forge au loup
La Cour aux paons

Françoise Bourdon

LE BOIS DE LUNE

Roman

Production Jeannine Balland
Romans Terres de France

PRESSES DE LA CITÉ

ISBN 2-258-05962-3

A mes parents
A mon mari
A ma fille

1

1893

La forêt, en attente, était silencieuse. L'oiseau moqueur qui lançait ses trilles encore quelques minutes auparavant venait de se taire. Une brume épaisse, diluant les silhouettes des arbres dans un halo cotonneux, s'élevait au-dessus de la rivière. Une puissante odeur d'humus et de champignon imprégnait l'atmosphère. Les fougères s'écartèrent avec un bruissement. Le jeune homme qui descendait le sentier s'arrêta quelques instants à l'ombre de la futaie. Il connaissait chaque arbre, et, pourtant, il éprouvait toujours le même plaisir à parcourir sa forêt.

Il portait un costume de velours marron, des guêtres et allait tête nue, contrairement à son père qui ne sortait jamais sans un couvre-chef.

Le fusil à l'épaule, il attendit. Il n'était pas pressé. Cela faisait plusieurs jours qu'il guettait le vieux solitaire. Chasser faisait partie intégrante de la vie de Clément Descharmes, au même titre que bûcheronner. Son père lui avait offert sa première carabine alors qu'il avait à peine sept ans en lui rappelant que chez eux, on naissait chasseur.

Clément se souvenait des petits matins brumeux, du bol de soupe brûlante bu debout — « comme un paysan » prétendait Viviane, la femme qui l'avait élevé —, des aboiements rageurs des chiens. Il y en avait quatre à la Croix-Haute. Pataud, Sultan, Vaillant et Finaud. Des chiens au poil rêche, à la ténacité hargneuse, qui n'avaient pas pour habitude de lâcher leur proie. Sultan était le seul survivant de la meute. Georges Descharmes ne chassait plus que de loin en loin. La goutte et l'arthrite l'en empêchaient. Du coup, il s'était désintéressé de ce qui avait été pourtant pour lui une véritable passion. Il vivait désormais reclus dans son bureau, une pièce sombre aux murs couverts de livres, dans laquelle il recevait pour d'interminables conciliabules son ami Parizot, le notaire de La Neuville-aux-Bois.

« Combien de fois vas-tu refaire ton testament ? » lui lançait à intervalles réguliers son épouse, Marie-Renée.

Clément n'avait jamais été très proche de ses parents. Il avait longtemps souffert de leur froideur, en se demandant quelle faute il avait bien pu commettre.

Donner un âge à Marie-Renée Descharmes n'était pas chose aisée. Toujours vêtue de noir, portant le deuil d'une bonne partie de sa parentèle, elle se préoccupait surtout de l'ouvroir qu'elle avait créé au village et de l'église. Peu expansive, elle avait rarement manifesté quelque tendresse à son dernier fils. Viviane, pourtant, prétendait volontiers que les culots, ou tard-venus, étaient souvent plus gâtés que leurs aînés. Clément n'avait jamais osé calculer quel âge pouvait avoir sa mère à sa naissance. Son frère Arnaud et sa sœur Célia étaient ses aînés de dix-neuf et dix-huit ans. Cette différence d'âge importante l'avait privé des joies de la vie en fratrie. Arnaud, qui avait épousé la fille unique du propriétaire d'une scierie en Haute-Marne, s'était établi dans cette région riche en exploitations forestières. Célia vivait en Belgique. Ce qui faisait dire à Marie-Renée d'un ton acerbe : « Il ne reste plus que toi, mon garçon, pour sauvegarder la Croix-Haute. »

Cette responsabilité pesait parfois lourdement sur les épaules du jeune homme. A vingt-deux ans, il aspirait à découvrir le monde, tout en sachant la force des liens qui le retenaient à la Croix-Haute.

Le domaine, œuvre de son aïeul, Jean Descharmes, s'étendait sur plusieurs hectares de forêt. Essentiellement des chênes et des pins sylvestres, qui avaient été implantés près d'un siècle auparavant. La demeure, à l'origine une maison forestière, avait subi différents aménagements au fil des ans. Le bâtiment principal, tout en pierres et ardoises, était flanqué de deux ailes symétriques. Chaque fois qu'il apercevait le toit de la Croix-Haute, Clément éprouvait un coup au cœur.

Là-bas, vers les Hauts, les scieurs de long s'activaient en sifflotant. Il aimait la compagnie de ces hommes rudes à la peine, qui se louaient en général pour une saison avant de repartir ailleurs. Dans leur sac jeté sur l'épaule, ils portaient leurs outils qui leur permettaient d'édifier une hutte en quelques heures. Le même amour de la forêt les unissait.

Le bois craqua, vers le Chêne à l'Image. Clément avait toujours entendu Viviane appeler ainsi ce vieil arbre monumental, dans le tronc duquel un dessin étrange, sans réelle signification, était gravé.

En alerte, il s'immobilisa tandis que surgissait des taillis son vieil ennemi. Le poil gris et rêche, l'allure massive, il paraissait presque débonnaire. Clément, cependant, savait que le solitaire était responsable de nombreux dégâts commis sur les terres de la Croix-Haute. La compagnie, composée des laies et de leurs petits, devait chercher sa pitance ailleurs. Le vieux mâle était seul. Clément le vit humer l'air. Il ne pouvait pourtant l'avoir repéré car il se trouvait contre le vent.

Il épaula, visa. Avant même que le coup ne parte, le solitaire avait chargé. Clément n'eut que le temps de pivoter sur lui-même et de se jeter au creux d'un fourré. Le sanglier fonça à côté de lui en grognant. Il dégageait une forte odeur, à la fois sauvage et douceâtre. Il s'enfonça dans le sous-bois, en écrasant de jeunes pousses sur son passage. Clément se redressa. Il était furieux, contre le vieux mâle et contre lui-même.

— Rien de cassé ? lança une voix moqueuse derrière lui.

Il se retourna, tout en continuant de tapoter ses vêtements et s'immobilisa.

La fille qui venait de le héler était d'une beauté saisissante. Des cheveux bouclés, de couleur fauve, encadraient un visage au teint clair, aux traits réguliers. Les yeux, gris-vert, se plantèrent dans le regard de Clément.

— Eh bien ? reprit l'inconnue. Vous avez raté le vieux solitaire ? C'est aussi bien ainsi.

Elle le considérait avec un intérêt non dissimulé. Elle était grande, élancée, et avait fière allure malgré ses vêtements rapiécés. La main posée sur l'encolure d'un grand chien noir, aux aguets, elle donnait l'impression de n'avoir peur de rien.

— Je m'appelle Eloïse, enchaîna-t-elle.

Clément lui répondit « Bonjour », sans se présenter.

L'aisance dont elle faisait preuve le désarçonnait. Tout, dans son allure, ses paroles, dénotait une liberté qu'il n'était pas habitué à côtoyer. Les jeunes filles qu'il apercevait de temps à autre à la Croix-Haute étaient compassées et timides. Rien de comparable avec la flamboyante Eloïse.

Ils échangèrent un regard incertain.

La jeune fille accentua sa pression sur l'encolure du chien, qui grondait.

— Belle bête, lança Clément, pour dire quelque chose, briser le silence, devenu pesant.

— Rousseau ne chasse pas, répliqua vivement Eloïse.

Elle rejeta ses cheveux en arrière. Le mouvement mit en valeur ses seins, que Clément devinait ronds, et libres, sous le caraco de toile. Il se racla la gorge. Cette fille lui donnait l'impression de pouvoir influer sur le cours de sa vie. A ses côtés, n'importe quelle folie paraissait réalisable.

— Vous habitez la Croix-Haute.

Ce n'était pas une question. Clément savait déjà que la fille et lui appartenaient à deux mondes différents. Il se risqua, pourtant, à lui demander s'ils se reverraient.

Elle haussa les épaules.

— Pour quoi faire ? répondit-elle avec une pointe d'insolence.

A cet instant, il lui envia sa liberté de ton et d'allure.

Lui était corseté depuis l'enfance dans un univers jalonné d'interdits. Il était certain qu'on n'avait jamais recommandé à Eloïse de se tenir droite, de ne pas pleurer, de ne pas donner libre cours à ses émotions, de ne pas se salir ni déchirer ses vêtements... Il ne pensa pas que cette liberté s'assortissait de contraintes liées à la faim et à la précarité. Il ne voulait prendre en compte que l'indépendance dont elle paraissait jouir avec un bonheur communicatif.

— J'ai envie de vous revoir, voilà tout, osa-t-il dire.

Le regard d'Eloïse s'éclaira.

— Dans ce cas, ouvrez l'œil. Je vis dans la forêt.

Elle s'éloigna sur un signe de la main. Il suivit des yeux sa silhouette dansante ; reprit le chemin de la Croix-Haute. L'envie de chasser lui était passée.

Clément s'immobilisa quelques instants sur le seuil de la cuisine avant de signaler sa présence. Déjà, lorsqu'il était enfant, c'était là, auprès de Viviane, qu'il venait chercher refuge. La cuisine de la Croix-Haute, vaste et claire, s'ordonnait autour de la cheminée monumentale. Clément se souvenait de longs moments passés devant cette cheminée, à contempler les flammes. Il pouvait décrire de mémoire la crémaillère, vieille de plus d'un siècle, qui y pendait. Un arsenal impressionnant l'accompagnait. Pelles à feu, pincettes, tisonnier, cuillère à sauce, fourchette à deux dents, louche en bois, écumoire, mains de fer composaient un décor évocateur pour l'amateur de bonne chère qu'était Clément.

Les chenets massifs — Viviane affirmait qu'ils pesaient près de cent livres — étaient ornés de têtes de sphinges qui avaient longtemps intrigué Clément. De longues allumettes, les togeardes, fabriquées à Toges, en pays d'Ardenne, étaient utilisées pour allumer les bûches livrées chaque semaine par Clotaire, le vieux bûcheron.

Tout un attirail — Viviane l'appelait son « bazar à trois sous » — s'amoncelait sur la corniche courant au-dessus de la cheminée. On trouvait là aussi bien des chandeliers que des lampes, des cafetières, des fers à repasser en fonte, de petits gaufriers en forme de cœur, la boîte à sel, et celle à épices.

Clément se rappelait fort bien qu'un soir, il avait le cœur si lourd que Viviane avait tiré de sa corniche une boîte à couture.

« Mets-la sous ton lit, lui avait-elle suggéré sans rire, et pense bien à tes soucis avant de t'endormir. Au petit matin, ils seront enfermés dans la boîte et... pfft ! on n'en parlera plus. »

Viviane possédait ainsi des recettes pour tout. A croire que son mot préféré était ce fameux « pfft ! » dont elle accompagnait son bisou guérisseur lorsque Clément se couronnait les genoux. La gouvernante de la Croix-Haute avait réchauffé son enfance austère.

— Hé ! te voilà bien arrangé ! lui lança-t-elle en se retournant vers lui.

Elle préparait une jotte à la saucisse, chou blanc, lard maigre et saucisses fumées mis à cuire ensemble dans une cocotte, qu'elle accommodait à sa façon avec des bettes et des herbes de son jardin.

Clément, d'un revers de main, ôta les feuilles mortes et les brindilles qui étaient restées accrochées à ses vêtements.

— Le vieux solitaire m'a encore échappé, avoua-t-il, l'air piteux.

Viviane, le chignon en bataille, brandit son écumoire d'un geste menaçant.

— C'est bien fait pour toi, mon garçon ! Ce vieux sanglier, c'est un peu l'âme de la forêt. Laisse-le donc finir ses jours en paix.

Il la regarda durant quelques instants sans mot dire. Il prenait douloureusement conscience du fait que Viviane avait vieilli, elle aussi. C'était une femme à la stature imposante, aux cheveux grisonnants tirés en chignon, au sourire empreint de bienveillance. Lorsqu'il évoquait ses souvenirs d'enfance, c'était Viviane qu'il voyait, et non ses parents.

Elle tendit la main, comme pour lui ébouriffer les cheveux, avant de suspendre son geste.

— Clément, mon garçon... j'aimerais tant que tu traces ton chemin dans la vie. Le bonheur... mon Dieu ! ce n'est pas une idée pour nous. Mais toi, si tu le veux vraiment...

Elle savait à peine lire et écrire mais lui avait enseigné l'essentiel. L'amour de sa forêt, de la vie, une certaine opiniâtreté, assortie d'un réel courage, physique et moral.

Elle tira un mouchoir de la poche de son grand tablier blanc, s'essuya le front. Rester au-dessus de la cuisinière lui donnait des suées.

— Je m'en vais te préparer un bon café, reprit-elle.

Clément connaissait à l'avance chacun de ses gestes. Le café était sacré pour Viviane. Pas question d'en gaspiller un seul grain ! Elle cala le moulin à café entre ses cuisses, tourna allègrement, après avoir vérifié que le tiroir était bien coincé vers elle. Clément se rappelait avoir un jour tout laissé tomber. Ce jour-là, il avait reçu une gifle magistrale assortie d'un sermon sur la nécessité de ne pas gaspiller.

L'eau frémissait sur la cuisinière. Viviane se leva, versa le contenu du tiroir dans le filtre de la cafetière. Clément sourit en la voyant jeter une petite pincée de sel sur le café fraîchement moulu.

— A ce que je vois, tu n'as pas perdu tes bonnes habitudes !

Viviane approuva du chef.

— Il fera beau voir le jour où je mettrai de la chicorée dans mon café ! Je ne suis pas née de l'autre côté de la frontière, moi !

Elle faisait ainsi allusion aux voisins belges, réputés pour utiliser beaucoup trop de chicorée à son goût.

Sa cafetière soigneusement maintenue au chaud, Viviane entreprit de verser l'eau à petites doses. Elle avait pris la précaution de placer un minuscule bouchon de liège à la buse de la cafetière afin de ne rien perdre du précieux arôme.

— Eh bien ? demanda-t-elle après avoir servi Clément.

Elle-même boirait le contenu de sa tasse debout, comme d'habitude.

Clément sourit.

— Délicieux. Il n'y a pas de meilleure cafteuse !

Il avait la langue levée pour demander à Viviane si elle connaissait une belle fille rousse mais y renonça au dernier moment. Quelle importance ? se dit-il.

2

La nuit était glacée. Le vent du nord soufflait sur les Hauts. De gros nuages noirs se pourchassaient dans le ciel à la clarté d'une lune presque pleine. Eloïse resserra autour d'elle les pans de sa cape. C'était un vieux vêtement sans âge, qui avait dû connaître le bagne de Nouvelle-Calédonie. Il sentait le suint et la sueur. Rousseau et elle se le partageaient souvent, lorsqu'ils passaient la nuit à la belle étoile. Telle quelle, cette cape noire, qui n'avait plus de réelle couleur, la rassurait.

Eloïse avait occulté tous ses souvenirs d'enfance précédant son arrivée dans les Ardennes. Elle se rappelait avoir cheminé longtemps aux côtés de son père.

« Regarde ! lui avait-il dit depuis le pont de Château-Regnault, c'est le pays où nous allons vivre. » Par ces simples mots, il lui offrait un refuge. Eloïse, du haut de ses six ans, avait contemplé la Meuse, plus grise que bleue, et la forêt qui barrait l'horizon. Elle s'était alors sentie chez elle.

Son père, Félicien, n'avait pas été le seul communard à venir se cacher en Ardenne. Des amis parisiens l'avaient fait avant lui. Le pays offrait un refuge apprécié, d'autant que nombre d'habitants étaient partisans du Vieux, le respecté Jean-Baptiste Clément, qui y avait séjourné à plusieurs reprises.

Elle avait vécu deux ans dans la forêt avec son père, jusqu'au jour où Félicien Mazet était mort, à force de cracher du sang et d'étouffer. Eloïse, le cœur serré, se rappelait cette cérémonie étrange, à laquelle les vieux amis de son père étaient venus assister. Tous avaient repris *Le Temps des cerises* pendant que Scipion et Ludovic, ses compagnons de travail, dans le faubourg Saint-Antoine, enterraient son corps au pied d'un chêne. Pas question, en effet, d'avoir recours au prêtre ni même au fossoyeur de la commune. Les proscrits de la forêt tenaient avant tout à sauvegarder leur indépendance.

C'étaient Scipion et Louise, sa compagne, ancienne institutrice, qui avaient recueilli Eloïse. Elle avait vécu une adolescence en marge dans leur cabane. Si Louise lui transmettait ses connaissances, Scipion se chargeait de son éducation. « Tu es libre, lui répétait-il, c'est là notre force et c'est bien pour cette raison qu'ils nous en veulent autant. »

Ils, c'étaient les bourgeois, les nantis, ceux qui possédaient une maison, un jardin, n'importe quoi...

« Moi, rien ne me retient, proclamait fièrement Scipion, Louise et moi ne sommes même pas mariés. A quoi ça servirait ? Nous ne nous aimons pas moins pour autant ! » C'était vrai. L'institutrice et le menuisier étaient unis par des liens étroits, une complicité sans faille. Quoi qu'il arrive, Eloïse savait qu'elle trouverait, auprès d'eux, soutien et réconfort.

Ils vivaient de la forêt, écorçant les chênes, ramassant du bois mort, dérobant à l'occasion du bois de lune, à la nuit.

Louise, qui n'avait pas oublié sa vocation pédagogique, faisait office d'écrivain public. Elle n'avait pas son pareil également pour préparer des plats savoureux à partir d'herbes cueillies au hasard de ses promenades. Sa mère, Vendéenne, lui avait appris les pouvoirs des simples, science qu'elle avait transmise à son tour à Eloïse.

La jeune fille huma l'air de la nuit.

— Ça sent le roussin, murmura-t-elle à l'oreille de son chien. Je crois bien que nous ferions mieux de rester tranquilles, toi et moi.

Rousseau était blatté, il portait sur son dos une lourde charge.

Elle était allée chercher aux baraques, de l'autre côté de la frontière, de quoi approvisionner ses pratiques habituelles en tabac et en café. Depuis l'enfance, elle fraudait. C'était pour elle autant une nécessité de survie qu'un besoin, comme si elle avait sans cesse éprouvé le désir de se lancer de nouveaux défis.

« Un jeu de cache-cache », résumait son vieil ami Vincent, qui lui avait transmis la plupart de ses secrets. Vincent, homme sec à la silhouette noueuse, ne vivait que pour la forêt. Depuis des années, les douaniers tentaient de le surprendre en flagrant délit, sans succès.

« Je les sens venir lorsqu'ils sont sur mes traces, prétendait-il en plissant le nez, et puis, j'ai mon chien. Noiraud me prévient dès qu'ils sont dans le coin. »

« Ils », c'étaient les ennemis jurés, les gabelous, qui utilisaient mille et une ruses pour piéger les contrebandiers.

Eloïse s'installa au creux d'un taillis après s'être ménagé un espace suffisant. Le dos contre le tronc d'un vieux chêne, protégée par sa cape avec Rousseau contre elle pour mieux lui tenir chaud, elle se sentait en sécurité.

Elle s'endormit d'un coup.

Louise touilla son ragoût avant de se retourner vers l'arrivante.

— Hé ! te voilà donc, petite ! Je commençais à me demander si tu n'avais pas eu des ennuis avec les hommes en bleu.

Les hommes en bleu… l'ancienne institutrice appelait ainsi les douaniers, en référence à leur uniforme.

C'était une femme menue, aux cheveux tirés en un chignon strict. Toujours vêtue de noir, elle possédait une énergie impressionnante qui faisait parfois dire à Scipion : « Ma pauvre Louise, tu me donnes le tournis à t'agiter ainsi ! Tu ne peux donc pas te poser ? »

Ce à quoi Louise rétorquait, superbe : « Pour moi, s'arrêter, c'est mourir. »

— J'ai dormi dans la forêt, expliqua Eloïse.

Elle ôta sa cape, qu'elle pendit à un crochet, et se réchauffa les mains au-dessus du feu. Rousseau s'affala sur le sol en terre battue.

Eloïse s'empressa auprès de son chien qu'elle délivra de sa charge.

— C'est vraiment une brave bête, apprécia Louise, le flattant au passage.

Elle-même n'avait pas de chien mais des lapins, dont elle s'occupait avec des soins jaloux. Elle les aimait tant, ses lapins, qu'elle refusait de les tuer. C'était Scipion qui se chargeait de cette tâche.

— Bois ça, reprit Louise.

Elle posa sur la table de bois un bol de café brûlant. Eloïse s'y réchauffa les mains avant de boire.

— Une nuit dehors... à la fin de l'automne ! Encore heureux si tu ne prends pas mal.

— Pas de danger, répliqua Eloïse avec insouciance. Tu sais que je suis forte. La forêt, ça vous endurcit.

Louise ne répondit rien parce qu'elle devinait ce que la jeune fille pensait. Marquée par la mort de son père, elle refusait sa propre vulnérabilité. Elle se voulait forte. Indestructible, comme le vieux Chêne à l'Image.

Elle jeta un coup d'œil autour d'elle. Elle ne se souvenait pas vraiment d'un autre décor. La vie avait toujours été précaire dans la cabane au confort plus que spartiate. Au fil des années, Scipion avait agrandi son « domaine », comme il disait, en bâtissant une sorte d'auvent qui offrait un espace supplémentaire aux beaux jours. On cuisinait très simplement chez Louise et Scipion. Le couple dormait dans une sorte d'alcôve aménagée dans un coin de la salle. Scipion, si peu attaché aux choses matérielles, avait tenu à confectionner un lit de reine pour Louise. Il avait longuement arpenté la forêt avant de choisir un merisier lui paraissant convenir. Il l'avait abattu lui-même, avait utilisé ses outils d'antan — le bédane et le ciseau, le burin, la guimbarde, le néron et plusieurs dizaines de gouges — dont il ne s'était jamais séparé pour travailler le bois.

Le lit, une merveille sculptée de fleurs dans la masse du bois, donnait toute son originalité à la cabane.

« Nous sommes pauvres mais nous vivons comme des seigneurs, aimait à répéter Scipion, à notre guise. »

Des livres s'amoncelaient sur les étagères couvrant le mur opposé à la cheminée. Ces ouvrages avaient été les compagnons d'enfance d'Eloïse. Hugo, Dumas, Rousseau, Voltaire, Proudhon... autant de maîtres qui l'avaient confortée dans son désir de vivre libre.

Elle se leva, alla rincer son bol sur la pierre à évier.

— Tu vas manquer d'eau, Louise, je vais t'en chercher au puits, proposa-t-elle.

Se retrouver dans son cadre familier l'aidait à reprendre peu à peu contact avec la réalité. Elle avait fait un rêve étrange, durant la nuit. Elle ne s'en souvenait pas vraiment, elle revoyait simplement le fils de la Croix-Haute penché sur elle. Elle avait eu peur, en se réveillant, et c'était pour elle une sensation curieuse, presque inconnue.

Louise lui fit remarquer qu'elle avait l'air fatiguée. Eloïse haussa les épaules avec insouciance.

— La belle affaire ! Une bonne nuit et il n'y paraîtra plus.

Elle dormait dans une pièce attenante, où l'on rangeait le linge et des livres, toujours des livres. Son lit, fabriqué aussi par Scipion, était orné d'un arbre de la liberté.

— Qu'est-ce que tu sais sur ceux de la Croix-Haute ? questionna la jeune fille tout à trac, en alignant les paquets de tabac sur la table.

Louise eut un claquement de langue réprobateur.

— Des gens de l'autre côté, à coup sûr. La mère est une grenouille de bénitier. A croire qu'elle cherche à se faire pardonner quelque chose de pas joli-joli, pour aller si souvent à vêpres ! Le père... il est vieux, et aigri. Il ne s'intéresse plus beaucoup à son travail. Heureusement que son fils est là pour prendre la relève... Un gars sérieux, à ce qu'il paraît.

Eloïse aurait pu, alors, poser d'autres questions, mais elle ne le fit pas. « Des gens de l'autre côté », avait dit Louise, et cela résumait tout.

3

Chaque fois qu'elle franchissait le seuil du château, comme disaient les gens du village, Julia Laforgue éprouvait une sensation d'oppression. La maison trop grande, imposante, était bâtie au milieu d'un parc. L'allée qui y menait était bordée de peupliers. Lorsqu'elle était enfant, Julia appelait les arbres ses « amis ». Sa mère en souriait, et la laissait faire. Elle lui avait expliqué une fois qu'il fallait prendre le temps d'implanter leurs racines dans ce nouveau pays, qui n'était pas vraiment le leur. Le jour où elle était partie, Julia avait voulu mourir. Elle était montée au grenier, avait accroché une corde à la plus grosse poutre, glissé sa tête dans le nœud coulant... La corde s'était rompue net, lui laissant seulement une marque violacée autour du cou. Le soir, au cours du souper, le regard du père avait pesé sur la meurtrissure. Il n'avait rien dit cependant. Pas un mot. Julia en aurait volontiers hurlé de rage et d'humiliation. Cela n'aurait servi à rien. Elle s'était donc tue.

La jeune fille ôta ses sabots, qu'elle laissa sur le paillasson prévu par Marcelle. C'était une femme du village qui venait s'acquitter des soins du ménage, et en profitait pour colporter une foule d'histoires sur les Laforgue. Ils intriguaient. Le père était arrivé de Touraine après la guerre de 1870 et avait acheté le château et la saboterie.

« Il n'a pas l'allure d'un gars honnête » chuchotait-on dans son dos, mais, comme il n'y avait pas d'autre moyen de gagner trois sous, chacun gardait ses commentaires pour soi. Laforgue, s'il était rude en affaires, donnait du travail. On le critiquait, tout en le respectant, car il savait mener sa barque. Un homme fort, dans ce pays rude où le vent soufflait sans répit et où l'humidité vous glaçait.

Julia s'arrêta dans le vestibule de vastes dimensions, et jeta un coup d'œil discret au miroir piqueté. Elle ressemblait de plus en plus à sa mère avec son front bombé, ses cheveux blond cendré et ses yeux turquoise.

« Ma belle, tu es un remords pour ton père » lui avait dit un jour Marcelle.

Julia avait ri. Un rire qui dissimulait un sanglot. Avait-on jamais vu Laforgue éprouver quelque remords ? C'était un homme qui traçait son chemin sans se préoccuper d'autrui. D'ailleurs, le jour où Rosalie, sa femme, l'avait quitté, il avait décidé d'agir comme si elle n'avait jamais existé. C'était pour lui le seul moyen de surmonter l'humiliation infligée.

Face à l'enfant qui lui rappelait l'épouse infidèle, Laforgue se cantonnait à une indifférence obstinée. Chaque fois qu'il croisait le regard de sa fille, il détournait la tête. Julia avait fini par ne plus y prêter attention. Elle pressentait qu'elle serait sauvée du silence dans lequel elle se murait le jour où son père disparaîtrait. Cette pensée faisait naître en elle des sentiments ambivalents, culpabilité et espoir mêlés. Cela lui faisait peur, parfois. Tout comme sa vie, qu'elle imaginait placée sous la férule d'un père intransigeant et vindicatif.

— Ton père a de la visite, fit Marcelle.

Elle désigna d'un coup de menton la porte du bureau de Laforgue, la seule pièce, avec la cuisine, à être chauffée dès les premiers frimas.

Julia ne posa pas de question, ce qui déçut fort Marcelle.

— C'est un monsieur, poursuivit-elle, incapable de garder le silence.

Et d'enchaîner, en décrivant le costume de velours et le chapeau de feutre du visiteur.

Julia ne pipait mot. Agacée, la femme de journée approcha la main trop près de la marmite en fonte dans laquelle rissolaient les lardons. Elle se brûla, fit une grimace.

Impassible, Julia ne broncha pas.

« Bien la fille à son père ! » marmonna Marcelle.

Elle détestait Laforgue, dont elle aurait volontiers réchauffé le lit, si seulement il l'avait gratifiée d'une œillade. Hélas... le « patron », comme on l'appelait, ne semblait même pas s'apercevoir de sa présence. Il se chuchotait qu'il avait une bonne amie à Charleville, qu'il visitait une fois par semaine, le jour où il allait à sa banque mais Marcelle n'y croyait guère. Qui aurait voulu d'un bonhomme mal embouché comme lui ? « A moins de payer grassement... » chuchotait la vieille Mélie, qui venait retaper les matelas de laine.

— Tu n'es pas curieuse, insista Marcelle, tout en mouillant son ragoût.

Laforgue aimait les plats roboratifs. Lorsqu'il sortait de table, il tapotait d'un air satisfait sa chemise tendue sur la panse rebondie. Il lui fallait plusieurs plats de résistance, du gibier préparé avec des pommes de terre, beaucoup de viande et de fromages, le tout copieusement arrosé des meilleurs crus.

Julia, elle, se contentait de fort peu de chose. Marcelle avait souvent tendance à mépriser la jeune fille. Elle redoutait son père, — ça oui ! —, tout en reconnaissant qu'il était un sacré meneur d'hommes.

Agacée, Julia sortit de la cuisine sans prononcer un mot.

Il suffisait de quitter la maison, de couper par le jardin pour atteindre les bâtiments situés en bordure de la rivière. La saboterie avait toujours représenté un refuge pour Julia. Elle aimait à venir sur le chantier. Elle observait le tronçonnage des arbres, effectué par une grande scie va-et-vient que deux ouvriers tenaient. Elle frissonnait chaque fois que les blocs ainsi obtenus étaient fendus, à l'aide d'un maillet en bois et de coins de fer, en quartiers d'un volume supérieur à celui du sabot terminé.

Elle poussa la porte de l'atelier. L'odeur familière de bois et de poussière la prit à la gorge. Alfred, l'ouvrier le plus âgé, n'eut pas besoin de relever la tête pour savoir qui venait.

— Bonjour Julia, lança-t-il. Tu as raté de peu le père Deschармes.

Saisie, elle ne répondit pas tout de suite. C'était donc là le mystérieux visiteur dont la présence au château intriguait tant Marcelle ? Elle le connaissait de réputation. On le disait grand seigneur ; c'était un héritier, à la différence de son père, qui se vantait parfois d'avoir bâti sa fortune grâce à la guerre de 1870.

— C'est toi, Alfred, que je suis venue voir, déclara-t-elle enfin.

Le vieux sabotier courbé sur son établi se redressa légèrement pour lui adresser un clin d'œil complice. Il l'avait aidée à surmonter son désespoir, après la fuite de sa mère, en l'initiant aux différentes étapes de la fabrication des sabots. Elle savait, aussi bien que son père, que les ouvriers travaillaient toujours par deux. Le planeur, qui devait donner au quartier de bouleau la forme extérieure du sabot, œuvrait sur son propre établi, qu'on nommait la cape. Il utilisait la plaque et la talonnière. L'extrémité de cet outil, qui se terminait en crochet, était placée dans un anneau fixé à l'établi. De cette façon, le planeur avait une main libre. Tandis qu'il tenait l'outil par le manche, l'autre main présentait le quartier de bois sous chacune de ses faces au tranchant de la lame.

Alfred, lui, travaillait sur la coche, un autre type d'établi. Une grosse gouge, un maillet, une tarière et une suite de cuillers étaient placés dans un bac, juste sous la paire de sabots à creuser qu'une cale maintenait sur la coche.

Alfred lui tendit une gouge.

— Voyons voir si tu n'as pas perdu la main...

Il lui avait tout appris longtemps auparavant, alors qu'elle n'était encore qu'une fillette qui répétait qu'elle voulait mourir.

Le jour où elle avait achevé de creuser son premier sabot, ça avait été pour elle comme une seconde naissance.

«Tu vois, tu es capable de bâtir, toi aussi» lui avait dit Alfred, qui comprenait beaucoup de choses et devinait le reste. De minuscules fragments de copeaux de bois parsemaient ses cheveux grisonnants et ses moustaches.

Là, dans l'atelier où le givre ourlait les fenêtres dès les premiers frimas, elle avait connu ses seuls moments de bonheur.

Elle saisit d'une main ferme l'outil avec lequel elle s'était blessé les mains, étant enfant, le mania avec aisance.

— Tu travailles plus finement que ton père, approuva Alfred, en connaisseur.

Personne ne fit chorus. Même absent, Laforgue inspirait de la crainte.

Julia sourit à son vieil ami.

— Quand ta main ne t'obéira plus, viens donc me chercher !

C'était une plaisanterie dont ils usaient volontiers tous les deux une dizaine d'années auparavant. Cette fois, cependant, le visage du sabotier se ferma.

— N'y compte pas trop, ma belle. Je me serai fait sauter la cervelle avant. Mes mains... bon sang ! c'est mon gagne-pain.

Elle refusa de prêter attention à la détresse qui perçait dans la voix du vieil homme. D'ailleurs, Marcelle la hélait depuis le haut du chemin, lui enjoignant de se presser.

Elle reposa la gouge et le sabot sur la coche, tapota l'épaule d'Alfred d'un geste empreint de maladresse. Elle aurait voulu lui dire qu'elle l'aimait bien mais ce n'était pas le moment. Elle gratifia Maurice, le planeur, d'un simple hochement de tête.

Relevant ses jupes, elle se hâta vers Marcelle.

Julia se sentit rougir sous le regard pénétrant de son père. Pour une fois qu'il daignait baisser les yeux sur elle, rien n'allait lui échapper ! Il avait à coup sûr remarqué les taches de boue qui maculaient sa jupe, ses cheveux décoiffés par le vent et ses sabots crottés qu'elle n'avait même pas songé à ôter.

— Pardonnez-moi, balbutia-t-elle. J'étais aux ateliers et...

Découragée, elle n'acheva pas sa phrase. Comment Laforgue pourrait-il comprendre ce besoin qu'elle éprouvait d'aller se réfugier auprès d'Alfred ? Il ne s'intéressait pas à ce qu'elle faisait ni pouvait penser. Une seule chose lui importait : la rentabilité des ateliers.

— Va donc te changer, on croirait une bohémienne, laissa-t-il tomber sèchement.

Son invité amorça un geste d'apaisement.

— Votre fille est tout à fait charmante, mon cher Laforgue.

Julia se sentit tout à coup jolie sous le regard du vieux monsieur. C'était une sensation particulièrement réconfortante.

— Nous vous attendons donc demain à la Croix-Haute, reprit-il en se tournant vers le maître de maison.

Il sourit à Julia.

— Vous aussi, mademoiselle, naturellement. Mon épouse sera ravie de faire votre connaissance.

Médusée, elle acquiesça d'une inclinaison de tête. Il

y avait si longtemps qu'elle rêvait de sortir de ce monde clos dans lequel elle étouffait.

— Eh bien, à demain, osa-t-elle murmurer.

Laforgue fit peser sur elle son regard impénétrable. Une nouvelle fois, elle se demanda si elle avait quelque importance pour lui. Longtemps, la force de la haine qu'elle lui vouait l'avait aidée à rester en vie.

«Je veux partir d'ici» pensa-t-elle farouchement.

4

Marie-Renée Descharmes vérifia d'un coup d'œil que tout était en place dans le petit salon. Meubles Charles X cirés, tapis ronds brossés, fenêtres à petits carreaux astiquées de frais le matin même, rideaux au tombé parfait... Le feu réchauffait agréablement la pièce située au nord, afin de préserver la couleur des tentures.

Marie-Renée s'approcha de la fenêtre, posa furtivement le front contre la vitre froide. L'hiver serait vite là ; les premières gelées avaient surpris les habitants de la Croix-Haute le matin même, excepté Viviane qui les avait « senties venir », comme elle disait. Marie-Renée se demandait parfois ce qu'ils seraient tous devenus sans Viviane. C'était elle l'âme du domaine.

La forêt, or et flamme mêlés, avait toujours exercé sur elle une troublante fascination. C'était un monde qui lui était resté étranger, malgré sa proximité. Pour la Retheloise venue de la plaine, la forêt ardennaise était un univers inconnu, lourd de menaces.

Elle n'avait pu fermer l'œil durant sa première nuit passée à la Croix-Haute. Le brame du cerf avait stimulé les ardeurs de son jeune époux. Les dents serrées, Marie-Renée s'était répété les phrases convenues que sa mère lui avait chuchotées le matin du mariage. Il était tout à fait normal d'être surprise par les exigences de son mari. C'était dans l'ordre des choses. Il suffisait de penser aux enfants à naître. Le destin de la femme était de subir et de prier.

Subir et prier... deux mots que Marie-Renée avait mis en pratique, durant de longues années. Elle aurait aimé, parfois, se rebeller, crier bien fort qu'elle avait rêvé d'une tout autre vie. A quoi bon ? Georges, son époux, n'aurait pas compris. Il partait du principe qu'elle devait être satisfaite de son sort du moment qu'il lui assurait une aisance matérielle. Lui n'était pas homme à prêter quelque attention aux états d'âme de sa femme. Accoutumé à trimer dès l'enfance, dans les pas de son père, il lui suffisait d'arpenter ses bois pour se sentir bien. Il avait tout appris sur le terrain et avait transmis ses connaissances à ses fils.

Tailler les blancs bois en hiver, peler les chênes à la montée de la sève au printemps, tailler ensuite les chênes. Un éternel recommencement... tout en suivant l'évolution de chaque futaie, de chaque pièce de bois. Clotaire, le plus âgé des bûcherons, avait enseigné à Clément le meilleur moyen d'abattre un chêne.

Clément... Marie-Renée pinça les lèvres. Ce garçon la tenait en souci. Elle s'était longtemps déchargée de son éducation sur Viviane, cela lui paraissait être la meilleure solution. De toute manière, le petit garçon manifestait une nette préférence pour la gouvernante de la Croix-Haute. Marie-Renée s'en souciait peu. L'enfant, tard venu, n'avait pas été élevé avec ses frère et sœur. Trop d'années les séparaient. Arnaud avait dix-neuf ans, Célia dix-huit à la naissance de Clément. Les commères avaient jasé quelque temps, en suivant d'un regard moqueur Marie-Renée qui poussait le landau haut sur roues et puis, elles avaient fini par se lasser. Madame Descharmes, cependant, devinait aisément ce qu'elles pensaient : « Pour une fois qu'une bourgeoise se fait prendre comme nous ! Un enfant à quarante ans passés... diable ! malgré les différences de situation, nous sommes bien toutes les mêmes, nous les femmes ! »

Elle avait vite chargé Viviane de promener le bébé. Au fil des jours, Viviane avait pris en charge l'éducation du « culot », comme elle appelait le dernier-né des Descharmes. C'était elle qui avait déniché une nourrice jeune et en bonne santé, Philomène, elle qui avait pris la décision de sevrer Clément, à quinze mois. Elle veillait jalousement à ce que l'enfant soit emmailloté suivant les règles très strictes en vigueur, porte un béguin de piqué blanc et l'indispensable mouchoir de cou destiné à soutenir sa tête. Marie-Renée la laissait faire. Une relation curieuse s'était établie entre les deux femmes. Comme une passation de pouvoirs.

Marie-Renée jeta un coup d'œil agacé à la pendule qui marquait quatre heures. Ces parvenus de Laforgue étaient en retard. Quelle idée avait donc eue Georges de les inviter ? Il savait bien qu'à l'exception de la cousine du curé et de sa sœur Mélanie, Marie-Renée recevait fort peu. Elle connaissait seulement de vue le père Laforgue, et pas du tout sa fille, Julia.

« C'est important pour Clément », lui avait seulement dit Georges.

Elle n'avait pas posé de questions. Au fond, cela lui importait peu, son mari ne l'ignorait pas. Le secret qu'ils partageaient avait creusé un fossé entre eux. Elle n'en souffrait pas vraiment. L'indifférence lui servait de carapace.

Le crissement du gravier dans la cour l'attira à la fenêtre. Elle reconnut le boghei de Laforgue, se rejeta en arrière. Viviane introduisit peu après le père et la fille dans le petit salon. Georges Descharmes les accompagnait. Les présentations expédiées, Marie-Renée se sentit un peu mieux.

Laforgue, calé dans le meilleur fauteuil, jambes écartées, garda le silence le temps que Viviane serve le café.

C'était une véritable institution, le café de Viviane, et les invités l'apprécièrent comme il se devait, en ne ménageant pas leurs compliments. Marie-Renée se redressa sur son siège. Elle était contente d'avoir sorti la vaisselle du dimanche, porcelaine de Limoges héritée de sa propre mère, blanche à filets d'or. Laforgue avait caressé sa tasse d'un doigt précautionneux avec une lueur d'envie. Sa fille ne soufflait mot. Son visage s'éclaira lorsque Clément pénétra dans le salon. Il portait des bottes poussiéreuses et paraissait très agité.

— Le solitaire... cette fois, je ne l'ai pas laissé m'échapper ! s'écria-t-il, sans même songer à saluer.

Viviane, qui distribuait les parts de tarte au sucre, blonde et gonflée à souhait, fronça les sourcils.

Sans prêter la moindre attention à ce que la vieille femme marmonnait, Descharmes et Laforgue sautèrent sur leurs pieds.

— Bravo, Clément, le félicita son père.

Laforgue exigea des précisions quant au poids du sanglier, à la façon dont le jeune homme l'avait débusqué.

Marie-Renée et Julia échangèrent un sourire timide.

« Un monde d'hommes, songea la maîtresse de maison, c'est ce que j'ai toujours pensé. Leur forêt, leurs arbres, leurs chasses... Seigneur ! il n'y a pas de place pour nous dans leur vie. »

Elle aurait voulu mettre en garde la jeune fille assise en face d'elle, qui montrait un peu trop qu'elle admirait Clément.

« Vous n'êtes pas de taille, petite, songea Marie-Renée, il n'aime que ses bois et n'aimera jamais rien d'autre. »

Elle avait cru, pour sa part, pouvoir être heureuse à la Croix-Haute. C'était une belle demeure, à condition d'apprécier la solitude.

Elle observa discrètement la jeune fille. Elle aurait été jolie, si elle n'avait pas été si renfermée. Quoi d'étonnant ? Laforgue n'avait pas la réputation d'être un tendre.

Elle savait pourquoi son mari avait invité le père et la fille. Georges était las et souffrant ; il voulait caser Clément avant de passer la main. Leurs aînés ayant quitté les Ardennes, seul le culot était en mesure de reprendre le flambeau. Un mariage arrangé, comme le sien. C'était fréquent, entre familles qui avaient du bien. Une règle non écrite mais particulièrement tenace voulant que chaque union permette de faire fructifier la fortune amassée.

« Ils vont boire la goutte dans le bureau de Georges,

discuter, avant de boire encore, jusqu'à ce qu'ils tombent enfin d'accord», supposa Marie-Renée.

Cette perspective l'épuisait. Il fallait bien en passer par là, cependant. Elle savait déjà comment elle organiserait sa vie, plus tard. On était résistants, dans sa famille. Sa mère et sa grand-mère étaient mortes à plus de quatre-vingt-cinq ans. Quand Georges ne serait plus de ce monde, elle irait finir ses jours à l'hospice des Hauts-Buttés. Le temps d'expier le mal qu'elle avait fait.

Il fallait bien connaître la forêt pour apercevoir, au bout d'un long tunnel de feuillages, cette trouée secrète par laquelle filtrait une lumière jaune, comme tamisée. Clément s'y enfonça, goulûment, pour mieux s'imprégner de l'atmosphère particulière de ses bois. Chênes, hêtres, merisiers, noisetiers, viornes et fougères... il connaissait chaque essence, chaque taillis et, pourtant, s'émerveillait toujours de découvrir son domaine sous un angle, une lumière, différents.

Tout en marchant à grands pas, il se remémorait les paroles cyniques prononcées par son père.

«Nous avons besoin d'argent frais, Clément», lui avait rappelé Georges Descharmes. Le fils savait qu'une exploitation forestière digne de ce nom travaillait pour les générations à venir. L'argent... comme il aurait désiré pouvoir s'en passer, profiter seulement du plaisir de parcourir les sentiers couverts de feuilles sèches de la Croix-Haute.

L'argent, Laforgue le parvenu en possédait. Ses maudits sabots lui en procuraient plus qu'il ne pourrait jamais le dépenser. C'était lui, le vieux renard, qui avait proposé la transaction à Descharmes. « Ma fille et sa dot... l'une au moins vous serait utile. » Il était parti d'un gros rire, qui avait donné à Clément une furieuse envie de le lui faire rentrer dans la gorge. Il avait alors éprouvé un élan de compassion pour la jeune fille assise, les yeux baissés, aux côtés de Marie-Renée Descharmes. Etait-elle seulement informée de la démarche de son père ? Elle avait relevé la tête. Leurs regards s'étaient croisés avant que, très vite, les paupières de la jeune fille ne s'abaissent à nouveau. Ce bref échange avait troublé Clément. Il avait lu comme un appel dans les yeux couleur turquoise.

Il siffla son chien. Là-bas, dans la clairière, les bûcherons s'activaient. Clément les connaissait tous. Clotaire, le plus âgé, au visage ridé, aux bras noueux. Jérôme, le solitaire, qui ne partageait pas l'existence de ses compagnons de travail. Rémi Tête-Noire, ainsi nommé à cause de ses cheveux crépus. Alphonse, le plus jeune, un gamin poussé tout seul, qui s'était présenté un jour à la Croix-Haute parce qu'il « aimait la forêt ». Clément l'avait pris sous sa protection et ne l'avait jamais regretté. Il travaillait volontiers avec Alphonse, n'hésitant pas à prendre la scie et le passe-partout lorsqu'il en était besoin.

Alphonse se retourna vers lui.

— On dirait que le gros chêne n'attendait plus que vous, fit-il remarquer.

C'était un gars trapu, aux yeux clairs, aux cheveux drus emmêlés. Son visage ouvert faisait dire à Viviane qu'on lui donnerait le bon Dieu sans confession.

Rémi Tête-Noire s'écarta de deux pas, tendit son passe-partout à Clément.

Depuis une bonne heure, Alphonse et lui avaient dégagé le pied du chêne à la cognée, afin de le couper au ras du sol. Des copeaux mesurant jusqu'à trente centimètres étaient éparpillés tout autour du tronc.

— Je vous laisse faire la coupe, proposa Alphonse.

Il s'agissait de déterminer la direction de chute en entaillant la base de l'arbre. Les gestes de Clément étaient précis, il « savait », comme disait Clotaire, qui lui avait tout appris, jusqu'à reconnaître chaque essence.

Il fallait veiller à prévoir une zone de rupture, afin d'éviter que le chêne ne vire, ou ne s'effondre sur le flanc.

Clotaire avait toujours insisté sur les indispensables règles de sécurité. Il avait aussi appris à son élève la nécessité d'introduire deux coins derrière la lame du passe-partout dès qu'elle était assez engagée. Il importait de diriger la chute du chêne, afin qu'il ne s'écrase pas sur l'un de ses bras. Clément n'avait jamais oublié l'histoire que Clotaire lui avait racontée un jour d'hiver, alors qu'il apprenait à manier le passe-partout.

C'était dans la forêt d'Hargnies, un vieux chêne plus que centenaire, qu'il avait bien fallu se décider à abattre, à contrecœur, d'ailleurs, sur l'ordre exprès du propriétaire de coupe.

« J'entends encore le gémissement du seigneur, lui avait confié Clotaire. Tu verras, petit, c'est quelque chose qui te marque à jamais. Il faut toujours s'écarter sans barguigner, sous peine de se faire écraser. Ce jour-là, le vieux chêne, en s'abattant sur le sol, a décroché la branche maîtresse d'un arbre voisin. Ça n'a pas fait un pli ! Le Blaireau, un jeune bûcheron qui ne voulait écouter personne, a été assommé d'un coup. Tué net. »

Clément avait rêvé à plusieurs reprises de l'accident, au point qu'il avait pensé l'avoir vécu. Cela l'avait suffisamment marqué pour qu'il ne transige pas avec les règles de sécurité.

Le chêne s'écroula après avoir émis une plainte sourde. Clément essuya d'un revers de main la sueur qui inondait son front. Il avait ôté son paletot. Sa chemise de laine lui tenait bien assez chaud.

Déjà, Rémi et Jérôme s'activaient autour de l'arbre centenaire pour l'ébrancher. Un geai s'envola dans un froissement d'ailes. Une brume légère montait de la rivière. Bientôt le vrai brouillard tomberait, avec son parfum bien particulier, une odeur de fumée froide qui donnait envie de rentrer se réfugier dans la cuisine.

Clément se remit en route après avoir salué ses compagnons.

Il l'aperçut alors qu'il contemplait la vallée avant de bifurquer vers la Croix-Haute. Sa robe rouge passait comme une flamme entre les troncs des bouleaux. Il s'élança pour la rejoindre, la rattrapa au moment où elle allait s'enfoncer sous la futaie.

— Eloïse... fit-il, tout essoufflé.

Elle se retourna vers lui, rieuse. Il émanait d'elle une impression de force, de vitalité, qui lui fit du bien.

— Bonjour, ajouta-t-il, en se sentant maladroit.

Elle lui sourit.

— Cette nuit, je vais pêcher le brochet. Si ça vous tente...

Elle le défiait, la main posée sur l'encolure de son grand chien. Il ne répondit pas. Il avait conscience du danger encouru à ses côtés. S'il allait la rejoindre au bord de la rivière, il n'épouserait jamais Julia Laforgue.

Tout simplement parce que c'était cette fille, et aucune autre, qu'il voulait aimer.

La pénombre accentuait le caractère préservé du lieu. En bordure de la Semoy, non loin des rapides de Phades, Eloïse avait aménagé ce qu'elle appelait son « domaine de pêche ». En compagnie de Rousseau, elle s'installait toujours sous le même saule.

Clément la retrouva aisément. Lui aussi connaissait cet endroit, bien qu'il n'ait jamais pêché. Eloïse l'accueillit avec un sourire. Sa robe rouge retroussée laissait voir à la lueur tremblante de la lampe-tempête des jambes fines et blanches.

— Vous allez m'aider, dit-elle, en lui expliquant comment elle procédait.

Elle tenait ses connaissances de Vincent, le braconnier. Il lui avait appris à confectionner des gaules à partir de branches de noisetier. Elle savait que le crin de cheval blanc permettait d'obtenir des bas de ligne pratiquement invisibles.

Elle raconta sans rire à Clément que pour l'assouplir il était bon de le laisser reposer un certain temps dans la chicorée. Il imaginait aisément la réaction de Viviane s'il se lançait dans ce genre d'expérience. D'autant qu'elle ne supportait pas ce breuvage. Il lui parla, tout naturellement, de la femme qui l'avait élevé. Elle savait écouter, tout en continuant ses préparatifs.

Le grand chien, certainement habitué à ces expéditions nocturnes, gardait une immobilité parfaite.

— Rousseau et moi, nous ne nous quittons jamais, remarqua tout à coup Eloïse.

Lui-même se sentait prisonnier de liens invisibles qui l'empêchaient de vivre à sa guise.

Il admira la sûreté de geste de la jeune fille qui venait d'attacher une ligne de fond en soie solide à un arbre. Cette ligne portait une ribambelle d'hameçons garnis de gros vers séchés. Une forme de braconnage bien sûr interdite.

Il osa lui demander si elle ne s'était jamais fait surprendre par les gardes. Elle rit, avec une belle insouciance.

— Les gardes ? Je cours plus vite qu'eux ! Et puis, ils ne connaissent pas mes coins de pêche.

Elle songea qu'il ne pouvait pas comprendre. Depuis l'enfance, elle avait dû se battre pour survivre dans un environnement hostile.

Ils surveillèrent leurs lignes durant un bon moment sans mot dire. Eloïse remontait le poisson chaque fois que son poignet sentait une réaction, un léger tressautement. Le chien haletait doucement derrière eux. Un parfum insidieux — mousse des bois, fruits rouges mêlés — enveloppait Eloïse. Sa présence, si proche, suscitait chez Clément une sorte de fièvre. Lorsqu'elle se leva pour glisser les poissons pris dans un panier en osier de forme ovale, baignant dans l'eau, Clément éprouva le désir irrépressible de l'attirer vers lui, de la coucher sur l'herbe humide. Il s'en garda bien. Elle l'impressionnait par son calme, l'assurance tranquille qui émanait d'elle.

Elle se retourna vers lui.

— Vous avez faim ? s'enquit-elle.

Elle avait apporté du pain craquant sous la dent et du saindoux. Ils partagèrent ce repas de fortune tandis que la lune irisait l'eau. Clément pensa tout à coup qu'il n'avait jamais éprouvé auparavant cette impression de bien-être.

Il posa la main sur l'épaule ronde d'Eloïse. Elle lui sourit.

Au-dessus de leurs têtes, un chat-huant s'obstinait à hululer.

5

1893

Le hall de la Croix-Haute, trop vaste et trop haut pour être correctement chauffé, parut glacial à Clément qui revenait d'une longue course en forêt. Il avait recensé les arbres devant être pelés au printemps, tâche qu'il avait accomplie en compagnie d'Eloïse. La jeune fille et lui étaient devenus inséparables tout au long du mois de décembre. Sans s'être concertés, ils se retrouvaient régulièrement au pied du Chêne à l'Image. C'était Rousseau qui se montrait le premier, et venait se frotter contre la hanche de Clément. Il n'avait jamais vu le grand chien blatté, même s'il savait qu'Eloïse montait souvent aux baraques pour en rapporter du tabac de contrebande. Elle n'avait pas besoin de le lui raconter. Il savait, comme une évidence, qu'une jeune personne éprise de liberté comme elle ne supporterait jamais la moindre contrainte.

Il cligna des yeux. Le hall était mal éclairé, car son père répétait à tout va qu'il fallait réaliser des économies.

En prenant de l'âge, Georges Descharmes craignait toujours de manquer.

« J'espère que celui-ci ne nous décevra pas, déclarait-il à sa femme en désignant Clément d'un coup de menton. C'est le seul capable de me succéder, désormais. Puisque son frère et sa sœur ont jugé bon de déserter... »

Homme à la rancune tenace, il refusait systématiquement tout contact avec ses aînés.

« Ils ont choisi de partir, avait-il dit un jour en présence du cadet. Qu'ils assument leur choix ! »

Lui-même n'avait jamais abdiqué. Il avait combattu l'ennemi parmi les francs-tireurs ardennais, au cours du terrible hiver 1870. Lorsque, la mort dans l'âme, il avait dû accepter de recevoir un officier à la Croix-Haute, il ne lui avait jamais adressé la parole. Une sèche inclinaison de tête en réponse à son salut... c'était tout. Le Prussien avait eu beau claquer les talons, multiplier les attentions — il était un jour arrivé avec un demi-cochon dans ses bagages —, Georges Descharmes n'avait pas abaissé sa garde.

Pas question de pactiser avec l'ennemi ! C'était déjà bien assez humiliant de devoir l'héberger, même s'il s'était débrouillé pour ne pas l'accueillir à sa table. Clément admirait son père, sans pour autant parvenir à nouer un véritable dialogue avec lui. Il en allait de même avec sa mère. Marie-Renée Descharmes ne s'intéressait qu'à son ouvroir et se moquait bien de l'exploitation forestière familiale.

— C'est toi, Clément ? demanda-t-elle, depuis le petit salon où elle tricotait inlassablement des chaussettes pour les plus démunis.

Elle ajouta, sans attendre la réponse de son fils :

« Viviane t'a gardé ton souper au chaud. Tu pourrais rentrer un peu plus tôt, tout de même ! »

Il gagna la cuisine sans mot dire. De toute manière, Marie-Renée ne l'écoutait jamais. Elle suivait son idée, prisonnière d'un monde où il n'y avait pas de place pour son mari et pour son fils.

Viviane le confirma un peu plus tard à Clément en lui expliquant que ses parents avançaient en âge. Il leur fallait des repas à heure fixe. Elle, elle l'attendait toujours.

Il préférait souper avec la gouvernante dans la grande cuisine bien chauffée. Elle lui servit de la salade au lard, cuisinée selon sa recette, forcément supérieure à celle des autres femmes du village. Viviane faisait déjà cuire à l'eau des pommes de terre en robe des champs avant de les peler à vif. Elle jetait dans un grand plat en fonte, mis à chauffer sur le coin de la cuisinière, de la salade — il fallait impérativement de la romaine, à défaut de pissenlits —, confite au contact des lardons mis à rissoler dans du saindoux et des patates coupées en rondelles. Il suffisait ensuite d'ajouter un filet de vinaigre, et de touiller, pour que cela n'attache pas. Comme l'affirmait avec conviction Viviane, « plus c'est réchauffé, meilleur c'est ! »

Il ne serait pas venu à l'idée de Clément de la démentir, d'autant moins que la salade au lard était savoureuse, goûteuse à souhait. Il fit ensuite honneur au fromage — de la boulette de Rocroi — et à l'assiette de gaufres accompagnée de bière de Stenay.

— Ça va mieux, mon gamin ? lui lança Viviane, gentiment moqueuse, après qu'il eut replié sa serviette.

Elle l'appelait souvent ainsi, « mon gamin », avec une affection chaleureuse. Aussi loin que remontaient les souvenirs de Clément, c'était toujours Viviane qui l'avait entouré de tendresse, réconforté. Sans elle, il se sentait perdu. C'était ce qu'il avait tenté d'expliquer à Eloïse quelques heures auparavant.

La jeune fille était plus indépendante que lui. Beaucoup plus libre, aussi. Il n'oublierait jamais cet après-midi de novembre durant lequel la neige les avait surpris dans les bois. Ils s'étaient réfugiés dans un abri naturel, une grotte débouchant au-dessus des taillis où Eloïse avait déjà passé la nuit pour échapper aux douaniers.

Là, sur le sol couvert de mousse, ils s'étaient aimés, tout naturellement. Tenant Eloïse étroitement serrée contre lui, Clément avait pensé avec force que c'était elle qu'il voulait pour femme et personne d'autre.

La jeune fille avait un corps mince, aux courbes généreuses, la peau blanche et douce. Dans ses bras, Clément oubliait ses doutes et ses interrogations. Avec Eloïse à ses côtés, il se sentait capable de reprendre les rênes de la Croix-Haute.

— Tu rêves, mon garçon ? fit Viviane.

Elle le considéra avec affection. Il était plutôt beau gars, comme elle le lui avait dit une fois. Très grand, mince, le visage fin, les yeux bleu foncé, la bouche un peu trop tendre qui s'incurvait pour sourire... Parfois, la vieille femme avait envie de le serrer contre elle et de tout lui raconter. Elle n'avait jamais osé le faire, tout en se disant : « Le jour où il saura, Seigneur... Sensible comme il est, c'est un coup à le marquer à vie... »

C'était elle qui avait procédé à la délivrance, en

priant tous les saints du Paradis qu'ils l'assistent. Pas question, en effet, d'aller quérir le médecin. Georges Descharmes avait été très clair sur ce point. Tous les Descharmes étaient nés à la Croix-Haute, avec la seule assistance d'une servante, par une nuit d'orage. Clément n'avait pas dérogé à cette règle. Elle le revoyait encore, grand, près de soixante centimètres de long, et rouge de colère, comme s'il avait pu deviner ce qui s'était tramé dans l'ombre. Dès l'instant où elle l'avait pris dans ses bras pour l'envelopper dans un linge, Viviane s'était juré de veiller sur lui.

Il secoua la tête.

— Je crois bien que j'ai sommeil. Je vais boire un verre et te fausser compagnie, Viviane. Tu n'es pas fatiguée ?

Elle le regarda comme si elle ignorait jusqu'au sens de ce mot. Avaient-ils le droit, eux, les serviteurs, de manifester quelques signes d'épuisement ? Elle savait qu'elle avait de la peine à se mettre en train, le matin, que ses genoux et ses épaules étaient douloureux mais elle n'y prêtait pas autrement attention.

« C'est de la vieillerie, tout ça ! » se répétait-elle. Octave, son mari, était mort à la fleur de l'âge, fauché par un lourd attelage. Depuis, Viviane estimait qu'elle faisait du « rabiot », comme elle disait. A cinquante et un ans, elle ne pensait pas avoir le droit de se plaindre.

— J'ai bassiné ton lit, annonça-t-elle à Clément. Il ne va pas encore faire chaud, cette nuit. Ce maudit genou me lâche.

Le genou droit de Viviane constituait le meilleur des baromètres. Marie-Renée Descharmes elle-même la consultait. « Croyez-vous que le temps va se maintenir au beau ? » questionnait-elle, la veille d'une réception. Celles-ci s'étaient raréfiées avec le temps. Viviane se rappelait parfois avec nostalgie les dernières années du Second Empire, quand Célia faisait régner sur la Croix-Haute une atmosphère de gaieté.

Il n'y avait plus aucun portrait de Célia dans la maison Descharmes. Sa chambre avait été transformée en lingerie.

« Comme si cela pouvait avoir une quelconque importance ! » avait alors marmonné Viviane. Bien entendu, on ne l'avait pas écoutée. Les Descharmes avaient agi sous le coup de la colère. Il était trop tard, à présent, pour revenir en arrière.

Elle se leva en maintenant ses genoux, comme pour accompagner son mouvement. Clément fit claquer trois baisers sonores sur ses joues. Viviane le suivit des yeux tandis qu'il attrapait sa veste au vol sur le dossier de sa chaise et s'esquivait en direction du vestibule.

« Dire que je voudrais le meilleur de la vie pour lui... » songea-t-elle en débarrassant la table et en posant la vaisselle sale sur la pierre à évier.

Qu'était-ce au juste ? Une existence étriquée semblable à celle que menaient les Descharmes ? Une vie de labeur incessant comme la sienne ? Elle désirait autre chose pour Clément, sans savoir exactement quoi.

Elle pensa brusquement à Julia Laforgue. La fille du sabotier n'était certainement pas l'épouse qu'il fallait à Clément. Il avait besoin d'une personne plus dynamique, plus entreprenante, pour l'aider à affronter le passé. Il n'y avait pas moyen, cependant, de donner son avis puisque Clément n'avait fait état de rien. A croire que ce projet de mariage, qui était un véritable secret de polichinelle, se concrétiserait dans la plus stricte intimité !

« Ça coûtera moins cher », se dit Viviane avec un brin de cynisme.

Il y avait beau temps qu'elle ne se faisait plus d'illusions quant à la bourgeoisie. Les plus nantis étaient souvent les plus pingres, c'était bien connu. Elle, Viviane, n'avait pas d'économies, rien. Seulement son affection pour Clément et cette cuisine, qui était devenue au fil des ans son royaume.

L'homme embusqué dans la maisonnette qu'on appelait la hobette frotta ses mains l'une contre l'autre et tapa des pieds dans le but illusoire de se réchauffer. La plupart de ses collègues préféraient emporter avec eux du « gummi », terme sous lequel ils désignaient de petites lanières de caoutchouc découpées dans de vieilles chambres à air afin de faire partir le feu, mais Humbert s'y refusait avec force. N'était-ce pas le meilleur moyen d'alerter les contrebandiers ?

Humbert concevait son travail comme un sacerdoce. Il était entré dans l'administration des Douanes en 1886, après avoir effectué son service militaire au 37e régiment d'infanterie. Il y avait trouvé une seconde famille, lui qui avait quitté les siens sans espoir de retour, sur un coup de sang, après le partage des maigres biens du père. Humbert venait des Basses-Alpes, une région rude elle aussi, où l'on était économe de paroles comme de gestes. Il avait souffert, pourtant, au cours de son premier hiver passé dans les Ardennes. Tout lui était étranger, à commencer par cette forêt, sombre et fascinante.

Il s'était attaché à Bosco, un chien acheté à la foire de la Sainte-Catherine-d'Hirson, qu'il avait dressé à traquer les fraudeurs. Durant les nuits d'embuscade, passées au pied d'un arbre, Bosco lui tenait chaud.

Son compagnon de garde, Balut, venait de Vendée. C'était un garçon timide, d'aspect malingre, qui ne ferait pas de vieux os dans la région, prédisait la mère Mélie. La vieille femme, à demi bossue, tenait avec son frère un café tout à côté de la baraque dont la façade annonçait, en lettres noires :

Articles pour fumeurs. Tabacs, cigares et cigarettes.

Le jour où Balut l'avait entendue parler ainsi de lui, il avait pâli. Humbert l'avait alors réconforté.

« Ne t'inquiète pas, mon gars. Ça fait partie de la règle du jeu. Il faut te dire que nous, par ici, on aime mieux voir nos talons que nos pointes ! »

Il aurait préféré, cependant, avoir un compagnon plus dynamique. Balut était un brave garçon, mais manquait de jarret et de santé. Il était entré dans l'administration des Douanes par respect filial — son père, mort en service commandé, avait été douanier avant lui — mais il n'avait pas de réelle motivation. Humbert, pour sa part, aimait à traquer les contrebandiers comme du gibier. C'était pour lui un combat personnel, une lutte constante pour l'emporter.

Balut somnolait. La règle l'exigeait : un douanier veillait pendant que l'autre prenait un peu de repos sur son lit d'embuscade, protégé du froid par une peau de mouton.

Une sacrée invention, ce lit d'embuscade ! Il s'agissait d'une sorte d'armature faite de trois cadres de bois articulés, sur laquelle était tendu un cordage. Entre eux, les douaniers l'appelaient le « bazar ».

Attentif au moindre bruit, Humbert jeta un coup d'œil par la petite fenêtre ourlée de givre. La neige tombée en abondance depuis la veille au soir avait transformé le paysage.

Quel fraudeur serait assez fou pour marquer de ses empreintes l'épaisse couche blanche ? Le plus grand silence avait succédé au vent accompagnant la tempête de neige et ce silence avait quelque chose de vaguement oppressant dans la nuit.

Le hibou lui-même qui nichait dans le grand sapin dominant la hobette ne se manifestait plus. Bosco frémit. Il tira sur sa laisse. « Là, doucement », fit Humbert en ouvrant la porte.

Un paquet de neige s'abattit sur son uniforme. Il l'ôta d'un revers de la main, plus soucieux des dégâts éventuels causés à son képi, orné d'une grenade incluse dans un cor, que du froid. La neige, ça le connaissait !

Le vent se leva de nouveau, mugissant avec une force décuplée, faisant craquer les branches lourdement chargées. Humbert releva le col de son uniforme, battit le briquet. Il fumait, c'était sa seule faiblesse. Bosco le rejoignit sur le seuil de la hobette. Le chien huma l'air piquant, sans se décider à mettre une patte dehors. Humbert tendit le cou. Son instinct de chasseur lui soufflait qu'il y avait quelqu'un là, tout près.

Bosco gronda. Grondement qui se perdit dans la tempête. La nuit était encore claire, malgré les gros nuages sombres qui s'amoncelaient dans le ciel bas. Qui était donc assez intrépide pour sortir par un temps pareil ? se demanda Humbert, de plus en plus intrigué.

Le bois de lune

Il aperçut la silhouette quand les nuages se déchirèrent. Un pan de robe couleur de flamme, des cheveux fauves. Il n'eut pas le temps de crier : « Halte à la douane ! » L'inconnue avait déjà disparu, happée par la tempête de neige.

C'eût été pure folie de la suivre. D'autant qu'avec un peu de chance elle ne survivrait pas dans ce froid.

« Dommage... » pensa-t-il en regagnant son abri. Il aurait bien aimé la prendre au piège.

6

Scipion avait refermé son précieux album de styles, offert par son premier patron, en 1860, et suivait son idée pour sculpter à la gouge un panneau de bois.

Tout en travaillant, il observait Eloïse à la dérobée. Une sacrée belle fille, lui avait fait remarquer l'ami Vincent, quelques jours auparavant. Scipion, pour sa part, ne l'avait pas vue grandir. Pour lui, elle était restée l'enfant raidie dans son chagrin qui refusait de pleurer quand son père était mort. Sa fille, comme il disait à Louise. Elle le reprenait, parfois. « N'oublie pas, mon homme, Eloïse n'appartient à personne. »

C'était bien cette indépendance, cette liberté d'allure et de pensée, qui le séduisait le plus chez la jeune fille. Il s'inquiétait, toutefois, de plus en plus. Que deviendrait-elle lorsque Louise et lui auraient disparu ? Elle savait se débrouiller, certes, mais n'avait qu'eux au monde. Louise le brocardait assez souvent à son sujet.

« La petite devra bien mener sa barque toute seule, après tout ! A moins qu'elle ne soit mariée d'ici là... »

Mariée, son Eloïse, qui avait fait siennes les thèses

des anarchistes ? Oui-da ! Plutôt tremper le bout de ses doigts dans le bénitier de l'église !

Scipion l'imaginait mal passant sous la férule d'un homme. Elle ne supporterait pas d'être mise en cage !

« En cage, en cage... comme tu y vas, mon homme ! Quand on aime... or, je te dis que la petite est amoureuse... »

Louise n'en démordait pas. Il y avait des signes qui ne trompaient pas. Scipion secouait la tête d'un air dubitatif, tout en continuant de sculpter son bois.

Il savait bien, au fond de lui, qu'Eloïse n'était pas vraiment amoureuse. Elle accordait trop d'importance à sa liberté ! Et puis, elle ne s'était jamais livrée à ces mômeries et ces mines pratiquées par nombre de filles de son âge.

D'abord, de qui pourrait-elle être allée s'amouracher ? Il n'y avait guère que Vincent pour venir fréquenter leur bicoque, et Scipion imaginait mal le braconnier quinquagénaire en train de lui faire les yeux doux ! A moins qu'il ne s'agisse d'un de ses clients, à qui elle livrait le tabac de la Semois [1] chaque semaine ?

Il se retourna vers Louise qui préparait sa pâte à gaufres. Il aurait voulu expliquer à sa compagne que vieillir ne lui pesait pas... enfin, pas trop. Le plus difficile était de laisser Louise et Eloïse derrière lui. Sa vie avait déjà été jalonnée de tant d'épreuves qu'il se demandait parfois comment il avait réussi à survivre.

Il avait failli ne pas rentrer du bagne, en Nouvelle-Calédonie, où il s'était lié d'une amitié indéfec-

1. L'orthographe du nom de la rivière change à la frontière. La Semoy française devient ainsi la Semois belge.

tible avec plusieurs camarades. A son retour, Louise l'attendait. Tous deux avaient alors décidé de quitter Paris. Ils ne l'avaient pas regretté, même si les premières saisons passées au cœur de la forêt avaient été particulièrement difficiles. Ils avaient Eloïse pour ensoleiller leur vie. Et un idéal de justice et de liberté, qu'ils tenaient à lui faire partager.

— Couvre-toi bien, recommanda Louise en voyant la jeune fille préparer les paquets de tabac destinés à sa livraison hebdomadaire.

Eloïse haussa les épaules. Sa robe rouge était usée; elle avait besoin d'un coupon d'étoffe pour que Louise lui taille de nouveaux vêtements. La plupart du temps, cependant, elle préférait dépenser ses sous chez Claudius, le colporteur, qui vendait des livres d'occasion.

— Attends...

Louise s'attarda dans l'alcôve, en revint avec une grande cape noire doublée de lapin.

— Un trésor, s'écria-t-elle en riant, qui date d'avant la Commune. Je crois bien que j'avais complètement oublié ce vêtement. Il te tiendra plus chaud que cette cape pourrie!

Eloïse s'en enveloppa pour lui faire plaisir, tout en songeant qu'elle ne se séparerait jamais de la cape verdie.

— Tu es belle, ma fille, fit Scipion d'une drôle de voix enrouée.

Eloïse sourit à son vieil ami. Elle avait bien besoin d'être rassurée quant à son pouvoir de séduction. On évoquait de plus en plus ouvertement un mariage entre l'exploitation forestière de la Croix-Haute et la saboterie Laforgue. «L'argent appelle l'argent», commentait-on dans le village. Impossible, cependant, de surprendre ensemble Julia Laforgue et Clément Descharmes ! Chaque fois qu'elle imaginait son amant s'unissant à l'héritière Laforgue, Eloïse éprouvait une envie de meurtre. A quoi servaient donc toutes les belles théories qu'elle répétait à l'envi depuis l'enfance ? Elle avait assez clamé que le mariage n'était pas fait pour elle, que si jamais on l'ennuyait avec ces histoires, elle n'hésiterait pas à rappeler les convictions de Léon Troclet qui opposait l'amour libre au mariage. Pour lui, en effet, le mariage faisait de la femme une esclave tandis que l'amour libre était basé sur l'amour sincère et non sur des convenances hypocrites. Or, elle aurait aimé fonder un foyer avec Clément, porter ses petits, partager sa vie... Elle savait bien, pourtant, que l'héritier Descharmes ne pouvait épouser une fille de proscrit. Ainsi allait la société.

Rousseau à ses côtés, elle se glissa dehors. La brume était glacée. Eloïse resserra plus étroitement les pans de la cape autour d'elle. Les bras de Clément lui manquaient.

« Quelle déveine ! » songea Balut en remontant la côte à pas lents. Il avait fait l'acquisition quelques mois auparavant d'un grand chien, mélange de berger et de grœnendael, aux poils longs et doux, dans le but de devenir l'égal de son collègue Humbert. Il fallait avouer qu'il l'impressionnait, ce bougre d'homme ! Toujours prêt à traquer les fraudeurs quel que soit le temps.

Or, durant l'hiver, son fils, Paulo, avait été si malade que, pour payer les honoraires du médecin, il avait dû se résigner à vendre le chien Melchior. Il l'avait appelé ainsi, du nom d'un Roi mage, sur un coup de tête. Paulo était désormais hors de danger, grâce à Dieu mais... Balut n'aurait osé le confier à personne, Melchior lui manquait. Le chien lui tenait compagnie pendant les longues nuits d'embuscade. C'était une présence réconfortante, une chaleur bienvenue.

Balut n'appréciait guère Humbert. Le Bas-Alpin suscitait chez lui une certaine défiance. Ce n'était pas le genre de personnage fréquentable. Sa femme, Aurélie, prétendait qu'il lui faisait peur. Sans aller jusque là, Balut ne se sentait jamais tout à fait à son aise avec son collègue. Humbert ressemblait à un animal sauvage. Il y avait en lui une violence qui désarçonnait Balut.

Il haussa les épaules. Mieux valait ne pas trop se poser de questions au sujet d'Humbert. C'était un personnage d'ombre.

La brume noyait les contours de la forêt. Un temps à ne pas mettre un honnête homme dehors... mais rien n'arrêtait ces diables de fraudeux qui passaient la frontière malgré les intempéries.

Humbert l'avait distancé. Il donnait l'impression de ne jamais fatiguer. Balut pressa le pas. Sa jambe gauche lui faisait mal. Il poussa la porte de la hobette, s'adossa au mur. Il soufflait avec peine.

— Tu n'es pas fait pour vivre ici, laissa froidement tomber Humbert.

Balut commençait à partager cette opinion! Sa femme, inquiète pour sa santé, l'incitait d'ailleurs à demander sa mutation pour une autre région.

Il sortit du tabac de sa poche, entreprit de le rouler sous le regard vaguement méprisant de son compagnon. Humbert était en veine de bavardage. Il raconta à Balut qu'il avait découvert plusieurs collets, du côté du Bois des Grives.

— Ce n'est pas notre ouvrage, glissa timidement Balut.

Humbert fronça les sourcils.

— Je n'aime pas les braconniers. Tous de la mauvaise grainc. M'est avis que ces collets appartiennent à la diablesse aperçue l'autre jour....

Décidément prolixe, il évoqua la fille à la robe rouge entrevue le jour de la tempête de neige. Sa description n'évoqua pas le moindre souvenir chez Balut.

— Moi, les filles... conclut-il. Du moment que j'ai mon Aurélie pour me chauffer mon lit!

Humbert se détourna en pinçant les lèvres. Ce pauvre Balut ne comprendrait jamais rien à rien. Lui, il lui fallait le plaisir sans cesse renouvelé de la traque. Chasseur dans l'âme, il n'envisageait pas de passer sa vie aux côtés de la même femme.

— On n'aura rien, cette nuit, énonça-t-il sombrement, comme pour se venger du manque d'imagination de Balut.

Son collègue se rencogna contre le mur. L'humidité perçait les vêtements de drap. De nouveau, Humbert pensa à la fille à la robe rouge. Il la voulait.

7

Viviane préparait sa pâte à gaufres avec encore plus de soin que d'ordinaire. Après avoir délayé la levure de boulanger dans de l'eau tiède, elle avait mélangé dans un plat en terre un bon kilo de farine, quatre œufs, une demi-livre de beurre fondu, un litre de lait. Elle ajouta la levure, fit lever le tout au chaud, en prenant soin de recouvrir son plat d'un torchon.

Madame Descharmes lui avait recommandé de ne rien changer à ses habitudes pour Noël.

« Nous serons entre nous, naturellement, lui avait dit Marie-Renée. Nous ferons un petit souper au retour de la messe de minuit. »

La messe représentait une sérieuse cause de discorde entre les deux femmes. Viviane admettait que le père Bonaventure, curé de la paroisse, était un brave homme toujours prêt à rendre service, mais il ne fallait pas lui demander de mettre le pied à l'église.

« Chez nous, on veut bien croire sans pour autant pratiquer », avait-elle annoncé d'entrée de jeu le jour où elle avait été embauchée. Elle aurait pu expliquer à la maîtresse de la Croix-Haute qu'elle venait d'une famille où l'on n'aimait guère les prêtres à cause d'une vieille histoire de bornage.

Viviane soupira et jeta un coup d'œil à la pendule. Elle était en retard ; tout cela à cause de cette sotte d'Emilienne qui était venue alors qu'on ne l'espérait plus. Comme dans chaque maison importante, la lessive était confiée à dcs laveuses professionnelles. Chaque samedi, Viviane faisait monter le linge sale au grenier. Il était alors empilé dans de grandes corbeilles en attendant la lessive. Madame Descharmes était fière de son trousseau qui permettait aux servantes d'assurer un bon roulement du linge. Un jour, Viviane s'était amusée à compter avec Clément. Cinquante-deux paires de draps, soixante taies d'oreillers, une centaine de torchons, d'innombrables mouchoirs et serviettes de toilette, vingt-deux services de table... Elle avait alors pensé avec un serrement de cœur aux torchons usés jusqu'à la trame dont on se servait à la ferme familiale et s'était dit que, décidément, il y avait bel et bien deux poids deux mesures. Deux mondes différents, qui n'étaient pas destinés à se rencontrer.

Emilienne était enfin arrivée, le dos à demi cassé, le sourire édenté, et elle s'était mise à l'ouvrage aussitôt après avoir bu une tasse de café. Jeannette et Lucie, deux servantes robustes, l'assisteraient le temps de l'essangeage. Il s'agissait d'une première opération de décrassage du linge. Mis à tremper, celui-ci était ensuite frotté avec du savon dans la buanderie.

Emilienne était hébergée chez les Descharmes. On la logeait dans une mansarde qu'elle appelait sa chambre avec un sourire d'enfant émerveillée.

« Pauvre femme », se disait Viviane, qui lui donnait

double ration de soupe. «A son âge, usée comme elle l'est, elle devrait avoir gagné le droit de se reposer.»

Cette idée n'effleurait même pas Emilienne. Elle allait de maison en maison, avec sa hotte sur le dos, grimaçant parfois tant ses mains crevassées la faisaient souffrir.

Emilienne n'avait pas son pareil pour couler la lessive. Les servantes lui avaient sorti le grand cuveau, posé sur un trépied d'un mètre cinquante de large et de quatre-vingts centimètres de haut. Ce cuveau était troué en bas. Pour assurer une vidange régulière, il fallait placer un bâton en travers, bâton chevauché d'un bouchon de paille. Emilienne sortait alors la paire de draps usés, réservés à cet effet, et les dépliait à l'intérieur du cuveau en en laissant dépasser les bords. Il s'agissait ensuite d'empiler le linge, suivant un ordre propre à chaque femme de lessive, et établi une fois pour toutes avec la maîtresse de maison. Ainsi, à la Croix-Haute, on étendait à plat les torchons et les draps, puis les nappes et les serviettes, les taies d'oreiller, les serviettes de toilette. On terminait par le petit linge, les chemises d'homme et les mouchoirs. Par là-dessus, on déposait le cendrier, un autre drap usé, destiné à recevoir la carbonade, un mélange de carbonate de sodium et de plusieurs seaux de cendres, provenant impérativement de bois blanc afin de ne pas tacher le linge. Emilienne n'oubliait jamais de placer sa touche personnelle sur les cendres. Elle n'utilisait pas la lavande ou la menthe sauvage comme d'autres lessiveuses, mais des racines d'iris.

La femme de lessive veillait elle-même à la température de l'eau qui serait versée sur le cendrier. Elle répétait à Jeannette et Lucie une forme de litanie qui lui venait de son enfance : « Six doucettes, six tiédettes, six chaudettes et six boulettes. » Il était en effet recommandé de ne pas chauffer la première eau, afin de ne pas cuire la crasse, qui deviendrait indélébile.

Au fur et à mesure de la journée, l'eau se faisait de plus en plus brûlante. On y ajoutait en dernier la lessive et les cristaux de soude.

Le troisième jour, Emilienne faisait appel aux laveuses du village, toujours les mêmes. Elles connaissaient bien leur ouvrage et attaquaient dès potron-minet le décuvelage. A l'aide de bâtons de noisetier, elles sortaient le linge du cuveau et le déposaient dans des baquets. Joseph, le charretier, les attendait avec la carriole. Elles chargeaient le linge encore chaud et se rendaient à la fontaine.

Là-bas, elles savonnaient chaque pièce, la frottaient à la brosse de chiendent avant de l'essorer à coups de battoir. Elles s'interrompaient de temps à autre pour boire un gobelet de vin chaud que Viviane ne manquait pas de leur faire porter. Emilienne insistait toujours pour passer le linge au bleu. L'eau de rinçage teintée par l'action de plusieurs petites boules bleues azurait les draps et les serviettes, ce qui contribuait à sauvegarder leur couleur d'origine.

Madame Descharmes inspectait le linge essoré, tordu et étendu sur le pré et sur les haies.

« Vous réglerez Emilienne », recommandait-elle à Viviane.

C'était la gouvernante de la Croix-Haute qui se chargeait du repassage. Elle n'avait pas son pareil pour amidonner le linge.

« Tu penses, tu penses, ma fille, se dit Viviane. Tout cela pour essayer d'oublier... »

Chaque fin d'année réveillait en elle des souvenirs douloureux, qui lui pesaient sur le cœur. Elle aurait voulu ne pas avoir de mémoire mais elle se souvenait désespérément de tout. Jusqu'à ce parfum de lilas qui imprégnait la maison. Célia rayonnait. Viviane aurait aimé lui voir garder ce sourire. Elle savait, pourtant, que le bonheur était fugace. Il ne durait guère plus que les lilas...

Clément détestait la fin de l'année, cette période durant laquelle les jours trop brefs l'empêchaient d'arpenter la forêt à sa guise. Il ressentait un mal-être indéfinissable qui se dissipait généralement dès que la lumière s'attardait.

Il aurait souhaité... il ne savait quoi. Un peu plus de chaleur, de complicité, même. Ses parents lui paraissaient être de plus en plus lointains. Ils se voyaient le temps du repas, sans avoir de véritables échanges. Son père lui répétait qu'ils avaient un besoin urgent de liquidités. Clément ne répondait rien, parce qu'il n'avait pas envie de se disputer, pas encore. Il s'imaginait mal lançant à la table familiale : « Je n'épouserai pas Julia Laforgue. J'aime une femme, une femme vivante, et non cette fille au regard perdu. J'aime une femme, et elle m'aime aussi. »

Il imaginait trop bien son père le soumettant à un feu roulant de questions. Qui était cette jeune femme ? Que faisaient ses parents ? Fréquentait-elle l'office du dimanche ? Autant de pièges incontournables. Eloïse la rebelle n'appartenait pas au monde des Descharmes.

Ils seraient horrifiés s'ils avaient vent de la place qu'elle avait prise dans la vie de Clément.

Il chaussa ses guêtres, passa sa veste fourrée avant de siffler Sultan. Il fallait qu'il tente d'apercevoir Eloïse. La jeune femme lui donnait le sentiment qu'avec elle à ses côtés, tout devenait possible.

— Où vas-tu ? s'enquit Viviane en le voyant traverser le hall.

Il la regarda. Elle avait vieilli d'un coup, pensa-t-il, en éprouvant un pincement au cœur. Elle constituait son unique point d'ancrage avant qu'il ne rencontre Eloïse. Il se pencha, posa un baiser sur la joue tannée de la gouvernante.

— J'étouffe dans cette vieille bâtisse. Il me faut humer ma forêt.

Il y avait autre chose, songea Viviane en le suivant d'un regard rêveur. Depuis le temps qu'elle « tendait le dos » comme elle disait, en appréhendant quelque catastrophe ! Ils avaient tous joué avec le gamin, sans se préoccuper réellement de lui. Tous, jusqu'à sa mère, qui aurait pu se battre, si elle avait possédé un peu plus de cran... Viviane sortit ses gaufriers soigneusement astiqués.

La neige n'allait pas tarder, elle la sentait venir dans ses os, les frissons qui couraient le long de sa colonne vertébrale confirmaient ses prévisions.

Elle jeta un coup d'œil au rocher qui surplombait la rivière. Il en courait des légendes sur le site ! Ne racontait-on pas qu'un seigneur du Moyen Age avait fait appel au diable lui-même pour édifier le plus beau des châteaux avant le premier chant du coq éveillé, même avant le jour !

Afin de sauver l'âme de son époux, la dame avait pincé un coq pour qu'il chante avant le lever du soleil. Le diable, furieux, avait détruit le château presque terminé.

Il restait un éperon rocheux, cerné par la forêt.

Les premiers flocons se mirent à tomber alors que la pénombre gagnait la cuisine. Viviane mit le nez à la fenêtre. Cette neige, c'était un peu de son enfance qui lui revenait. Elle tendit le cou pour tenter d'apercevoir Clément.

« Fais attention à toi, mon garçon », pensa-t-elle avec ferveur.

Le chien lourdement chargé de paquets de tabac marqua une hésitation sur le sentier. Il demeura figé durant quelques instants avant de filer, tête baissée, en direction de la hobette.

Il poussa la porte en bois du bout du museau, jappa de contentement en retrouvant son maître.

Balut, le Charentais, s'accroupit.

— Melchior ! mon beau !

Il enfouit la tête dans l'abondante fourrure du chien.

— Regardez ! Melchior est revenu ! s'écria-t-il à l'adresse d'Humbert.

— Hum, hum, fit le douanier sans se compromettre.

Il se baissa à son tour, palpa le chien, qui se laissa faire. Il se redressa.

— Cette bête est blattée, laissa-t-il tomber froidement.

Balut se troubla.

— Blatté ? répéta-t-il. Oh ! bien sûr, celui qui me l'a acheté doit l'utiliser pour passer du tabac. Ce n'est pas grave. On va vite reprendre nos bonnes habitudes, hein, mon vieux ?

Melchior posait sur son maître un regard empreint d'amour. Balut, flatté, ne se lassait pas de vanter l'intelligence exceptionnelle de son chien.

Une si belle bête... Il avait eu tant de peine lorsqu'il avait dû se résoudre à la vendre. C'était son Paulo qui allait être heureux.

Humbert ne soufflait mot. Ce silence obstiné finit par oppresser Balut. Il se retourna vers son collègue.

— Vous avez vu ? L'ami Melchior ne m'a pas oublié.

Le douanier fronça les sourcils. Il ôta posément la charge que portait Melchior avant de se retourner vers le Charentais.

— Ce chien est perdu pour la douane. Il a été dressé à passer du tabac en contrebande. Vous ne pourrez plus rien en tirer et vous le savez.

Balut secoua la tête.

— Je vais le reprendre en main. Ce sera vite fait, vous verrez...

« Voyons ! » fit Humbert, comme s'il cherchait à raisonner un enfant capricieux.

Balut lut la condamnation de Melchior dans le regard glacé de son chef. Il posa la main sur son bras, comme pour le retenir.

— Vous ne pouvez pas faire ça. Un si bon chien...

— Il est blatté, se borna à répondre Humbert. C'est la loi.

Balut n'eut pas le temps de protester. La détonation, sèche, venait de retentir à l'intérieur de la hobette. Melchior s'abattit d'un coup sur le sol de terre battue.

Pétrifié, le douanier jeta un regard incrédule à

Humbert. Il savait, bien sûr, que c'était la loi. Tout chien de fraudeux devait être abattu. Il suffisait d'ailleurs de présenter la patte gauche de l'animal pour toucher la prime de trois francs prévue par une circulaire de 1820.

Il hurla lorsque Humbert se pencha sur Melchior, lui trancha la patte gauche à l'aide d'un coutelas qu'il dissimulait d'ordinaire sous son pantalon.

Une nausée le submergea. Il quitta l'abri de la hobette en toute hâte, se soulagea au pied d'un chêne.

« Pauvre type », marmonna Humbert en glissant la patte ensanglantée dans la poche de sa veste.

Il n'éprouvait aucun état d'âme. Seulement la satisfaction du devoir accompli.

8

Julia marchait vite, le dos un peu voûté, pour offrir moins de prise au vent.

Elle devait se hâter si elle voulait être rentrée avant la nuit. Marcelle l'avait retenue pour une histoire de bouteilles disparues dans la cave. Julia la soupçonnait fort d'être la responsable du larcin mais ne pouvait bien évidemment l'accuser sans preuve. Il lui tardait de quitter le château, de s'installer à la Croix-Haute. Elle se demandait, cependant, s'il ne s'agissait pas simplement d'un rêve caressé par son père. Elle n'avait pas revu le fils Descharmes depuis le jour mémorable où elle avait franchi pour la première fois le seuil de l'ancienne maison forestière. Elle aurait été bien incapable de répondre si quelqu'un lui avait demandé quels sentiments il lui inspirait.

D'ailleurs… qui donc se serait suffisamment intéressé à elle pour lui poser ce genre de question ? Depuis toujours, on partait du principe qu'elle n'avait pas son mot à dire. « Ce n'est qu'une fille », commentait Laforgue lorsqu'on mentionnait devant lui l'existence de Julia. Il allait même jusqu'à ajouter, d'un ton chargé de mépris : «La fille de sa mère!» ce qui équivalait à une condamnation sans appel.

Le personnel ne s'y était pas trompé. Les domestiques rudoyaient Julia en toute impunité. Ils ne pourraient jamais la traiter plus mal que ne le faisait son père.

Le vent venu des Hauts gonflait la pèlerine de Julia. Elle repoussa une mèche de cheveux, rejeta son capuchon en arrière. Elle aimait à lutter ainsi contre la bise, cela lui donnait le sentiment de vivre, enfin!

En contrebas, le village était noyé de brume. Elle ne connaissait rien d'autre que le brouillard et le vent, et cette grande maison trop vide, et l'odeur des copeaux de bois. Toute sa jeunesse passée là... à espérer malgré tout le retour de sa mère. Parfois, la certitude de tout ce temps gâché faisait naître en elle une sensation de vertige.

Elle aperçut la cabane alors qu'elle craignait de s'être égarée en chemin. Un mince ruban de fumée s'élevait au-dessus de la cheminée. Elle frappa à la porte; entra aussitôt après sans prendre garde aux miaulements furieux du chat d'Aglaé. Une vieille femme était assise à la table branlante. Elle tenait entre ses mains, comme pour se réchauffer, un bol de café.

— Ah te voilà, fit-elle sans lever le nez. Je me demandais quand tu te déciderais à venir rouetter mon almanach.

C'était une tradition solidement ancrée : la dernière nuit de l'année, Aglaé écrivait son almanach suivant une méthode qui lui venait de sa grand-mère. Elle dessinait sur de grandes feuilles de papier trois cent soixante-cinq cases, correspondant aux trois cent soixante-cinq jours de l'année. La veille, elle avait placé sur chacune des cases une pelure d'oignon rouge en forme de coquille et déposé une ou deux pincées de sel dans chaque coquille. Il suffisait ensuite de lire les résultats le lendemain. Lorsque la coquille demeurait sèche, on était assuré d'avoir du beau temps. Quand le sel avait tourné en pâte, il fallait prévoir humidité et brouillard. Si enfin le sel s'était liquéfié, la pluie tomberait en abondance.

— L'année à venir va être mouillée, grommela Aglaé.

Le mauvais temps malmenait son dos et ses articulations noueuses.

Elle observa Julia. Dans son visage creusé de rides le regard, pénétrant, n'avait rien perdu de sa vivacité. Un seul coup d'œil impérieux lui suffisait pour calmer les gamins qui s'enhardissaient parfois à lui jeter des pierres en l'appelant « sorcière ». Aglaé aimait bien Julia, l'enfant perdue. Elle l'avait prise sous sa protection depuis le jour où elle l'avait trouvée en larmes au pied d'un arbre. Un valet ignorant et cruel venait de tuer le petit chat noir que Julia avait recueilli quelques jours auparavant. Aglaé avait pris le temps de consoler la fillette. Elle lui avait expliqué que beaucoup d'animaux étaient victimes de superstitions solidement ancrées dans l'esprit des gens. Ainsi, nombre de personnes clouaient encore des chouettes vivantes sur la porte de leurs écuries ou de leurs étables. Les chats noirs étaient pourchassés et exterminés sans pitié. « A se demander, ironisait Aglaé, comment on pouvait encore en croiser ! »

Marcelle s'encombrait l'existence de toute une

accumulation de croyances et d'interdits. Pas question, en effet, pour elle de passer sous une échelle, de renverser la salière ou, même, de repiquer du persil, cette dernière action équivalant, ni plus, ni moins, à repiquer un des siens. Le vendredi était un jour maudit. Il ne fallait à aucun prix changer les draps ce jour-là ni, a fortiori, faire la lessive le vendredi saint. « Celui qui cuit est béni, celui qui lave est maudit » répétait Marcelle chaque année, en enfournant pain sur pain.

Aglaé avait aidé Julia à faire la part des choses. Difficile, en effet, lorsqu'on était une enfant solitaire, de ne pas mourir de peur à l'idée que la plupart de vos actes, aussi anodins soient-ils, pouvaient se retourner contre vous.

« Marcelle est une sotte », avait conclu Aglaé. Elle avait tenté de persuader Julia que celle-ci n'était en rien coupable du départ de sa mère.

« C'est ainsi, ma fille, lui avait-elle dit. Des histoires entre Laforgue et ta mère. Tu n'y peux rien. »

Julia n'était pas vraiment convaincue. Elle avait toujours gardé au cœur l'espoir que Rosalie reviendrait un jour la chercher. C'était sa seule raison de continuer à vivre.

Personne ne pouvait comprendre, se disait-elle parfois. Elle portait en elle trop de sentiments étouffés. Désespoir, rancœur, culpabilité... de quoi lui donner envie de se jeter dans les rapides de Phades.

— Eh bien... reprit Aglaé tout en poursuivant ses relevés, quand t'en viendras-tu me présenter ton promis ? Qui de nous deux te fait honte ? Lui, ou moi ?

Julia secoua la tête. Elle n'avait pas de promis. Enfin,

pas vraiment. Cette histoire avait été montée de toutes pièces par son père afin de forcer la main aux Descharmes.

Aglaé fit claquer sa langue pour bien manifester sa réprobation. Elle estimait que ce genre de situation ne convenait pas à Julia. C'était encore un coup tordu signé Laforgue ! Elle se défiait de ce type qui faisait fortune sur le dos des pauvres diables s'échinant pour lui. Il fallait voir quelle somme dérisoire il versait aux femmes qui décoraient les sabots et les noircissaient.

Aglaé connaissait leur secret. Elle aurait pu, elle aussi, travailler à domicile, à longueur de journée, à mélanger gomme arabique, noir de campêche, cire d'abeille fondue décomposée à l'ammoniaque. Elle avait choisi la liberté, et ce même si elle avait souvent connu la faim, et le froid.

Elle releva la tête ; considéra, gravement, la jeune fille assise en face d'elle.

Elle n'avait pas sa place dans sa cabane, pensa-t-elle. Le sol de terre battue, les murs noircis, le mobilier sommaire n'étaient pas faits pour elle. C'était peut-être là, pourtant, dans la cabane isolée au milieu des bois, que Julia se sentait réellement chez elle. Parce qu'Aglaé ne l'avait jamais condamnée. Ni même jugée.

— Ne l'épouse pas si tu ne l'aimes pas, conseilla-t-elle.

Julia eut un rire sans joie. Savait-elle seulement à quoi ressemblait l'amour ? De plus, Clément Descharmes n'avait jamais cherché à la revoir.

— Bois ton café, enchaîna la vieille femme.

C'était le seul luxe d'Aglaé. Elle tirait suffisamment de quoi vivre de la vente de son almanach, recopié avec soin. Elle travaillait aussi sur les personnes qui venaient la consulter. Le bouche-à-oreille lui avait toujours permis de renouveler le nombre de ses pratiques.

Aglaé était un peu rebouteuse, un brin guérisseuse. « Sorcière », comme disaient les enfants. Elle avait, surtout, le don d'écouter ceux qui montaient jusqu'à sa cabane.

« Quand on vient me parler, avait-elle un jour expliqué à Julia, on se décharge d'une partie de son fardeau. C'est ça, le secret, petite. Rien d'autre. »

Elle allait chercher son café de l'autre côté de la frontière. La vieille Ida, qui lui réservait son meilleur, était une amie d'enfance. Toutes deux avaient fréquenté les mêmes gars, au cours des fêtes.

Ida s'était mariée avec un Belge. Aglaé était restée fille. Cela ne l'avait pas empêchée de partager, un temps, la vie d'un bûcheron. Tous deux auraient peut-être fini par se marier si la guerre n'était pas venue faucher Raymond. Avec le recul, Aglaé se demandait de plus en plus souvent si elle aurait réussi à supporter de dépendre d'un homme.

Julia goûta le breuvage préparé suivant les règles, acheté vert en Belgique et grillé par Aglaé. C'était tout un rituel, auquel Julia avait déjà assisté. La vieille femme utilisait pour ce faire un grille-café, un parallélépipède de tôle monté sur quatre pattes, surmonté d'un cylindre équipé d'une manivelle.

Elle se servait de bois bien sec qui prenait vite. Il suffisait ensuite de tourner la manivelle du cylindre en trouvant le juste rythme. L'odeur du café grillé embaumait.

Lorsque le café était à point, elle l'étalait sur du papier gris avant d'y glisser une noisette de beurre.

Julia réprima un sourire. Le café d'Aglaé était si bon qu'elle devait être une mauvaise femme si l'on en croyait le dicton affirmant : « C'est les mauvaises femmes qui faisont du bon café. »

Chaque fois qu'elle rendait visite à sa vieille amie, elle revenait revigorée par la chaleur de son accueil. Si elle quittait le château... elle désirait une maison, une vraie maison, où il ferait bon vivre. Elle n'était pas certaine, d'ailleurs, que ce soit le cas de la Croix-Haute.

— Petite, prends donc le temps de vivre, lui conseilla Aglaé alors que Julia se levait pour repartir.

Elle aurait voulu lui recommander de fuir, de quitter les Ardennes pour une autre région, une autre vie. Elle ne s'en sentait pas le droit. Julia avait déjà suffisamment souffert. Si elle avait une chance, une seule, d'être heureuse avec Clément Descharmes, Aglaé ne voulait pas la compromettre.

Elle accompagna sa jeune amie sur le pas de sa porte, la suivit des yeux jusqu'à ce qu'elle disparaisse au tournant du chemin bordé de sapins.

« Prends garde à toi, petite », murmura-t-elle.

Elle frissonna. L'année à venir ne lui disait rien qui vaille.

Eloïse, aux aguets, se tapit au plus profond du fourré où elle avait trouvé refuge. Le sang battait à ses tempes. Elle avait l'habitude, pourtant, de courir vite. Vincent, qui lui avait tout appris, lui avait souvent répété : « Pour faire un bon fraudeux, ma fille, il faut se servir de sa cervelle et de ses jarrets. »

Elle se croyait en sécurité tandis qu'elle redescendait de la baraque de la mère Mélie. Elle avait emprunté un raccourci.

Rousseau, lourdement chargé lui aussi, l'accompagnait. Le temps était clair, elle aurait dû se méfier, elle était fille de la brume.

Par chance, le douanier qui l'avait interpellée n'avait pas de chien. Elle avait détalé sous les taillis, traversé un ruisseau avant de se couler au creux de ce fourré. Elle connaissait une grotte, tout près. Elle pourrait s'y réfugier dès qu'elle serait certaine d'être seule. Les genoux repliés sous le menton, elle épia chaque craquement de branche. Elle connaissait si bien la forêt qu'elle pouvait imaginer quels taillis le douanier était en train d'inspecter.

Elle ne put retenir Rousseau lorsqu'il s'élança sous le couvert. Elle comprit pourquoi en découvrant le sanglier qui s'avançait vers son refuge. La bête, qui menait une compagnie de trois femelles et leurs petits, s'immobilisa avant de pousser un grognement impressionnant et de charger Rousseau. Eloïse jaillit du fourré et agita sa robe. Elle vit Rousseau effectuer une volte dans les airs. Elle hurla. Le chien retomba lourdement sur le sol. Du sang coulait en abondance d'une blessure béante qu'il avait au ventre. Sans se soucier du danger, Eloïse courut sur le sanglier afin de l'empêcher de piétiner Rousseau. Il la chargea à son tour. Elle savait qu'il foncerait droit devant lui, sans pouvoir effectuer de demi-tour.

Elle pivota autour d'un chêne tout en s'efforçant de tirer son chien à l'abri. Elle n'avait pas vraiment peur, elle était trop inquiète au sujet de Rousseau qui haletait avec peine. Elle ne s'écarta pas assez vite. Le sanglier, excité par l'odeur du sang, accrocha un pan de la robe de la jeune fille. Elle tenta de se dégager de l'étreinte mortelle, s'imagina piétinée, saignée à blanc elle aussi. Elle tira sur sa robe, tout en tenant la tête de Rousseau. « Si je meurs... pensa-t-elle en cherchant des yeux un bâton qu'elle pourrait transformer en pieu, ce sera en me battant jusqu'au bout. »

Une violente détonation immobilisa le sanglier alors qu'il fonçait sur elle. Elle vit son regard devenir vitreux. Il s'effondra lourdement.

— Eloïse... murmura Clément, courant la rejoindre.

Quelque obscur instinct l'avait poussé à sortir, malgré le froid. Il s'agenouilla auprès de la jeune fille, la saisit aux épaules. Il avait eu si peur qu'il ne parvenait pas à prononcer un mot.

— Promets-moi, articula-t-il enfin avec peine, promets-moi de ne plus courir un risque pareil.

Elle releva la tête. Ils s'affrontèrent durant plusieurs secondes.

— C'est ma vie, déclara-t-elle enfin doucement. L'autre facette de ma liberté. Je ne veux pas d'entraves. A moi d'en payer le prix.

Elle ne vit pas blêmir Clément. Elle venait de se pencher sur son chien.

— Vite, enjoignit-elle à son compagnon, va me chercher un carrelet, du crin de cheval et de la gnôle.

Elle resta près de Rousseau, à lui parler, très doucement, tandis qu'elle arrachait un morceau de son jupon pour retenir le sang, qui tachait l'herbe et l'humus.

Lorsqu'il lui rapporta la grosse aiguille et le crin

réclamés à une Viviane éberluée, Clément la retrouva en train de tenir la tête de son chien.

— Aide-moi, ordonna-t-elle.

Rousseau ne devait pas bouger pendant l'opération délicate. Clément eut un haut-le-cœur en la voyant rapprocher les lèvres de la plaie béante, recoudre les chairs avant de verser dessus de l'alcool pur. Rousseau eut un soubresaut.

« Il va mourir », pensa-t-il, effondré. Pourtant, il ne protesta pas quand Eloïse lui demanda de l'aider à porter le grand chien jusqu'à la grotte. Elle étendit sa vieille cape sur le sol.

« J'attendrai le temps qu'il faudra », dit-elle en battant le briquet.

Elle était belle, et inaccessible. Follement inquiète pour son chien comme elle l'eût été pour un enfant. Son enfant. Face à elle, Clément avait enfin envie de ce qui lui avait toujours fait peur. Fonder une famille, une vraie famille, dans laquelle on saurait rire, et parler. Tout ce qu'il n'avait pas connu à la Croix-Haute.

Il se pencha pour l'embrasser. Elle noua les bras autour de son cou. Le désir monta en eux avec une délicieuse violence.

« Je t'aime », souffla-t-il en pesant sur elle.

Elle plaqua la main sur ses lèvres.

— Chut ! ne prononce pas des mots que tu regretterais par la suite.

Il comprit qu'elle faisait allusion à ces projets de mariage entre les familles Descharmes et Laforgue. Eloïse avait dû en entendre parler. Tout se savait, au village, et ce que les commères ignoraient exacerbait leur bile.

Il plongea les yeux dans le regard gris-vert qui ne se déroba pas.

— C'est toi que j'aime, Eloïse. Toi seule. N'oublie jamais cela.

Elle esquissa un sourire qui lui fit mal. Comme si elle avait douté de sa sincérité.

— Redis-le-moi le jour du feu des Buires, déclara-t-elle gravement.

Elle faisait allusion à une coutume chère aux Ardennais. Chaque année, le premier dimanche de Carême, on brûlait le Mardi Gras. Les jeunes gens ramassaient tout le bois mort qu'ils pouvaient trouver, y ajoutaient des bottes de paille et transportaient le tout sur la hauteur la plus proche du village. Dès la tombée de la nuit, on allumait le feu, et l'on attendait que les premières flammes s'élèvent haut vers le ciel pour former des rondes autour.

— Pourquoi ? s'étonna Clément.

Eloïse eut un haussement d'épaules.

— J'aime le feu.

Ce n'était pas vraiment la réponse qu'il attendait mais il savait qu'elle ne lui en donnerait pas d'autre.

— Je viendrai, promit-il.

Rousseau geignit sourdement. Eloïse s'écarta aussitôt de son compagnon pour aller caresser son chien.

Stupidement, Clément se sentit abandonné. Et perdu.

9

1894

Une atmosphère lourde régnait à la Croix-Haute. Chaque fois qu'il pénétrait dans la salle décorée de trophées de chasse, Clément avait la désagréable impression d'être jugé par un tribunal sévère. La plupart du temps, il devait subir un discours de son père l'exhortant à demander enfin la main de Julia Laforgue.

Georges Descharmes s'énervait, arguait du fait que « la petite allait leur passer sous le nez ».

« Une pareille affaire, cela ne se refuse pas ! » insistait-il.

Dans ces moments-là, Clément le considérait avec stupeur. Comment, se demandait-il, cet inconnu pouvait-il être son père ? Sa mère ne se mêlait pas de ce genre de discussion, sinon pour soupirer d'un air las.

« Mon pauvre Clément... comme tu peux être difficile ! » laissait-elle tomber de temps à autre.

Difficile, lui, alors qu'il avait souffert sans se plaindre d'une enfance trop solitaire ? Des mots de reproche lui montaient aux lèvres, il les contenait, par respect pour ses parents âgés. Pas par affection, se dit-il soudain avec une lucidité cruelle. Georges Descharmes insistait, sans vouloir prendre en compte le refus obstiné de son fils.

« Va au moins leur rendre visite. Ne serait-ce que pour calmer le vieux. Il me tient, Clément. »

C'étaient des paroles qu'il refusait d'entendre. L'argent, les dettes de son père, tout cela ne le concernait pas. Lui, il ne vivait que pour sa forêt. Et pour Eloïse.

« Cette petite Julia n'est pas si mal, reprenait le père. Ce sera une épouse accommodante, le vieux l'a bien dressée. Un peu silencieuse, peut-être mais... bah, mieux vaut une femme taciturne que trop bavarde, pas vrai ? »

Il riait, pour tenter d'établir une complicité avec son fils, et Clément, vaguement écœuré, se détournait.

« J'aime une femme », osa-t-il dire un soir de fin février, alors que le vent venu des Hauts s'engouffrait dans la cheminée, à grandes rafales rageuses.

Une autre femme... Sa femme, avait-il envie de préciser, au risque de choquer sa mère.

Un silence tomba sur la salle. Les meubles lourds, hérités du grand-père Descharmes, étaient-ils aussi sombres, d'ordinaire ? se demanda Clément.

— Qu'est-ce que c'est que cette histoire ? tonna Descharmes, tapant du poing sur la table de chêne.

Le sang lui était monté à la tête d'un coup. Le visage rouge, congestionné, il paraissait être au bord de la crise d'apoplexie.

— Aimer ! rugit-il. Comme tu y vas ! Je ne te demande pas d'aimer la fille Laforgue, mais de l'épouser. L'autre, ma foi... tu pourras toujours la voir, du moment que Julia n'en sait rien.

Clément, livide, secoua la tête.

— Imaginez-vous ce que vous me proposez, père? La parfaite hypocrisie du mariage bourgeois... Avez-vous agi de même avec ma mère?

Le soufflet qu'il reçut lui marqua la joue. Il soutint le regard courroucé de son père avant de s'incliner légèrement devant Marie-Renée.

— Pardonnez-moi, mère, déclara-t-il avec effort. Ce n'est pas ce que je voulais dire mais... j'ai été si choqué...

— Pas autant que moi, articula Marie-Renée Descharmes d'une voix blanche.

Elle croisa et décroisa ses mains, en proie à un trouble grandissant.

— Que t'arrive-t-il donc, Clément? reprit-elle.

Les yeux pleins de larmes, elle ajouta :

— Tu es bien le même que ta mère, tiens! Prêt à gâcher ta vie pour une tocade... On a raison, dans la vallée, de dire que les chiens ne font pas des chats!

Pétrifiés, Georges et Marie-Renée Descharmes échangèrent un regard effrayé. Un fracas assourdissant fit sursauter les convives. Viviane venait de laisser tomber le plat qu'elle apportait à table.

Durant quelques instants, ils se mirent tous à parler très fort, comme pour chasser jusqu'à l'écho des phrases terribles qui avaient été prononcées.

Et puis, quand la servante appelée en renfort eut fini de nettoyer les dégâts, Clément se retourna vers Marie-Renée.

— Qu'avez-vous voulu dire exactement? Qui est ma mère?

Sa joue gauche gardait toujours la marque du coup porté par son père.

Sur le seuil de la salle, Viviane adressa une prière muette au Dieu de Marie-Renée, celui en qui elle ne croyait pas vraiment mais, à cet instant, elle ne savait plus. Seul Clément importait.

Georges et Marie-Renée Descharmes se regardèrent. La première, Marie-Renée se ressaisit.

— Ta mère ? Mais c'est moi, bien entendu, répondit-elle avec une feinte assurance.

Clément, blême, avait la sensation de marcher au bord d'un abîme. Le ton, la voix de Marie-Renée, tout sonnait faux. Georges Descharmes avait repoussé sa chaise et allumé un cigare, pourtant interdit par le docteur Frémont.

— Ça suffit comme ça, grommela-t-il après s'être raclé la gorge. Tu vois bien que ta pauvre mère est toute retournée.

Clément aurait voulu se lever, aller embrasser Marie-Renée avant de la tenir aux épaules et de lui enjoindre :

« Dis-moi... Je t'en prie, dis-moi la vérité. »

Une force obscure l'en empêchait. A moins qu'il ne sût, avec certitude, que sa mère n'aurait pas répondu ?

En proie à un profond désarroi, il repoussa sa chaise.

— On étouffe ici ! jeta-t-il.

Il marcha jusqu'à la fenêtre, l'ouvrit brutalement. L'air glacial lui fit du bien.

Marie-Renée frissonna.

— J'ai froid, Clément. Referme cette fenêtre, pria-t-elle d'une voix plaintive.

Il se retourna, la regarda, avec des yeux soudain

dessillés. Sa mère... sa mère ne pouvait pas être cette vieille dame aux cheveux blancs qui avait dépassé la soixantaine, au visage couleur de craie sillonné de rides. Il l'imaginait autre, le rire au coin des lèvres, les yeux brillants.

Il saurait, se promit-il.

Viviane avait étalé devant elle les coffrets d'argenterie, les chiffons doux et le blanc d'Espagne.

— La vérité... comme tu y vas, mon gars ! marmonna-t-elle. Elle peut avoir plusieurs visages, selon la situation dans laquelle on se trouve.

Elle était mal à l'aise, cela se voyait à la façon saccadée dont elle astiquait « son » argenterie, comme elle disait avec une petite pointe de fierté. D'habitude, elle officiait avec plus de soin et de respect.

Clément se pencha au-dessus de la grande table recouverte de papier journal.

« Le gamin a vieilli », pensa Viviane. Comme ça, d'un coup. Le regard bleu était assombri. Deux rides s'étaient creusées entre les sourcils.

— Tu sais, reprit Clément. Tu as toujours su. A quoi bon te taire, à présent ?

Viviane, la main crispée sur la fourchette qu'elle venait de passer au blanc d'Espagne, ferma les yeux. Des images se pressaient derrière l'écran de ses paupières closes. Des images dont elle avait voulu garder le souvenir pour un jour comme celui-ci. Le jour où, finalement, Clément s'adresserait à elle en lui disant : « Tu sais. »

Elle se rappelait les yeux, bleu foncé, du lieutenant. Elle n'avait jamais su son nom. Célia et elle l'appelaient le lieutenant, et non pas le Prussien. Viviane se rappelait la façon dont il contemplait Célia, et les joues empourprées de la jeune fille. Elle se rappelait, aussi, avoir tenté de réconforter Célia le jour où le lieutenant était reparti avec son ordonnance. Les Descharmes n'avaient rien voulu voir. Le père, accablé par l'ampleur de la défaite, se réfugiait dans son bureau pour ne pas risquer de rencontrer le Prussien tandis que la mère fréquentait de plus en plus assidûment l'église.

L'un et l'autre ne risquaient pas de comprendre l'élan qui avait rapproché le séduisant officier et la jeune fille romanesque. La période était particulièrement troublée. Les Ardennes, refuge des francs-tireurs, avaient souffert des représailles prussiennes. Les Franco-Belges, la Compagnie des Sangliers ou les Montagnards de Revin harcelaient sans répit les Allemands et les terrorisaient.

A mots prudents, elle s'efforça d'expliquer à Clément ce qui s'était passé plus de vingt-trois ans auparavant, en cette fin d'année 1870.

Il la considéra avec incrédulité.

— Tu ne veux pas dire? Mais c'est complètement fou! Ma mère...

— Monsieur et madame Descharmes sont tes grands-parents, coupa Viviane.

Elle s'était révoltée, à l'époque. «Vous n'avez pas le droit!» avait-elle crié à Georges Descharmes.

Il était le maître de maison, le chef de famille, et il avait balayé d'un haussement d'épaules les protestations de la servante. Le droit... comme elle y allait! Il avait tous les droits, notamment celui de jeter sa fille à la rue, s'il lui prenait la fantaisie de refuser le marché proposé. Marie-Renée n'avait pas bronché. Habituée à se soumettre aux décisions de son mari, profondément choquée par le péché de Célia, elle n'avait pas cherché à défendre sa fille.

« C'est le seul moyen d'éviter le scandale », avait-elle murmuré.

Viviane se rappelait le visage sans couleur de Célia, son sursaut lorsqu'on lui avait retiré Clément, et ce cri de révolte qui lui avait échappé. Par la suite, elle s'était murée dans le silence avant de fuir, dès qu'elle l'avait pu. Toutes ces vies gâchées... Viviane serra les poings, de rage impuissante, et de chagrin. Si on avait bien voulu l'écouter...

— Pourquoi a-t-elle accepté ? souffla Clément.

Celle qu'il croyait être sa sœur, qu'il s'étonnait de n'avoir jamais vue, à la Croix-Haute ou ailleurs, était en réalité sa mère. Célia Descharmes. Il répéta son nom, comme pour mieux se l'approprier. Célia Descharmes.

Viviane rangea sa fourchette dans l'étui tapissé de chamoisine destiné à recevoir l'argenterie. Mue par un réflexe, elle compta les pièces, vérifiant une nouvelle fois qu'une cuiller et une fourchette avaient été dérobées. « Encore un coup des Prussiens », avait commenté Marie-Renée le jour où Viviane avait découvert le larcin.

Elle releva la tête, soutint le regard de celui qu'elle avait toujours considéré comme son fils.

— Pourquoi ? répéta-t-elle d'une voix blanche. Mon pauvre Clément, je ne crois pas qu'elle avait le choix. Imagines-tu cette jeune fille de dix-sept ans traînée dans la boue parce qu'elle avait fauté avec un ennemi ? Déjà qu'elle risquait de trouver devant la porte de la

Croix-Haute une branche de saule sans écorce ou encore un nid de pie, « offrandes » généralement réservées aux filles mères... Si l'on avait su la vérité, on l'aurait chassée du pays à coups de pierre. Elle l'aimait... c'était sa seule justification.

— Et lui ?

Dire que Georges l'avait élevé dans la haine des Prussiens et le désir de revanche... En proie à un profond désarroi, Clément donna du poing contre la table. Viviane ne protesta pas.

— J'ai souvent pensé qu'il avait dû mourir peu de temps après, déclara-t-elle enfin. Sinon, il serait revenu à la Croix-Haute. Il m'avait fait l'impression d'être un gars bien. Enfin... en oubliant qu'il était Prussien. Peut-être même qu'il aimait Célia.

— Tout aurait été beaucoup plus simple si l'on ne s'était pas livré à cette mascarade, marmonna Clément.

Il ne savait même plus quel sentiment l'emportait chez lui, de la révolte ou du désespoir. Il comprenait mieux, à présent, la raison pour laquelle il ne s'était jamais senti vraiment à sa place auprès de Georges et de Marie-Renée. Un enfant solitaire sans personne sur qui s'appuyer, hormis Viviane.

Son visage se ferma. Il se redressa.

— Il faut que je la voie, que je lui parle... s'écria-t-il en s'élançant vers la porte.

Viviane esquissa le geste de le retenir ; laissa retomber son bras.

« A quoi bon ? » murmura-t-elle pour elle-même.

Elle marcha jusqu'à la fenêtre, posa le front contre la vitre froide. Là-haut, sur la colline, les jeunes allumaient le feu des Buires.

10

1894

Clément ne s'était pas senti dépaysé en foulant le sol de la forêt haut-marnaise, pays de bois, où il faisait cependant plus froid que dans les Ardennes. Les odeurs de copeaux et de sciure lui étaient familières. Il reconnut tout cela, et aussi la silhouette massive de son frère, Arnaud, qui ressemblait presque trop à Georges Descharmes.

Il avait de la chance, lui, pensa-t-il avec une pointe d'amertume, il connaissait son père.

Clément ne l'avait pas vu depuis longtemps, les deux familles ne se fréquentant pas. Henriette, sa belle-sœur, l'avait reçu avec une courtoisie teintée de curiosité. Il avait lu dans son regard bleu pâle qu'elle s'étonnait de sa visite. Elle était trop bien élevée, cependant, pour poser une seule question. Son mari et elle habitaient une vieille bâtisse pleine de charme sous son manteau de vigne vierge. Arnaud, bourru, maladroit, veillait sur Henriette avec des attentions touchantes.

« Elle attend notre premier enfant », expliqua-t-il à

Clément alors qu'ils se retrouvaient seuls. « Tu imagines... il y a si longtemps que nous espérions ça ! »

Clément eut de la peine à évoquer Célia. Il pensait que celle qu'il appelait encore sa sœur avait habité plusieurs années en Haute-Marne. Or, Arnaud lui révéla qu'elle était partie depuis longtemps.

La cohabitation entre Célia et Henriette s'était avérée difficile ; Célia avait son caractère, ses humeurs. Arnaud ne pouvait donner tort à son épouse, elle avait fait preuve d'une grande patience.

« Où est Célia ? » s'était enquis Clément.

Arnaud avait haussé les épaules. L'an passé, sa sœur cadette se trouvait encore à Bruxelles. Elle donnait des leçons de piano... une façon déguisée de crier misère. Il lui envoyait un peu d'argent à intervalles réguliers. Oui, il pouvait communiquer son adresse à Clément.

Ce dernier avait repris le train. Chaumont, Mézières, Charleroi. Le nez écrasé contre la vitre, il avait contemplé sans le voir vraiment le paysage trop sombre, mines et terrils. Bruxelles était déjà là, animée, joyeuse. Une ville où il se sentit tout de suite perdu. Sa forêt lui manquait. Il était emprunté, harassé lorsqu'il trouva enfin la rue où Célia habitait. Une maison étroite, tout en hauteur, avec des fenêtres à bow-windows. Brique lavée de frais, frise de carrelages au-dessus des fenêtres, voilages amidonnés... la demeure avait un aspect coquet et n'offrait aucune ressemblance avec la Croix-Haute.

Il fit demi-tour avant d'avoir saisi le heurtoir de bronze et s'enfuit dans la rue.

Lorsqu'il se décida à refaire le chemin en sens inverse, la nuit était tombée. Ce n'était pas l'heure rêvée pour effectuer une visite mais Clément n'en avait cure.

Il marqua une hésitation en reconnaissant la femme qui vint lui ouvrir. Elle paraissait plus jeune que ses quarante ans, était belle encore, avec ses cheveux cendrés et ses yeux gris.

Ils échangèrent un regard terrible, fait de colère et de désarroi.

Célia Descharmes recula, sans baisser les yeux.

— Pourquoi ? souffla-t-elle.

Clément éclata d'un rire nerveux.

— Il ne faut pas inverser les rôles. C'est moi qui suis venu demander des explications.

Il comprit que sa démarche était vaine en voyant le visage de sa mère se fermer.

Sa mère... C'était étrange, mais il ne parvenait pas à considérer cette étrangère comme sa mère. Pas plus que Marie-Renée, d'ailleurs. Celle qui l'avait élevé, aidé à grandir et réconforté, c'était Viviane. Elle seule.

La femme en face de lui se raidit. Quels souvenirs avait-elle gardés de l'année 1870 ? Se rappelait-elle encore avec précision les traits du lieutenant prussien ? A moins qu'elle n'ait tout chassé de sa mémoire. Il la regardait, et ne trouvait pas les mots pour exprimer ce qu'il ressentait. Il imaginait seulement une misère morale comparable à la sienne, une souffrance et un désespoir contenus.

— J'aurais voulu... murmura Célia, sans parvenir à terminer sa phrase.

Qu'aurait-elle pu ajouter ? Qu'elle n'avait pas eu la force de s'opposer à la décision de ses parents ? Qu'elle avait souhaité mourir la nuit suivant son accouchement ? Qu'elle avait fui la Croix-Haute pour tenter d'oublier, alors que c'était impossible ?

De nouveau, elle le regarda. Il était grand, bien bâti, avec des cheveux bruns et des yeux bleu foncé.

— Tu lui ressembles, murmura-t-elle, presque à regret.

Elle ne voulait pas se souvenir de lui. C'était trop difficile, trop douloureux.

Clément, lui, attendait un geste, un élan de tendresse. En vain. Célia avait trop longtemps bridé ses émotions pour leur donner libre cours.

Elle jeta un coup d'œil soucieux par-dessus son épaule.

— On m'attend, jeta-t-elle précipitamment, en amorçant un mouvement vers la porte.

Clément ne put se contenir. Il l'agrippa aux épaules ; constata qu'il la dépassait d'une bonne tête. Il avait envie de lui faire mal, de lui reprocher, pêle-mêle, ce qu'avait été son enfance dans une famille régie par le mensonge.

— Qu'est-ce que je suis pour toi ? questionna-t-il d'une voix assourdie.

Célia marqua une hésitation. Une ombre passa sur son visage.

— Rien, souffla-t-elle enfin. J'ai voulu tout oublier de cette époque.

Clément recula d'un pas. Il se sentait renié, rejeté.

Célia repoussa la porte.

— Il ne faut plus venir, ce sera mieux, ajouta-t-elle, avant de fermer le battant.

Pétrifié, Clément resta un bon moment sur le perron, à contempler cette porte close qui le narguait.

Lorsqu'il se décida à bouger, tout son corps engourdi lui fit mal. Une humidité poisseuse imprégnait la ville. Le pavé luisant, l'obscurité, le vent aigre qui transperçait les vêtements, concouraient à accabler encore plus Clément. Transi, il entra dans un cabaret, commanda un verre de cognac qu'il vida d'un trait.

L'alcool lui communiqua une délicieuse sensation de chaleur qui n'était qu'illusion. Il avait mal ; une douleur lui pinçait la poitrine.

Il ne regrettait pas, cependant, cette entrevue avec Célia. D'une certaine manière, elle l'avait aidé à y voir un peu plus clair. Il lui montrerait, pensa-t-il en reposant son verre sur le comptoir. Il leur montrerait à tous qu'il était capable de mener sa barque seul.

A cet instant, il songea à Eloïse. Avec la jeune femme à ses côtés, il se sentait tous les courages.

Viviane suivit d'un regard soucieux la silhouette de son « gamin » qui s'éloignait vers les Hauts. Le printemps était dans l'air, elle le sentait dans le frémissement de la nature, dans ces petits matins plus clairs, une certaine douceur et, pourtant, elle ne parvenait pas à se réjouir.

Clément était revenu avec une ombre farouche dans le regard. « Un homme qui a souffert », avait-elle pensé, saisie. Elle avait eu mal pour lui, sans oser pour autant lui poser de questions. Elle pressentait qu'il devait apprivoiser la vérité avant de pouvoir l'accepter. S'il y parvenait un jour...

Georges et Marie-Renée Descharmes étaient restés étonnamment silencieux. La vieille dame était écrasée par le remords mais son mari n'était pas disposé le moins du monde à regretter son comportement. Pour lui, une seule chose importait : préserver sa famille du scandale. A ce compte, tout était permis, du moment que le nom des Descharmes n'était pas entaché.

Viviane devinait tout cela, en astiquant furieusement sa cuisinière, une merveille sortie des usines de Laval-Dieu, à Monthermé. Chaque fois qu'elle l'utilisait, elle revoyait sa propre mère cuisinant dans l'âtre, dans sa salle enfumée, au sol de terre battue, aux murs suintant d'humidité, et elle se disait que, quand même, le progrès avait du bon.

Elle aurait aimé demander à Clément s'il avait vu Célia, comment la jeune femme se portait. Ce silence obstiné l'étouffait. Cette maison, d'ailleurs, lui pesait. Trop de souvenirs y flottaient. Il faudrait que Clément balaie tout cela. Elle l'imaginait marié, à la tête d'une ribambelle d'enfants. A ce prix, peut-être, il réussirait à surmonter son drame personnel. Peut-être...

Clément se décida à frapper à la porte de Scipion après avoir en vain parcouru la forêt en tous sens. Impossible de rencontrer Eloïse. A croire qu'elle s'était volatilisée...

Il n'avait jamais parlé avec Scipion et Louise mais il avait une excuse toute trouvée. Il avait prêté un ouvrage de Voltaire à Eloïse ; pourrait-elle le lui rendre ?

Scipion l'observa un long moment avant de se racler la gorge.

— Eloïse te rendra ton livre dès qu'elle reviendra, mon gars. Assieds-toi donc, ne reste pas planté debout, tu me donnes le tournis.

Clément obéit, accepta le verre de goutte qu'on lui

proposait, répondit distraitement aux questions posées. Dans sa tête une phrase obsédante le torturait. « Dès qu'elle reviendra... »

— Où est-elle ? se décida-t-il enfin à demander, après avoir goûté au breuvage particulièrement fort.

Scipion fit claquer sa langue.

— Si elle voulait que tu le saches, elle te l'aurait dit, pas vrai ?

Clément esquissa un sourire. Le vieil homme lui plaisait, même s'il restait sur la défensive. Scipion avait encore belle allure, avec sa haute silhouette toute voûtée, ses yeux délavés, ses moustaches blanches et ses cheveux drus.

Ils parlèrent coupe de bois, menuiserie, durant un bon moment avant d'évoquer de nouveau Eloïse. Le vieux communard planta son regard dans celui de Clément.

— Eloïse est une femme libre, elle a été élevée comme ça. A la fin de l'hiver, elle a eu envie de changer d'air. Ça lui a pris d'un coup, nous l'avons envoyée chez des amis, de l'autre côté de la frontière. La Belgique, pour nous autres, ça a toujours été un refuge depuis que le père Hugo nous a ouvert la route, en 1851.

Accablé, Clément ne l'écoutait plus. Il entendait la voix d'Eloïse : « Redis-le-moi le jour du feu des Buires. »

Ce jour-là, il avait appris la vérité sur sa naissance et, sous le choc, oublié le rendez-vous fixé par sa maîtresse. Il imaginait qu'elle avait dû l'attendre une bonne partie de la nuit, avant de retourner à la cabane. Elle avait certainement pensé qu'il avait choisi d'épouser Julia Laforgue et, désespérée, résolu de s'enfuir.

— Vous avez bien une adresse où la joindre? reprit-il.

Scipion haussa les épaules.

— Pour quoi faire ? Elle reviendra quand on lui manquera trop. Ça lui est déjà arrivé, tu sais. Eloïse est un véritable oiseau migrateur, elle ne tient pas en place.

— Reviendra-t-elle seulement?

Le vieil homme servit une nouvelle rasade de goutte.

— Va savoir ! Il suffit d'attendre.

Clément vida son verre, puis en but un autre, pour oublier. Il se sentait le cœur étrangement vide, à la dérive.

— Il fera beau demain, annonça le vieux Scipion, levant le nez vers le ciel clair.

Clément s'en moquait bien ! Il songeait à Eloïse, et se disait qu'il l'avait perdue.

11

Julia poussa la porte de l'atelier d'Alfred et huma avec délice l'odeur de bois fraîchement raboté.

— Il n'est pas là, lui lança Octave sans prendre la peine de la saluer.

Julia et lui ne s'appréciaient guère. Octave était jaloux de l'amitié et de la complicité qui unissaient la jeune fille au vieux sabotier.

Julia caressa de la main la coche et esquissa un sourire rêveur. Son père n'avait jamais rien voulu entendre.

« Ma fille n'a pas à travailler, rugissait-il lorsqu'elle revenait timidement à la charge. Ce sont les pauvres qui s'escriment... pas les Laforgue. »

Qu'aurait-il dit s'il avait su que le nom de Laforgue faisait horreur à Julia ? Il aurait tempêté, ou bien il l'aurait battue. Chaque fois qu'il levait la main sur elle, Julia refusait de baisser les yeux. C'était pour elle le seul moyen qu'elle ait trouvé de résister. Pour ne pas mourir tout à fait sous les violences et humiliations qu'il lui avait fait subir depuis le départ de sa femme.

— Alfred est malade, reprit Octave, avec une satisfaction mauvaise dans la voix.

Il se tapa la poitrine.

— Un vrai soufflet de forge là-dedans. M'est avis qu'il n'en a plus pour longtemps. Un gars vaillant comme lui, ça vient travailler ou ça se couche pour mourir.

— Tais-toi ! cria Julia.

Elle avait blêmi. Alfred, son seul ami... Elle savait qu'elle pouvait lui faire confiance.

Elle fit demi-tour, ouvrit la porte de l'atelier. L'herbe était piquetée de pâquerettes. Un soleil insolent irisait la surface de la rivière.

Elle eut une hésitation avant de reprendre la direction du village. Dans son dos, Octave criait :

— De toute façon, vaudrait mieux qu'il passe l'arme à gauche, Alfred. Avec tout ce que le patron nous prépare...

Elle savait, bien sûr, qu'elle n'aurait pas dû manifester quelque intérêt mais c'était plus fort qu'elle. Elle se retourna, lentement.

Octave lui décocha un coup d'œil triomphant.

— Si tu as quelque chose à dire, fais-le, jeta-t-elle, furieuse contre elle-même.

L'autre ricana.

— Ton père, il en a dans la tête. Il a compris qu'avec des machines il gagnera encore plus de sous.

Il se rapprocha de Julia. Son haleine avinée lui donnait la nausée. Elle tenta de s'écarter.

— Tu comprends, ma belle, poursuivit-il, la machine ne fait pas grève, ne réclame pas une augmentation de salaire et, surtout, n'a pas besoin de s'arrêter.

— Une machine ? répéta Julia, abasourdie.

Alfred lui avait transmis l'amour de la belle ouvrage.

Elle imaginait mal comment un engin mécanisé pourrait produire des sabots d'aussi bonne qualité que ceux fabriqués par son vieil ami.

— Ça doit coûter un argent fou, marmonna Julia.

Elle était atterrée. Elle savait, en effet, que l'usine faisait vivre une bonne centaine de personnes du village et des environs. L'époque où les sabotiers travaillaient l'hiver au coin du feu avant de retourner à la terre aux beaux jours était révolue depuis déjà un bon moment. Laforgue était passé au stade patronal en rassemblant les artisans dans ses locaux.

Rien ne l'arrêterait dans son ascension. Julia connaissait trop bien l'entêtement et la détermination de son père.

— L'argent, il le récupérera toujours sur notre dos, reprit Octave d'un ton vengeur.

Sa voix, son visage exprimaient une haine indicible. Saisie, Julia recula d'un pas. Brusquement cet homme, là, lui faisait peur. Elle avait le sentiment de se retrouver face à un inconnu.

— Tu verras, un jour la machine fera tout à notre place. Et alors... dis-moi : le sabot aura-t-il encore une âme ?

Julia s'enfuit sans répondre. Ses yeux étaient pleins de larmes, elle qui ne pleurait plus depuis la disparition de sa mère.

Elle courut jusqu'à la modeste maison d'Alfred, à l'entrée du village. Il faisait doux, les femmes avaient profité du bon temps pour astiquer leurs carreaux. Le contraste n'en était que plus saisissant avec l'impression de tristesse qui émanait du logis d'Alfred. Les volets étaient à demi clos. Sa femme, Fifine, ouvrit la porte à Julia après l'avoir laissée un bon moment sur le seuil.

— Je m'occupais de mon homme, s'excusa-t-elle.

La maisonnette était humide. Un maigre feu ne parvenait pas à l'assainir. Alfred se tenait tout près de la cheminée, assis bien droit sur l'unique chaise de la salle. Un sourire éclaira son visage lorsqu'il aperçut Julia.

— Que viens-tu faire là ? questionna-t-il d'une voix cassée. Je croyais que tu te mariais après-demain.

— Et quand bien même ? répliqua vivement Julia.

Elle tira un tabouret près de son vieil ami, lui tint les mains, comme pour les réchauffer.

— Je ne savais pas que tu étais malade sinon je serais venue plus tôt.

Alfred voulut hausser les épaules. Une quinte de toux lui déchira la poitrine. Malade... comme elle y allait ! Il avait attrapé un mauvais froid, l'autre soir, alors qu'un brouillard épais monté de la rivière l'avait surpris en chemin. Comme la plupart des ouvriers, Alfred avait la fâcheuse habitude de ne pas se couvrir suffisamment. Il se contentait d'un sarrau ample, en fine toile bleue, et d'un pantalon de coutil à quadrillage gris et blanc.

— As-tu vu le docteur ? insista Julia.

Fifine avança d'un pas. Elle ressemblait à une musaraigne avec son nez pointu et son menton fuyant. Au village, tel était son surnom.

— C'est trop cher pour notre bourse, gémit-elle.

Julia soupira d'impuissance. Elle n'avait jamais d'argent sur elle, son père estimant qu'elle n'en avait point besoin.

— Je peux lui demander de passer, proposa-t-elle.

Le docteur Frémont était connu dans tout le canton pour son humanité. Dévoué, il n'hésitait pas à braver les intempéries pour se rendre au chevet de ses patients. Il devrait donc venir sans problème chez Alfred.

Le sabotier secoua la tête.

— Faut pas t'inquiéter comme ça, ma fille. Fifine me fait avaler du sirop de carotte et de navet pour ma toux. Demain, je serai à l'atelier.

Elle lut dans son regard qu'il mentait, voulut insister.

— Fais-moi confiance, reprit-il. Parle-moi plutôt de ce mariage. Est-ce qu'il est beau gars, au moins, ton promis ?

Julia garda le silence durant plusieurs secondes. Beau, Clément ? Certes, elle le trouvait séduisant, tout en déplorant qu'il ne soit pas plus souriant. Son père et lui étaient venus faire leur demande au début du printemps. Julia n'avait pas vraiment eu son mot à dire mais elle aurait accepté d'épouser le diable lui-même si cela avait pu lui permettre de quitter la maison paternelle !

Les noces avaient été rondement décidées, comme si les deux pères avaient redouté quelque revirement de la part des jeunes gens. Marcelle ne s'était pas privée de faire claquer sa langue. « Si je ne lavais pas vos linges tous les mois, j'aurais pensé que vous étiez grosse », avait-elle fait remarquer à une Julia indifférente.

Marcelle cuisinait sans répit en prévision du mariage. Il n'y aurait pas grand monde, pourtant, mais la femme de journée mettait un point d'honneur à préparer un repas de noces digne de ce nom.

De son côté, Julia réservait à son père une surprise au goût de vengeance.

— Sois heureuse, ma fille, lui recommanda Alfred. Tu le mérites.

Elle se pencha, l'embrassa sur la joue.

— Je vous envoie le docteur, chuchota-t-elle à Fifine.

La femme d'Alfred haussa les épaules.

— Si ça peut te faire plaisir… il n'y a guère d'espoir, tu sais. Pour que mon homme ne travaille pas, faut vraiment…

Elle ne termina pas sa phrase, et Julia s'enfuit sur un bref au revoir. Avec Alfred, c'était le seul rayon de soleil de son enfance qui s'en irait.

Son père l'attendait au château. Elle ne put réprimer un mouvement de recul en se trouvant nez à nez avec lui dans le hall.

Il ricana.

— De quoi as-tu donc peur ? Tu vas partir, devenir une Descharmes confite en bigoterie et nous serons toi et moi débarrassés l'un de l'autre. C'est un soir de fête.

Il la rattrapa par le col alors qu'elle s'esquivait en direction de l'escalier. Il voulait boire à son départ, à son mariage. Et il n'avait pas l'intention de boire seul.

Lorsqu'il la laissa enfin aller, elle était rompue, tout son corps était tendu. Tout au long de la soirée, elle s'était raidie dans l'attente d'un assaut qui, finalement, ne s'était pas produit. Elle avait un peu trop bu, elle aussi, pour tenter de se détendre, et la migraine martelait sa tempe droite.

Elle jeta un coup d'œil à son reflet dans le miroir de sa chambre. Etait-elle seulement belle ? On ne le lui avait jamais dit, même pas Clément, son fiancé, qui la considérait avec une courtoise indifférence. Le mariage avec lui, cependant, ne lui faisait pas peur. Ce ne pouvait être pire que sa vie ici depuis le départ de sa mère.

Clément ne remarqua pas tout de suite la pâleur inhabituelle de Laforgue. Lui-même avait été fort occupé les jours précédents. Il était allé chercher en gare de Charleville les proches qui avaient accepté de se rendre à son mariage. Il y avait Pierre Fromentin, son parrain, un notaire rethélois, frère cadet de Marie-Renée, son épouse Jeannette et leurs enfants. Sa marraine, Marie-Thérèse, était une petite-cousine de Georges Descharmes. Couturière à Charleville, elle avait fait le déplacement en compagnie de son fils, Hugues. Son mari était mort deux ans auparavant. Etaient aussi venus toute la famille Fromentin, les Descharmes de Belgique, du côté de Bouillon, ceux du Sedanais... En tout une quarantaine de personnes, ce qui avait incité Georges à proposer au père Laforgue de se charger de la noce. Proposition que le sabotier avait acceptée. Ainsi que Descharmes l'avait confié à Marcelle avec un gros rire, il n'était pas homme à refuser pareille économie. Ce qui n'avait pas empêché Marcelle de préparer brioches et pâtés en croûte. Par fierté, comme elle disait.

Clément avait pensé à décorer lui-même la porte d'entrée du château d'une couronne de fleurs blanches, de lys et de roses. Qui d'autre y aurait songé ? Julia n'avait pas d'amies de son âge, personne sur qui elle pouvait compter. Sa solitude, sa vulnérabilité, émouvaient Clément. Ce n'était pas de l'amour, cependant, qu'il éprouvait pour la fille Laforgue. Viviane lui avait rappelé qu'il devait décorer également la porte de la Croix-Haute, celle de l'église et celle de la grange où l'on prendrait le repas. Arthur et Elie, ses meilleurs amis, avec qui il avait étudié à Charleville, étaient venus l'aider à couper les branchages de sapin et de bouleau nécessaires pour le décor.

Ces préparatifs l'avaient distrait, l'empêchant de penser au caractère irrévocable de son engagement. Il avait cédé aux instances de son père par lassitude, découragement et, peut-être, aussi pour se venger d'Eloïse qui ne l'avait pas attendu. Pourtant, plus il y réfléchissait, plus il devait admettre que c'était lui, et lui seul qui n'était pas allé au rendez-vous fixé. Ce jour-là, il était trop sous le choc des révélations de Viviane pour songer à autre chose.

A présent... il allait lier son destin à celui d'une jeune fille qu'il n'aimerait sans doute jamais. Il en aurait certainement souri, par dérision, s'il n'avait eu conscience de se fourvoyer.

Laforgue descendit lourdement du tilbury qu'il réservait d'ordinaire à son usage personnel. Il était livide et le costume noir qu'il portait accentuait sa pâleur.

Derrière lui, Julia apparaissait transformée. De mémoire de villageoise, on n'avait jamais vu une robe aussi somptueuse, toute en dentelle ivoire. Un murmure flatteur accompagna la mariée, tandis qu'elle se dirigeait vers l'église. Son père l'avait devancée, si bien qu'elle remonta seule la nef. Voyant cela, Clément alla à sa rencontre. Lui-même portait beau dans son paletot en drap noir de Sedan, son pantalon de drap sans pli en avant et son gilet de soie bleue. Il s'inclina légèrement devant Julia.

La jeune fille suivit l'office d'une oreille distraite. Elle n'avait pas l'impression d'être réellement concernée, d'autant qu'elle sentait le regard de Laforgue rivé à sa robe. Angélique, la petite-cousine de Clément, lui avait dit avec des yeux émerveillés qu'elle ressemblait à une princesse. Julia se sentait invulnérable dans la toilette de sa mère et c'était là un sentiment grisant.

Elle croisa le regard de Clément au moment de l'échange des consentements. Elle y lut comme de l'incrédulité, et elle abaissa les paupières pour ne pas céder à la panique.

Suivant la coutume, Clément, en pénétrant dans l'église, avait donné treize pièces à l'enfant de chœur. Celui-ci les avait posées en cercle sur une assiette d'étain. A l'issue de la cérémonie, le prêtre remit trois pièces à Clément et conserva par-devers lui les dix autres.

Clément marqua une hésitation, se retourna vers Viviane, comme pour lui demander conseil. Obéissant à son invite, il plaça les trois pièces dans la main droite de Julia. C'était la preuve qu'il était bien décidé à garantir à son épouse sa nourriture et son entretien. A cet instant, il pensa fortement à sa mère, et se mordit les lèvres. Il fallait embrasser la nappe de l'autel avant de sortir de l'église.

Viviane soupira de soulagement. Julia s'était fait devancer par Clément pour sacrifier à ce rituel, ce ne serait donc pas elle qui porterait la culotte dans le ménage. La gouvernante n'aurait jamais voulu l'avouer mais elle accordait beaucoup d'importance à ce genre de signes.

Toute la noce embrassa la mariée sur le parvis. Toute la noce, sauf Laforgue, qui avait disparu.

— Il est parti boire au café, chuchota Arthur à Clément.

Le nouveau marié haussa les épaules. Le père de Julia ne lui inspirait qu'antipathie et il ne recherchait pas sa présence.

Le cortège se dirigea vers l'hôtel du Commerce, où Marie-Renée Descharmes avait commandé le repas de noces. Les cousins de Clément avaient décoré la porte d'entrée de guirlandes de lierre entrelacées de minuscules roses blanches. Il se tourna vers Julia.

— C'est très joli, murmura-t-elle.

Elle était à la fois intimidée et heureuse. Enfin, elle échappait à Laforgue ! Pour cette seule raison, elle désirait que son mariage fût une réussite.

Le repas fut interminable, comme il se devait. Après le hors-d'œuvre, constitué d'assiettes de soupe et de bœuf gros sel, les servantes avaient apporté les lapins en sauce brune, les poulets et les canards.

Clément et Julia n'avaient plus faim depuis longtemps lorsque, sur le coup de cinq heures, on servit avec la salade d'épaisses tranches de veau.

Ce n'était pas le cas de Laforgue qui faisait honneur à chaque plat tout en vidant son verre avec une belle constance.

— Votre père n'est-il pas un peu trop rouge ? fit remarquer Clément à Julia à l'heure du fromage.

La jeune femme haussa les épaules.

— Même si cela était, il refuserait d'écouter mes conseils de modération.

Elle n'avait pas envie d'en dire plus. Ses relations avec son père ne concernaient qu'elle. D'ailleurs désormais, elle avait bien l'intention de le voir le moins possible.

Il avait invité une femme un peu trop jeune, qui riait fort en trinquant avec lui à intervalles réguliers. Marie-Renée Descharmes s'était arrangée pour ne pas la saluer. Les amis de Clément firent chanter toute la noce. Quand le violoneux attaqua *L'Heure exquise*, Georges Descharmes se leva pour inviter Julia à danser. Elle ne savait pas ; il lui dit en souriant qu'il lui apprendrait. Il était attentif et gentil avec elle, elle n'avait pas l'habitude de recevoir autant d'égards.

Elle sentit le regard de Laforgue rivé sur elle tout le temps de la valse. Elle savait que c'était sa robe qu'il contemplait, et non elle-même. La robe de Rosalie.

Elle se retourna, lui jeta un coup d'œil chargé de défi. C'était fini. Il n'avait plus de pouvoir sur elle. Il ne pourrait plus venir la rejoindre dans sa chambre la nuit, ni lui imposer des attouchements qui lui répugnaient. Elle le vit porter les mains à sa gorge, comme s'il étouffait. Son beau-père bavardait de choses et d'autres et elle lui répondit distraitement, tout en épiant Laforgue. Personne ne semblait s'être rendu compte de son malaise.

Il s'affaissa lentement sur la table. La musique envahit la tête de Julia. Elle esquissa un sourire, tout en continuant de valser.

12

1894

Clément ouvrit toute grande la fenêtre de son bureau et inspira une longue bouffée d'air frais. Il se sentait oppressé. La mort de Laforgue, à la fin du repas de noces, avait jeté une ombre sur la fête. Il se chuchotait déjà derrière les volets clos du village que la mariée portait malheur. Avait-on jamais connu pareil drame ? On s'apitoyait sur le sort de Laforgue, tout en se disant qu'au fond il ne se trouverait pas grand monde pour le regretter !

La femme qui l'accompagnait, prénommée Fernande, avait bruyamment manifesté son émoi, sous le regard glacé de Julia. L'attitude de son épouse avait étonné Clément. Il devait bien se douter, pourtant, que Laforgue n'avait pas été un bon père.

Il plissa les yeux. La forêt l'attendait. Il avait besoin de marcher, longtemps, sous la futaie, de fouler les fougères qui s'écartaient sous ses pas, de guetter le passage des oiseaux migrateurs. Les bois avaient toujours eu le pouvoir de le réconforter. Il y puisait de la force.

Il aurait dû monter rejoindre Julia et il ne pouvait s'y résoudre. Il ne parvenait pas à se défaire d'un sentiment de malaise en sa présence. Quelle folie de l'avoir épousée !

Toute la noce avait été éberluée par la mort subite de Laforgue. Les violoneux avaient rangé leur instrument. Cousins et neveux échangeaient des regards perplexes. Quelle attitude adopter en pareille circonstance ? Marie-Renée avait pris la direction des opérations. On avait transporté le corps sans vie de Laforgue chez lui. Fernande, éplorée, se tamponnait les yeux. Ceux qui avaient encore faim avaient fait honneur, malgré tout, aux galettes et aux gâteaux mollets accompagnés de café largement additionné d'eau-de-vie. Clément ne savait quoi dire à Julia.

— Vous savez, je suis seulement soulagée, lui déclara-t-elle tout à trac.

Il n'avait pu la toucher cette nuit-là. Il lui semblait que Laforgue les guettait dans l'ombre de la chambre. Il vit Julia caresser de la main sa robe de mariée, s'en étonna.

— C'est mon gage de liberté, répondit-elle, sans lui fournir d'autres précisions.

Parviendraient-ils à vivre ensemble, à être heureux ? La dot de Julia permettrait de maintenir à flot la Croix-Haute mais cette idée même gênait Clément. Il savait bien que le jour où il avait perdu Eloïse, il avait en même temps perdu toute raison de vivre.

Il se pencha, comme pour mieux happer les bruits de la nuit. « Ne te marie pas en mai », lui avait recommandé Viviane. Il avait ri, en la traitant de vieille superstitieuse, et elle avait pris son air pincé. Il se moquait bien, alors, de ses histoires de présages. De toute manière, il épousait Julia Laforgue simplement pour sauver le domaine. Peu lui importait que leur mariage fût heureux ou malheureux !

Il s'était rappelé, cependant, la mise en garde de celle qui l'avait élevé, en découvrant le visage crispé de Julia dans la grande chambre que Marie-Renée leur avait réservée. Elle avait peur, et cette constatation l'avait glacé. De nouveau, il avait évoqué Eloïse.

Dans la forêt, un chien se mit à hurler. C'était une plainte lugubre, qui fit courir des frissons sous la peau de Clément.

Il referma brusquement la fenêtre ; se dirigea vers la cuisine. Il savait y trouver Viviane. Elle seule pourrait l'apaiser.

« Un sacré gâchis ! » marmonna la vieille femme, tout en préparant son pot-au-feu.

C'était une règle bien établie. Quelle que soit la saison, on cuisait un pot-au-feu quand une personne venait de mourir. Laforgue n'était pas de la famille mais, par respect pour sa fille, Viviane n'avait pas l'intention de déroger à la tradition. Marie-Renée Descharmes s'était chargée de prévenir Clarisse, la vieille femme qui s'occupait au village de la toilette des défunts. Personne n'était resté au château pour veiller Laforgue. Viviane ne se gêna pas pour le rappeler à Clément.

— Tout de même, grommela-t-elle. On ne respecte plus les usages ! Je sais bien que le père Laforgue n'était guère aimable mais le laisser ainsi seul comme un chien... Qui aura pensé à ouvrir la fenêtre de sa chambre, à voiler les glaces et tableaux, à arrêter les horloges, à fermer les volets ? Est-ce qu'on a seulement allumé le cierge des morts ?

— Tu ne crois pas en Dieu ! coupa Clément.

Viviane ne se laissa pas démonter pour autant.

— Peut-être... ou peut-être pas, mais je respecte les traditions, moi ! Et Laforgue, tout bandit qu'il était avec ses ouvriers, c'était quand même un homme. Bien que sa fille n'ait pas l'air de le pleurer beaucoup....

— Tu ne vas pas jouer les commères. Julia est assommée.

La moue dubitative de Viviane exprimait son scepticisme.

— J'irai veiller le corps la nuit prochaine, promit Clément, pour apaiser la vindicte de la vieille femme.

Elle lui rappela qu'il devrait se trouver un compagnon. On ne veillait jamais seul un mort, « des fois que des choses disparaissent... »

— Quand même, reprit-elle après avoir marqué un temps de réflexion. On est peu de chose.

— Toi, tu es forte ! s'écria Clément, en lui piquant un baiser sur la joue.

Viviane était le seul élément stable de sa vie. Il en avait douloureusement conscience, bien qu'il se fût marié le matin même. Elle passa la main dans ses cheveux drus. Elle aurait voulu lui dire de prendre garde. Elle le regarda s'éloigner sans trouver les mots. Parce qu'elle l'aimait comme son fils, elle aurait souhaité lui épargner toute blessure de la vie. C'était impossible, pourtant.

Julia ne put réprimer un mouvement de recul en pénétrant dans la chambre mortuaire. C'était une pièce immense, ouvrant sur le parc, dans laquelle les meubles sombres prenaient une allure sinistre. Rien n'avait changé depuis la fuite de Rosalie. Sa coiffeuse en poirier noirci se tenait toujours dans l'angle de la fenêtre, avec les flacons de parfum que Julia venait parfois humer en catimini.

Clarisse avait bien travaillé. Elle avait même passé la moustache de Laforgue au cosmétique.

Julia se raccrocha au bras de Clément. Il lui proposa gentiment de ne pas rester là.

Elle lut dans ses yeux qu'il la croyait au désespoir. Tout le monde, d'ailleurs, s'adressait à elle avec beaucoup de douceur, de crainte de la voir s'effondrer. Comme si elle avait pu pleurer !

Elle abaissa les paupières ; rejoignit Marcelle à la cuisine. La femme de journée avait les yeux rouges.

— Cette Fernande, tu la connaissais ? s'enquit-elle.

Devant l'ignorance manifeste de Julia, elle entonna le grand air de la jalousie. C'était assurément une femme de mauvaise vie, elle avait du rouge. Et puis ces manières... comme si Laforgue n'avait pas pu trouver quelqu'un de mieux...

— Ne parle plus de lui, coupa Julia.

Il avait hanté ses cauchemars toute la nuit. Elle frissonna, croisa les bras devant sa poitrine comme pour se protéger.

La nuit à venir serait longue. Personne ne comprendrait qu'elle ne reste pas au chevet de son père.

Clément et elle veillèrent de part et d'autre du corps de Laforgue. Après minuit, Julia commença à dodeliner de la tête. La faute, assurément, au verre de goutte que Marcelle avait tenu à lui faire boire. Clément se garda bien de la réveiller. Au petit matin, il se redressa sans bruit, alla faire quelques pas dans le hall. On n'était pas venu les remplacer ; à croire que, même mort, Laforgue inspirait encore de la crainte. Drôles de noces, pensa-t-il, marquées par la mort brutale du père de la mariée. Quelque chose le gênait, un détail qu'il avait remarqué et dont il était incapable de se souvenir à présent.

Une atmosphère lourde régnait sur la grande bâtisse. Clément n'aimait pas cette maison. Il espérait bien que Julia ne souhaiterait pas y vivre ! Qu'allaient-ils faire de la saboterie ? Lui-même n'y entendait rien.

Clément consulta discrètement sa montre, qui lui venait de Georges. Curieusement, ses relations avec les Descharmes s'étaient améliorées depuis qu'il connaissait la vérité au sujet de sa naissance. Georges et Marie-Renée se sentaient plus à l'aise dans leur rôle véritable, celui de grands-parents.

Le notaire, maître Parizot, un personnage sec et blafard au profil d'oiseau de proie, n'en finissait pas d'énumérer les avoirs de Laforgue. La messe d'enterrement avait été interminable. Clément avait soutenu une Julia de plus en plus pâle qui avait tenu à conduire le deuil. De toute manière, ainsi qu'elle le lui avait fait remarquer d'une voix cassante, il n'y avait personne d'autre.

Tout le village avait tenu à assister aux obsèques du maître de la saboterie. Une délégation officielle avait fait le déplacement de Charleville. Laforgue était un homme qui comptait dans le département.

Au cimetière, seul le prêtre avait jeté une pelletée de terre sur le cercueil. Pas le moindre bouquet de buis, de genêt ou de bruyère comme le voulait la tradition. Julia, droite et figée dans ses vêtements de deuil, avait fixé un long moment la fosse ouverte. Clément avait fini par entraîner sa femme à l'écart. Elle tremblait convulsivement. Il avait été frappé par l'étrange fixité de son regard.

Le repas servi au château avait été promptement avalé. Les porteurs du cercueil et la famille Descharmes étaient les seuls invités avec le curé qui, lui, avait largement fait honneur au pot-au-feu de Marcelle. Fernande n'avait pas été conviée au déjeuner. Chaque fois qu'il regardait au-dehors, Clément la voyait marcher dans le parc, se tordant les chevilles sur ses talons. Cette femme l'aurait presque ému. Elle paraissait être la seule personne à éprouver de la peine.

Il fit un effort pour écouter ce que disait maître Parizot. Le notaire avait réclamé la présence de Fernande Legros, ce qui avait jeté un froid dans l'assistance. Marcelle, le visage fermé, était allée héler la femme aux cheveux teints dans le parc. Julia n'avait pas bronché.

Elle ne manifesta pas ses sentiments en entendant maître Parizot mentionner le nom de Fernande Legros. Celle-ci héritait d'une somme d'argent particulièrement importante qui serait, au choix, tirée de la vente du château ou de la saboterie.

A cet instant, elle frémit.

— C'est injuste ! se récria-t-elle.

Le notaire l'apaisa d'un geste de la main. Les dispositions prises par Laforgue étaient tout à fait légales. Sa fille héritait de tout le reste, exception faite de quelques legs accordés à Marcelle ou à la paroisse « pour essayer de racheter mon salut », avait précisé Laforgue.

Il avait pris le soin de recommander à Clément de gérer les biens en bon père de famille. Ultime signe de mépris destiné à sa fille, il ne pouvait mieux dire qu'il ne l'estimait pas digne, ni capable, de prendre en charge la saboterie. Tout le monde le comprit.

N'était-ce pas la règle en usage ? Les femmes ne s'occupaient pas des affaires, elles restaient d'ailleurs d'éternelles mineures face à leurs époux tout-puissants.

Julia serra les lèvres. Elle avait bien l'intention de leur prouver que, malgré tout, elle était une Laforgue et que la saboterie demeurait son domaine.

13

L'homme repoussa son chapeau cabossé en arrière et se gratta la tête. Il avait encore pris une bonne cuite la veille au soir chez la mère Phonsine ! A se demander comment diable il avait réussi à regagner sa cabane.

« Je suis comme les chevaux, pensa-t-il, je connais par cœur le chemin de l'écurie. »

La forêt était son domaine, l'aire à faude son royaume. Charbonnier, comme celui qui l'avait arraché à une existence sordide, Noël Brouillet vivait tant bien que mal de son activité. Rude à la peine, il ne mesurait pas son travail. Son vice, son drame, c'était l'alcool, la gnôle, qu'il avalait comme on boit de l'eau, il n'avait pas d'autre moyen d'oublier. Il sortit de la cabane faite de branches, de mousses et de fougères, et respira un bon coup l'air piquant du matin. L'écureuil presque apprivoisé qui venait régulièrement lui rendre visite traversa la clairière et disparut dans les branches basses d'un ancien, un chêne vieux de près de cent ans.

Noël esquissa un sourire. Cet écureuil, c'était son ami.

La solitude ne lui faisait pas peur. Depuis que Victor,

son vieil ami charbonnier, avait arrêté de travailler, il n'avait plus vécu en compagnie. Victor lui avait tout appris. C'était une tradition, chez les faudeux, issue des *carbonari* italiens.

On ne transmettait le secret qu'à ses enfants, ou bien à celui qu'on estimait digne d'être initié. Finalement, il suffisait de peu d'outils pour être un bon charbonnier. Il fallait avant tout avoir le sens du feu.

Noël traversa la clairière, se dirigea vers l'aire à faude. C'était bien beau d'être rentré plus saoul qu'une bande de Polonais, il devait aller voir ce que devenait sa meule.

Il avait choisi lui-même l'emplacement non loin du chemin, afin de favoriser le transport des sacs de charbon, et à peu de distance d'un cours d'eau. Il savait qu'on ne devait jamais construire une meule au soleil, afin de favoriser une bonne pyrogénation et de limiter les risques d'incendie. Il avait ensuite préparé l'aire à faude, une surface circulaire horizontale. La pioche dont il ne se séparait pas lui avait permis de mettre la terre à nu en arrachant toutes les jeunes pousses. La pelle à pic lui servait alors à tamiser la terre. Pour construire la meule, Noël commençait toujours par édifier une cage, formée de trois piquets de deux mètres cinquante, de faible diamètre, plantés en triangle au centre de l'aire et tenus par des liens tressés. De petits morceaux de bois devaient être placés horizontalement autour des piquets.

Une fois que la cage formant la cheminée était terminée, Noël installait les bûches tout autour en tournant.

Après avoir bouché l'orifice de la faude avec une

plaque de tôle, il recouvrait le tout d'herbes et de gazon afin que la terre ne s'infiltre pas entre les morceaux de bois. Il répandait alors sur la meule la terre tamisée — obtenue avec la pelle à pic — qui était d'une importance capitale pour empêcher toute prise d'air. Il fallait donc qu'elle soit suffisamment épaisse.

Noël apportait beaucoup de soin à la mise à feu. Il versait dans la cheminée des pelletées de braises rouges, du petit charbon de bois et des piétons, des charbons mal cuits.

Il rebouchait l'orifice de la cheminée dès que les premières colonnes de fumée s'élevaient au-dessus de la faude. C'était le moment de percer des trous de pied à la base de la meule avec le pic de la pelle. Ces trous, appelés aussi «trous de tirage», permettaient de surveiller la cuisson. Il eût été plus facile, en effet, de se contenter de laisser cuire la faude. Il fallait aussi une bonne cuisson, pas trop rapide car, dans ce cas, la faude brûlerait beaucoup trop de bois et donnerait peu de charbon.

«C'est un art, mon fils, avait coutume de dire Victor. Y a pas de règles, rien que la manière. T'es charbonnier ou tu l'es pas. Si tu l'es, tu sais ce qu'il faut faire.»

Tout allait bien. Une fumée blanche comme de la laine de mouton s'élevait lentement au-dessus de la meule.

— J'ai une sacrée veine, marmonna Noël en se signant.

Il était tellement bourré, en effet, la nuit précédente, qu'il n'était pas allé voir, à trois heures du matin, si «le loup n'était pas venu faire un trou dans la meule pour la brûler». C'était là une vieille légende, recommandant aux faudeux de se défier du loup à vingt-trois heures et trois heures du matin. En fait, il s'agissait tout simplement d'une affluence d'oxygène à ces heures de la nuit, qui activait la cuisson.

Tout se passait bien. Il monta sur la faude avec son échelle pour la piétiner. Apparemment, la cuisson était en retard sur le côté droit de la meule. Il lui restait à déplacer le feu en ouvrant de nouveaux trous de pied et en en bouchant d'autres. Il savait qu'il ne fallait jamais monter sur la faude sans échelle. Car si la cuisson était en avance à l'un ou l'autre endroit, elle risquait de prendre feu et de créer une sorte de cratère en fusion qui représentait un piège mortel.

Noël redescendit lentement. Son travail l'avait dégrisé. De toute manière, il était habitué à consommer de telles quantités d'alcool que son organisme s'était fait plus résistant. Le nez en l'air, il respira sa forêt. Il travaillait depuis des années pour un Italien tout en estimant qu'il était ici chez lui. Il était assez fier, d'ailleurs, de son installation.

S'étant éloigné suffisamment de la meule, il se roula une cigarette qu'il alluma. Le tabac était son autre point faible. Il s'interdisait de boire tant qu'il travaillait. Il se disait parfois, cependant, que cela n'avait pas la moindre importance. Il n'avait pas de famille, personne. Seul son vieil ami Victor montait encore le voir, de temps à autre. Ils se retrouvaient aussi chez Phonsine, leur café attitré, le jour de l'Assomption, traditionnellement chômé par les faudeux pour une cuite mémorable.

Un geai, que tous les hommes du bois surnommaient

« le gendarme de la forêt », donna l'alerte. Noël s'immobilisa. On courait vers sa clairière. Il eut comme un éblouissement en découvrant la fille. Avec ses cheveux dénoués et son corsage bien rempli, elle était belle comme le diable.

Son poursuivant s'abattit sur elle alors qu'elle s'apprêtait à traverser la clairière. Elle l'insulta, ce qui le fit rire. Il était fort, et parviendrait certainement à la maîtriser, bien qu'elle se débattît, griffant et mordant.

Noël n'hésita pas. Il saisit sa pelle à pic et marcha vers le couple qui luttait toujours sur la mousse.

— Laisse-la tranquille, intima-t-il à l'agresseur.

C'était un douanier. Il se redressa lentement, remit de l'ordre dans sa tenue.

— C'est une pacotilleuse, dit-il à Noël en lui adressant un clin d'œil qui se voulait complice. Ce genre de fille n'est guère farouche, d'ordinaire. Je prends mon plaisir et je te la laisse ensuite. Le marché est équitable, non ?

Noël cracha par terre. Il avait de plus en plus de peine à maîtriser sa colère.

— Fiche le camp, malfaisant, ordonna-t-il. De qui es-tu donc le fils pour ne pas avoir appris à respecter les femmes ?

Le douanier haussa les épaules.

— Les femmes, les femmes... toutes des chiennes ! Elles sont juste bonnes à subir la loi du mâle.

Cette fois, Noël fut incapable de se maîtriser. Il assena à Humbert un coup magistral de pelle à pic. Le douanier vacilla sous le choc.

— Brute ! J'ai bien envie de te tuer, pour t'apprendre la politesse !

— Laissez-le, dit alors Eloïse, en se relevant à son tour.

Elle posa une main apaisante sur le bras de Noël.

— Si vous l'abattez, c'est vous qui irez en prison. Vous risquez même votre tête. Il ne le mérite pas.

Elle enveloppa Humbert d'un regard chargé de mépris. Il s'éloigna à grands pas en marmonnant des menaces.

Noël se retourna vers la jeune femme. Elle avait la joue et les mains écorchées. Une ecchymose violacée commençait à se former sous son œil droit.

— Venez, je vais vous soigner, dit Noël.

Il ne connaissait qu'un moyen de désinfecter les plaies, lui qui se lavait rarement. Moyen qu'il appliqua aux blessures d'Eloïse en versant dessus de l'eau-de-vie. Elle ne broncha pas. Un frisson la parcourut lorsqu'elle tenta de rajuster son corsage déchiré. Lentement, Noël lui caressa la joue.

— Il ne faut pas avoir peur, déclara-t-il. Je suis là, maintenant.

— Je n'ai pas peur, protesta Eloïse.

Elle avait eu le sentiment d'être prise au piège. La rage, la colère, bouillonnaient en elle.

— Il reviendra à la charge, murmura-t-elle.

Noël secoua la tête. Il était fort, indestructible.

— Je suis là, répéta-t-il.

14

1894

Clément se leva sans bruit et, pieds nus, marcha jusqu'au bureau de son père, qu'il avait fait sien.

Georges était mort au cours d'une ultime partie de chasse. «Le cœur a lâché», avait diagnostiqué le docteur Frémont. Clément avait fait remarquer à Viviane que c'était étrange. Georges Descharmes ne s'était jamais laissé dominer par ses émotions, ni même ses sentiments. Viviane avait alors eu ce commentaire lapidaire : «Le cœur a lâché... peut-être parce qu'il en a toujours manqué!»

Il s'était bien entendu trouvé plusieurs mauvaises langues pour glisser que décidément la Julia ne semblait pas porter bonheur! Deux deuils coup sur coup, à moins de cinq mois d'intervalle... il y avait de quoi jaser.

Clément s'était efforcé de réconforter son épouse, sans parvenir à trouver les mots pour exprimer ce qu'il ressentait. Il était très difficile de communiquer avec Julia. Tous deux n'avaient pas de centres d'intérêt communs. Le devoir conjugal leur était pénible, ils s'en acquittaient sans réel plaisir. Lorsque Clément évoquait ses étreintes passionnées avec Eloïse, il éprouvait une horrible sensation de gâchis.

Julia s'était retrouvée très vite enceinte.

Il alluma la lampe à pétrole ; se pencha au-dessus des documents éparpillés sur le bureau. C'était un meuble de chêne, fabriqué par Henri, le vieux Descharmes, comme on disait. Le simple fait de caresser du plat de la main son bois patiné suffisait à rasséréner Clément. Il n'était pas seul à se battre. Il mit de côté les factures. « Il vous faut des liquidités », répétait maître Parizot. Comment dégager l'argent pour Fernande Legros qui s'impatientait, dédommager Arnaud et Célia de leurs droits sur la Croix-Haute ?

Julia avait fini par lui suggérer de mettre en vente le château. Clément avait protesté, il s'imaginait mal dilapidant le capital de son épouse.

« Je déteste cette maison, lui avait alors expliqué Julia. Si c'est le moyen de sauver la saboterie et la Croix-Haute, n'hésitez pas. »

Elle avait refusé de retourner au château avant que Clément ne confie les clefs au notaire. Il avait fait le tour de la vieille demeure, s'étonnant une nouvelle fois de ce que Julia n'ait rien voulu emporter. Marcelle avait astiqué les parquets, posé de vieux draps sur les fauteuils et tiré les volets. Il émanait de la maison mal chauffée une atmosphère empreinte de tristesse, une sourde mélancolie qui suscitait le malaise.

Clément avait de la peine à imaginer Julia petite fille dans ce château trop grand, trop triste.

Il poussa un profond soupir, sursauta en découvrant Viviane sur le seuil.

— Tu ne dors pas non plus, mon gamin? Attends, je vais t'apporter de mon café.

Elle le regarda tandis qu'il mettait un peu d'ordre dans ses papiers.

— Ça fait beaucoup pour toi, pas vrai? Monsieur Georges aurait pu se retenir encore un peu mais... bon, il n'a pas choisi de passer à ce moment-là.

Elle ne parla pas de Julia et Clément n'osa pas lui demander comment elle s'entendait avec la nouvelle maîtresse des lieux. Conformément à ce qu'elle avait toujours annoncé, Marie-Renée était partie s'installer à l'hospice des Hauts-Buttés le lendemain de l'enterrement de son époux.

«Je vous passe la main, ma fille, avait-elle déclaré à Julia. Vous verrez, vous pouvez vous reposer sur Viviane pour toutes choses.»

Seulement... Julia le désirait-elle? La nouvelle madame Descharmes était taciturne. Elle ne s'animait que lorsqu'elle se rendait à la saboterie.

«Ça fait beaucoup de malheurs pour une fille si jeune, chuchotait-on dans son dos. Il faut lui laisser un peu de temps...»

Viviane, cependant, estimait qu'il y avait autre chose. «Elle porte la tristesse en elle, avait-elle dit un soir à Clément. Peut-être qu'un enfant...»

Clément reposa sa tasse vide sur la table.

— Encore un hiver. Il sera rigoureux, tu ne crois pas?

La vieille femme se redressa en réprimant mal une

grimace de douleur. Son dos la faisait horriblement souffrir.

«On ne fait pas du neuf avec du vieux», avait-elle coutume de rétorquer lorsqu'on prenait de ses nouvelles.

Elle hésita avant de se risquer à questionner :

— Ta mère ? Tu vas la revoir ?

Clément secoua le tête.

— Je n'ai pas l'impression qu'elle le désire pour l'instant. Elle ne s'est même pas déplacée pour l'enterrement de...

Il n'acheva pas sa phrase. Il ne savait comment qualifier celui qu'il avait toujours cru être son père jusqu'au jour où il avait appris la vérité.

Viviane haussa les épaules.

— Il faut la comprendre. Célia n'a pas eu une existence facile. Elle n'a pas pu encore pardonner.

Et lui... quand pourrait-il leur pardonner sa vie fondée sur le mensonge ? Lorsqu'il y pensait, la révolte montait en lui, avec une force dévastatrice. Ils l'avaient tous trahi, même Viviane, qui savait, mais n'avait pu se résoudre à lui avouer la vérité. Il était comme Julia. Un être en marge, différent. On ne pourrait jamais lui rendre son enfance volée.

— Le jour où tu auras ton fils, tu te sentiras mieux, fit remarquer Viviane qui, décidément, devinait beaucoup de choses.

Son fils... il y pensait souvent, allant jusqu'à lui imaginer une ressemblance avec Célia. De cette manière, la boucle serait bouclée, il aurait retrouvé la trame normale des générations.

Il repoussa sa chaise en arrière. Son geste trahissait

une certaine lassitude. Les acheteurs ne se bousculaient pas pour le château.

« On me donnerait cette vieille baraque que je n'en voudrais pas ! » lui avait déclaré Viviane sans ambages. Et elle avait daigné expliquer que la bâtisse était trop grande, pratiquement impossible à chauffer.

« C'est une maison fantôme, avait-elle ajouté. Pleine d'ombres et de tristesse. »

Clément se leva, frotta ses mains l'une contre l'autre. Une aube blême blanchissait au carreau.

— Je vais repérer les coupes, annonça-t-il à Viviane.

— Fais à ta guise mon garçon. Tu es maître chez toi.

Chez lui... Il prit brutalement conscience du fait que la Croix-Haute lui appartiendrait seulement lorsqu'il aurait dédommagé Arnaud et Célia. Georges Descharmes s'était endetté pour ne pas morceler le domaine. A Clément de s'arranger afin de sauvegarder le patrimoine familial.

— Ne prends pas froid, recommanda Viviane.

L'automne était arrivé d'un coup, au terme d'une gelée blanche nocturne. Désormais, il fallait compter avec la brume qui s'accrochait aux branches des arbres et cette humidité persistante qui vous rongeait les os.

« Quand j'irai dormir sous les chrysanthèmes, avait coutume de dire Viviane, c'est bien la seule chose que je ne regretterai pas ! »

Elle évoquait de plus en plus souvent la perspective de sa mort, comme pour mieux l'apprivoiser.

Clément l'embrassa.

— Reste bien au chaud. Moi, une seule journée sans arpenter mes bois, et j'étouffe !

C'était vrai. Il lui fallait sillonner les sentiers, organiser le travail pour la semaine à venir, tenir son « carnet de bord », comme il appelait un vieux calepin sur lequel il notait les remarques qui lui semblaient importantes.

Chaudement vêtu d'un paletot en laine, il remonta son col. La bise venue des Hauts lui irritait la peau. Il marcha à grands pas, traversa le village pour gagner une coupe qu'il venait d'obtenir. D'un geste machinal, il toucha le premier tronc, celui d'un chêne, et respira ses mains. L'odeur, terre et feuilles mêlées, profonde, avec un arrière-goût d'amertume, l'envahit. Il songea à Eloïse, de façon brutale, irraisonnée.

Il buta sur un chablis, un arbre abattu, certainement mis à bas par le dernier coup de vent survenu quelques jours auparavant. Il se pencha, l'observa avec attention.

A cet instant, il aurait tout donné pour retrouver Eloïse à ses côtés.

Noël aimait par-dessus tout l'automne, cette période de l'année durant laquelle sa forêt flambait sous le soleil tardif. C'était aussi le moment d'aller cueillir le fruit des efforts de plusieurs saisons : les grives prises au piège mortel des laces préparés avec soin.

Comme pour le charbon de bois, Victor lui avait tout appris. Il fallait préparer les grivières dès le mois de mars en traçant le trait de griverie à la serpe et au braquet, ce dernier étant particulièrement utile pour couper les fougères et les ronces.

Le trait de griverie était tout un art, un véritable labyrinthe destiné à attirer inexorablement les oiseaux vers les laces. Chaque tendeur avait ses secrets, ses recettes bien particulières, glanées sur le terrain ou en suivant l'exemple des aînés. Ainsi, Noël choisissait-il toujours d'épais taillis proches des ronciers car il savait les grives friandes de mûrons. Au fur et à mesure des années, son instinct de tendeur s'était aiguisé.

Durant l'hiver, il avait préparé ses laces à l'aide de crins de cheval. Comme tout tendeur ardennais, il ne recherchait que des crins de la queue des chevaux mâles car, chez les juments, l'urine fragilisait le crin.

L'expérience lui permettait de travailler vite. Nouer les deux crins au milieu, les rouler entre les doigts, les tordre avant de les plier en deux en préservant la beuquette du lace, c'est-à-dire l'œil du nœud coulant, que l'on refermait alors d'un double nœud.

Il n'oubliait pas de passer régulièrement son pouce et son index dans de la cendre de bois fine, afin de dégraisser ses doigts.

Noël fabriquait lui-même ses ployettes en choisissant de jeunes pousses de sorbier ou de noisetier. Victor avouait une préférence pour la bourdaine. Noël l'entendait encore lui recommander : « Tu sais, mon garçon, la pich'relle pourrit beaucoup moins vite que le côri[1]. » Tout comme son vieil ami, il se défiait du saule, trop souple.

Après avoir choisi ses pousses bien droites, il les tranchait d'un coup de couteau. Son avant-bras lui servait d'unité de mesure. Noël allongeait la ployette dessus, en appuyant le bout coupé sur la saignée du coude.

Il travaillait vite, confectionnant des fagots d'une quarantaine de ployettes.

Courant juillet, il avait fait tremper ses ployages dans

1. Le noisetier.

de l'eau pendant une nuit avant de les poser. C'était un moyen ancestral utilisé pour que le bois conserve sa souplesse.

Il ne restait plus qu'à fixer les ployettes à l'arbre. Celles-ci formaient de petits arceaux à la base horizontale placée au-dessus des baies de sorbier, élément fondamental du piège. L'oiseau, se penchant pour picorer, passerait fatalement la tête dans l'ouverture du lace.

L'automne venu annonçait le moment de partir avec sa hotte remplie de graines de sorbier pour aller amorcer. Mise en place des appâts, réglage des fentes des ployettes pour que l'ouverture du lace et la hauteur du nœud coulant soient bien ajustées... une fébrilité impatiente s'emparait de lui. Le lendemain, comme tous les tendeux, il allait *couri* la grivière : courir tout au long de son trait de griverie pour cueillir, comme il disait, les oiseaux pendus au crin.

C'étaient d'abord les nicheuses — les grives de la forêt d'Ardenne —, qui se laissaient prendre au piège en attendant le passage de la foule — les oiseaux migrateurs, roussettes, grives musiciennes et litoures, appelées aussi « tia-tia », en référence à leur cri.

— La récolte est bonne ?

Noël se retourna en souriant. Il avait reconnu la voix d'Eloïse. Il n'y avait qu'elle, d'ailleurs, pour avancer ainsi sans bruit dans la forêt.

Elle portait une jupe de laine grise, un casaquin noir qui accentuait, par contraste, la couleur fauve de ses cheveux. Elle était plus que belle, lumineuse, et Noël éprouva comme un vertige.

Il tendit son bodet[1] déjà bien rempli à la jeune femme.

— Sers-toi, il m'en restera toujours bien assez, je suis tout seul.

— Veux-tu que je te plume tes grives ? proposa-t-elle.

C'était là un travail de femme, tous deux le savaient, alors que la tenderie aux grives restait une affaire d'homme.

Noël opina du chef.

— Tu peux même me les faire cuire, lança-t-il. Comme dit mon ami Victor, *la fome fait ça miu qu'moi !*[2]

Ils échangèrent un regard incertain.

Noël recula d'un pas comme s'il avait honte, soudain, de ce qu'il était, lui, charbonnier, ivrogne notoire, face à cette belle fille.

Elle lui sourit.

— Montre-moi le chemin de ta cabane.

Grimpé sur sa meule, il la regarda s'activer. Eloïse connaissait son affaire. Elle peigna les plumes ébouriffées des grives avant de les plumer. Elle savait comment procéder pour préparer les oiseaux. Inutile de les vider, la strangulation s'en était chargée. Eloïse ramenait les pattes sous les ailes, croisait les ailes dans le cou, rabattait la tête et la bloquait en piquant le bec dans la chair de la poitrine.

Il suffisait ensuite de placer les grives dans une

1. Panier en vannerie de côri.
2 « La femme fait ça mieux que moi. »

cocotte sur des tranches de lard et d'aromatiser le tout avec deux feuilles de sauge.

— Ça va durer un bon moment, annonça Eloïse.

Elle avait appris à faire cuire les grives à l'oreille, sans soulever le couvercle mais en se contentant d'écouter le léger chuintement parvenant du fond de la cocotte.

Elle savait aussi qu'on ne pouvait prévoir que des pommes de terre comme légume d'accompagnement.

Noël surveillait chacun de ses gestes. Il eût été fort capable, comme les renards ou les sangliers, de gober les grives.

Les ombres s'allongeaient dans la clairière. Les collines se coloraient de mauve. L'heure était douce, l'humidité demeurait comme en suspension dans l'air.

— J'aimerais que tu restes près de moi, osa dire Noël. Toujours.

Le regard d'Eloïse se perdit, loin, vers les Hauts. Elle frissonna.

— Toujours est un mot qui n'existe pas pour moi, répondit-elle enfin.

15

1895

D'un geste machinal, Viviane massa ses reins endoloris. L'hiver était rigoureux et le vent du nord soufflait sans répit sur la Croix-Haute. Cette nuit lui en rappelait une autre, et ce genre de souvenirs ne lui disait rien qui vaille.

Elle jeta un coup d'œil à l'horloge dont les aiguilles avançaient beaucoup trop lentement à son gré. Il avait bien fallu que les premières douleurs prennent Julia alors que Clément était parti dans les bois de Renwez pour une nouvelle coupe ! Elle remonta à pas lents dans la grande chambre, dont les fenêtres ouvraient sur la forêt. Les lourds rideaux de velours, tirés avec soin, protégeaient la pièce des vents coulis.

Julia, aussi blanche que la dentelle des draps ornant le lit sombre, haletait doucement. Ses cheveux blond cendré répandus sur l'oreiller la rajeunissaient.

« Pauvre petite », pensa Viviane émue, presque à son cœur défendant. Elle éprouvait d'ordinaire des sentiments mitigés à l'égard de la jeune épouse de Clément.

Elle l'aurait souhaitée plus gaie ; Julia ne parvenait pas vraiment à s'intégrer à la Croix-Haute. Seule comptait pour elle la saboterie, où elle se rendait régulièrement. « C'est pas un travail de femme », bougonnaient les anciens, en la voyant conduire le boghei offert par son mari. Julia n'en avait cure. De toute manière, elle avait toujours été en butte aux critiques.

Elle agrippa la main de Viviane.

— Mal... gémit-elle.

La gouvernante lui essuya le front avec beaucoup de douceur.

— Il faut prendre patience, petite. Le mal joli, comme disait ma mère. Oui-da ! Il vous écartèle. Il faut bien en passer par là, cependant.

Elle avait tout préparé dès l'instant où Julia avait perdu les eaux. Deux grands coquemars chauffaient sur sa cuisinière. Des draps et des serviettes propres étaient posés sur le fauteuil le plus proche du lit, et elle avait passé à la flamme les ciseaux avec lesquels elle avait coupé le cordon ombilical de Clément.

Elle expliqua tout cela à Julia, pour tenter de la rassurer. Elle lui dit aussi qu'elle avait envoyé Jules, le fils de Clotaire, courir prévenir Clément. Le gamin connaissait la forêt presque aussi bien que son père, il couperait au plus court mais Julia ne devait pas s'impatienter. Désirait-elle que Viviane fasse appeler le docteur ?

Julia secoua la tête.

— Un accouchement... c'est l'affaire des femmes, pas vrai ?

Une pudeur la retenait. Viviane comprenait, tout en

commençant à s'inquiéter. L'épouse de Clément souffrait horriblement, sans que la dilatation du col évolue.

Viviane lui fit avaler un peu de goutte qu'elle recracha aussitôt. Livide, elle se cramponna aux mains de la gouvernante.

— Aglaé... la vieille Aglaé, dans la forêt.

Viviane pinça les lèvres. A la Croix-Haute, on n'avait pas pour habitude de fréquenter ce genre de personnage ! De plus, elle imaginait mal Augustine, la gamine qui l'aidait pour le ménage, courir en pleine nuit chercher celle qu'on était encore nombreux, au village, à appeler la « sorcière ».

— Plus tard, petite, biaisa-t-elle. Pour l'instant, le jour n'est pas encore levé.

Elle fit tout ce qu'on lui avait appris pour faciliter la délivrance. Elle massa les reins de la jeune femme, ainsi que son ventre gonflé. Elle lui fit boire des tisanes et, après avoir hésité, sortit du tiroir où il était rangé avec soin, enveloppé dans un mouchoir de lin, un collier confectionné avec de tout petits morceaux du cierge pascal. Viviane le passa autour du cou de la jeune femme. Celle-ci était si mal qu'elle ne réagit pas. De cette manière, Viviane n'avait pas à lui expliquer que Célia, la mère de Clément, avait porté ce collier bien particulier pendant son accouchement. Il était censé supprimer les douleurs. Bien qu'elle soit sceptique, Viviane tenait à mettre toutes les chances de son côté.

Les heures s'allongeaient, et la situation n'évoluait pas. Viviane, de plus en plus soucieuse, posa un linge sur le front trempé de sueur de la parturiente. Combien de temps encore Julia devrait-elle souffrir ? Elle perdait toute force, malgré les exhortations de la gouvernante.

— Faites un effort, petite, lui recommanda-t-elle. Il faut aider l'enfant à naître. Pensez à votre mère...

Le hurlement que poussa Julia figea Viviane. Les yeux fous, elle se redressa sur le lit.

— Mère... gémit-elle sourdement.

Elle raconta, d'un coup, tout ce que Laforgue lui avait fait subir depuis la fuite de Rosalie. C'était de sa faute, prétendait-il, elle ressemblait trop à sa mère. Et puis, n'est-ce pas, il était un homme, avec des désirs d'homme. Par la suite, il n'avait même plus cherché d'excuses, se bornant à imposer sa loi, sans même prêter attention aux sanglots de la fillette.

Epouvantée, Viviane recula d'un pas. Elle se reprit, se pencha au-dessus de Julia.

— Du calme, petite, lui recommanda-t-elle. C'est fini, maintenant.

Tout en lui murmurant des paroles apaisantes, elle songeait que non, ce ne serait jamais fini. Julia porterait toute sa vie son lourd secret. Encore heureux qu'elle n'ait pas basculé dans la folie !

Viviane, l'oreille aux aguets, se demanda quand Clément allait enfin revenir. Elle avait presque peur. Trop de secrets pesaient sur elle.

Elle s'éloigna du lit ; alla voir au carreau. Il avait gelé blanc. Un calme inquiétant avait succédé au vent. Viviane frissonna.

— Je m'en vais quérir le docteur, marmonna-t-elle.

La responsabilité était trop lourde. Il lui fallait un avis éclairé, elle s'avouait son impuissance, et son tourment.

La vieille femme toute cassée en deux qui se présenta le lendemain à la Croix-Haute était épuisée par sa longue marche dans la forêt. Viviane la fit entrer, en s'efforçant de ne rien laisser voir de sa gêne.

— Julia vous a appelée, la nuit passée, se contenta-t-elle de dire.

Aglaé hocha la tête.

— Elle a besoin d'être soutenue.

Celle qui inspirait de la crainte à Viviane connaissait-elle, elle aussi, le secret de Julia ? Les deux femmes échangèrent un regard incertain.

— Venez, l'invita Viviane en l'entraînant dans la cuisine.

Devant un café bien chaud, ce serait peut-être plus facile de raconter. Clément et le docteur Frémont étaient arrivés en même temps, au petit matin.

Le médecin avait tout de suite pris les choses en main et Viviane avait eu peur en entendant prononcer cette phrase terrible : « Il va peut-être falloir procéder à une césarienne. A moins que... »

Elle se souviendrait toujours du sinistre ballet du médecin préparant ses instruments et anesthésiant Julia à l'éther. Clément, blême, s'était détourné. Il avait bien fallu que Viviane assiste le docteur Frémont après, suivant ses instructions, s'être savonné les mains et les avant-bras jusqu'au coude et avoir passé un grand tablier immaculé. Clément tenait la lampe à pétrole.

« Je l'ai ! » s'était écrié le médecin sur un ton triomphant après avoir retourné le bébé qui se présentait par le siège.

Viviane s'était activée à ranimer l'enfant tandis que le docteur Frémont s'efforçait d'enrayer l'hémorragie de la mère.

— Le petit va bien ? questionna rudement Aglaé.

Viviane soutint son regard.

— Il a souffert pendant le travail mais ça devrait aller. Heureusement que le docteur est arrivé...

Le docteur Frémont avait expliqué à Viviane et à Clément que l'anesthésie à l'éther et les progrès en matière d'asepsie permettaient désormais de sauver de nombreuses vies. Cette fameuse anesthésie, inaugurée en Grande-Bretagne pour faciliter la délivrance de la reine Victoria, avait d'ailleurs suscité nombre de polémiques. La femme ne devait-elle pas enfanter dans la douleur ? Il avait fallu qu'un certain Simpson, lui-même catholique fervent, cite la Genèse pour prouver qu'Adam avait bel et bien été « anesthésié » pendant la « naissance » d'Eve. Viviane, fascinée, avait retenu la citation du médecin :

Le Seigneur Dieu fit tomber un profond sommeil sur Adam, qui s'endormit.

Et pendant qu'il dormait, Dieu prit une de ses côtes et forma de nouveau la chair à sa place.

Et le Seigneur Dieu, une fois qu'il eut enlevé la côte à Adam, créa la femme... [1]

« Tout de même... » avait-elle murmuré. Dans ces moments-là, elle regrettait de ne pas avoir d'instruction. Pas question d'aller à l'école, c'était une perte de temps alors qu'il y avait tant à faire à la maison. Le père était cloutier, un métier de misère, la mère l'aidait du mieux qu'elle pouvait tout en gardant des petits de Charleville dans la boutique. L'aînée, Viviane, torchait ses frères et sœurs, faisait la cuisine, des pommes de terre, avec un morceau de lard dedans les jours fastes,

1. Extrait de la Genèse.

lavait, rapiéçait, astiquait... Une vie de labeur, si rude qu'elle n'avait jamais pris le temps de se reposer.

— Il faudra lui faire manger de la viande rouge, glissa Aglaé.

Viviane ne répondit pas. Malgré tous ses efforts, elle ne parvenait pas à éprouver de réelle affection pour Julia. Elle avait le sentiment que la jeune femme ne lui avait pas confié tout ce qui lui pesait sur le cœur.

— Elle est jeune, elle se remettra, dit-elle simplement.

Aglaé fit peser sur elle son regard indéfinissable.

Elle avait terriblement peur pour Julia. Mais cela, elle ne pouvait le confier à personne.

16

1895

Le café de la mère Phonsine, célèbre des deux côtés de la frontière, était fréquenté indifféremment par les Belges, les Français et les douaniers. Ceux-ci venaient à intervalles réguliers tenter de glaner quelques renseignements. En leur présence, l'atmosphère se modifiait de façon indéfinissable. Le ton des conversations baissait, on n'évoquait plus qu'à mots couverts, réservés aux initiés, les expéditions effectuées jusqu'aux baraques.

Cela n'empêchait pas les habitués de lever le coude plus souvent qu'à leur tour. Noël était de ceux-là. Pendant longtemps, le café de la mère Phonsine avait constitué son seul foyer. Lorsqu'il poussait la porte branlante, il recevait des effluves mêlés : l'odeur de café fraîchement moulu, le parfum de baies de genièvre de l'eau-de-vie de Wambréchie, la chaleur provenant du poêle en fonte... Certains dimanches, la fumée à l'intérieur du café de la mère Phonsine était si épaisse qu'on ne distinguait même plus la propriétaire, une femme sans âge, derrière son comptoir.

Avant, cela ne dérangeait pas Noël. Depuis qu'il fréquentait Eloïse, il se sentait gêné.

« Une belle fille comme elle, avait-il confié à Victor, mérite mieux qu'un sac à vin. »

Chaque fois qu'il évoquait Eloïse, il avait le sentiment que sa vie changeait de couleur. Il avait longtemps hésité avant d'oser poser la main sur son épaule. Il ne voulait pas qu'elle prenne peur, ni qu'elle le compare au sinistre « homme noir ». Lui, il désirait passer son existence avec elle, il souhaitait qu'elle porte leurs enfants. Il était tout prêt à l'épouser, d'ailleurs. C'était elle qui refusait avec force.

« Ma liberté, c'est tout je que je possède ! Crois-moi, le mariage ne changerait rien à l'affaire... »

De temps à autre, ses yeux se perdaient dans le vide, à la recherche de quelque rêve perdu. Dans ces moments-là, Noël savait qu'elle pensait à l'autre, celui dont elle ne lui avait jamais parlé, mais qui existait, il en était persuadé. Il avait lu dans le regard d'Eloïse qu'elle ne l'oublierait jamais. Son corps portait encore l'empreinte de leurs étreintes. C'était à la fois indéfinissable et troublant.

Eloïse elle-même le lui avait confirmé de manière implicite le jour où elle lui avait dit : « Je veux bien te laisser m'aimer. » Elle n'aimerait jamais plus comme elle avait aimé son premier homme. Peu importait à Noël ce qui s'était passé dès l'instant où elle avait accepté de partager sa vie. En revanche, il se refusait à lui imposer la compagnie d'un ivrogne. Il s'était ouvert de son souci à Victor. Son vieil ami avait réfléchi un bon moment, tout en se grattant la barbe.

— Moi, Noël, j'connais qu'un moyen. On a toujours guéri le mal par le mal.

C'était ainsi que Noël avait décidé de boire jusqu'à plus soif. Boire au point de sombrer non pas dans le sommeil mais dans un état comateux, de l'autre côté du miroir. Il savait qu'il risquait d'y rester. Peu lui importait, du moment qu'il avait une chance, une seule, de devenir un autre homme.

Il avait une bonne raison pour ce faire. Eloïse attendait un petit.

Il leva son premier verre d'eau-de-vie. La nuit serait longue. Il avait éteint le feu sous sa meule parce qu'il n'était pas certain de revenir dans la clairière.

« Pour Eloïse et notre petit », pensa-t-il en vidant son deuxième verre.

Clément reconnut tout de suite les cheveux fauves de la jeune femme.

Elle traversait le pont de Hautes-Rivières et se dirigeait vers la maison du docteur Frémont, amateur de tabac belge depuis des lustres. Il ne fallait pas être grand clerc pour deviner ce qu'elle s'apprêtait à lui apporter, songea-t-il, amusé. Le soleil d'août portait déjà en lui un avant-goût d'automne. Il courut derrière la jeune femme.

— Eloïse ! cria-t-il.

Il se sentait à la fois ému et intimidé.

Elle se retourna. Lentement. Il ferma les yeux en la voyant rougir ; les rouvrit aussitôt. Elle était aussi belle qu'il l'avait redouté, avec quelque chose de différent dans le regard. Sa peau très claire était piquetée de taches de rousseur sur le nez. Il s'en amusait, autrefois, et ils riaient tous les deux. Il y avait si longtemps... près de trois ans. Une autre vie...

— Bonjour, Clément, dit-elle simplement, de cette voix légèrement rauque qui avait toujours le pouvoir de le troubler.

Il se rapprocha d'elle, remarqua alors le ventre gonflé sous la jupe de coton rouge. Il pâlit violemment, passa la main dans ses cheveux, comme pour chercher à se donner une contenance. Elle lui sourit et il éprouva à cet instant une impression horrible, il reçut son sourire comme une aumône.

Il se raidit.

— Que deviens-tu? questionna-t-il avec effort. Tu as été partie un bon bout de temps.

Elle soutint son regard et il admira sa maîtrise. Que dirait-elle s'il la serrait contre lui avec emportement et lui proposait : «Viens. Je t'emmène. Rien que toi et moi, et cet enfant qui pousse dans ton ventre. Je me moque bien de savoir qui est son père. Tu es sa mère et cela seul compte pour moi. Le reste...»

Il ne prononça pas les mots auxquels il venait de penser. Il n'en eut pas besoin. Ses yeux parlaient pour lui.

— Je suis désolée pour ton père, reprit Eloïse.

Clément haussa les épaules. Tous ces deuils qui avaient jalonné leur chemin, à Julia et à lui, d'un coup... Lorsqu'il y songeait, il avait envie de hurler, tout en sachant que cela ne servirait à rien.

— Il faudra que je t'explique, un jour, déclara-t-il.

Il disait cela pour se rassurer mais qu'aurait-il pu lui

raconter ? Ils étaient devenus des étrangers, et cette idée lui était intolérable.

— Où habites-tu ? osa-t-il lui demander.

Elle esquissa un geste vague de la main, en désignant les Hauts.

— Dans la forêt. Je ne pourrais pas vivre ailleurs. Mon homme est charbonnier.

Autant d'informations qu'il engrangea précieusement, même s'il buta sur l'expression « mon homme ».

Quatre heures sonnèrent au clocher de l'église. Eloïse tressaillit.

— Je suis en retard. Le docteur n'aime pas attendre.

Il posa la main sur son bras.

— Et après ? Il n'en mourra pas ! Eloïse... il y a si longtemps...

La voix de Clément s'était faite douce et persuasive. La jeune femme secoua la tête.

— C'est fini, déclara-t-elle sur un ton de défi. Tu es marié, et moi... c'est tout comme. Tu as tout gâché, Clément.

Elle ne faisait que dire tout haut ce qu'il se répétait à voix basse depuis plus de deux ans. Il laissa retomber sa main. Elle le salua d'une brève inclinaison de tête et poursuivit son chemin. Malgré son ventre alourdi, sa démarche restait souple.

— Une belle fille, décidément, fit derrière lui une voix moqueuse.

Clément ne se retourna pas. Il détestait Humbert, le douanier le plus redouté du département. Il estimait en effet que ce dernier n'avait que trop tendance à abattre les chiens des contrebandiers dans le but de toucher la prime. Un malfaisant, comme disait Viviane, qui ne l'appréciait guère, elle non plus.

Il suivit Eloïse des yeux jusqu'à ce qu'elle pénètre sous la porte cochère de la maison du médecin. Il aurait préféré ne pas la revoir, cela lui faisait trop mal.

Sans prêter autrement attention à Humbert, posté en embuscade derrière le bureau de poste, Clément regagna son boghei.

Il devait descendre à Mézières où il avait rendez-vous à la préfecture pour une réunion de notables. On se souciait beaucoup en haut lieu des anarchistes réfugiés dans les Ardennes. Ceux-ci avaient créé un groupe, les Sans Patrie, le 10 octobre 1891. Plusieurs événements fâcheux avaient suscité la méfiance des autorités. Il y avait d'abord eu les attentats commis par Eugène Bigel, puis les menaces proférées par le grand Bouillard à l'encontre du commissaire de police de Givet, le 4 octobre 1892, enfin les échauffourées du 1er mai 1893 à Nouzon.

Pour beaucoup, d'ailleurs, Nouzon, située tout près de Charleville, semblait être le foyer principal des militants anarchistes. François Malicet était l'un d'entre eux. Adhérent au groupe anarchiste les Déshérités, fondé en septembre 1892, il était réputé pour son mauvais caractère. N'avait-il pas refusé d'ouvrir sa porte aux policiers venus perquisitionner chez lui le 1er janvier 1894 ?

« Foutez-moi le camp ou je vous brûle la gueule ! » leur avait-il lancé, avant de lâcher le mot de Cambronne.

Clément aimait bien ce personnage intransigeant qui menait une vie conforme à ses idées. Il se murmurait en effet qu'il avait fait don de la plus grande partie de ses biens à la colonie libertaire d'Aiglemont. Clément ne pouvait se défendre d'éprouver une certaine sympathie pour ces hommes et ces femmes qui combattaient pour leurs idées. Ce faisant, il pensait bien sûr à Eloïse, qui avait été élevée dans ce monde marginal.

La plupart des entrepreneurs réagissaient différemment. Depuis que Charleville s'était retrouvé quasiment en état de siège, le 1er mai 1891, jour de la fusillade de Fourmies, les bourgeois et les patrons avaient peur, et l'arrestation de Jean-Baptiste Clément ne les avait pas vraiment rassurés.

Le département bougeait... La fédération des Travailleurs socialistes des Ardennes, fondée par le vieux communard, était devenue une force avec laquelle il fallait compter. Au cours des dix dernières années, les mouvements de grève s'étaient succédé.

A la Grosse Boutique de Château-Regnault d'abord, en 1885, parce que le patron, Alexandre Maré, avait voulu licencier tous les ouvriers syndiqués.

A l'usine Camion Frères, en 1887, toujours pour défendre le droit d'exercer ses activités syndicales.

Chez Faure, à Revin, on avait dénombré sept cents ouvriers en grève du 19 novembre 1890 au 22 mars 1891.

Dans le Sedanais, en 1891, trois mille tisseurs s'étaient mis en grève du 29 mars au 19 mai.

Des mouvements durs, qui avaient laissé leurs traces dans les esprits. Clément ne rencontrait pas ce genre de problème avec les bûcherons, indépendants et heureux de travailler en forêt. En revanche, les ouvriers de la saboterie avaient réclamé des augmentations de salaire. Il ne se sentait pas très à l'aise pour gérer ces questions. A la saboterie, il savait qu'il était le beau-fils du patron. Laforgue avait su si bien imprimer sa marque que personne, semblait-il, n'était capable de lui succéder. Surtout pas Julia, malgré ses velléités.

Depuis la mort d'Alfred, Octave avait pris un net ascendant sur ses camarades. Clément devait embaucher une personne expérimentée afin de contrer l'influence grandissante du sabotier. Il aurait aimé en parler avec Julia mais sa femme et lui entretenaient des relations curieuses. Elle partait souvent à la tombée de la nuit, un châle sombre sur la tête, en direction du cimetière, sur la tombe d'Alfred. Viviane lui avait appris que des enfants du village l'avaient surnommée «La Noire». Elle ne semblait voir personne, poursuivant un dialogue avec il ne savait qui. Parfois, elle le mettait si mal à l'aise qu'il ne supportait pas l'idée de partager son lit. Il avait pris le pli de dormir sur le sofa dans le bureau. Au début, il s'y était trouvé un peu à l'étroit mais il avait vite apprécié ces nuits solitaires durant lesquelles il ne sentait plus peser sur lui le regard insondable de Julia. Il lui arrivait de se dire qu'à vingt-quatre ans sa vie ressemblait à un immense gâchis.

17

1895

Eloïse redressa ses reins douloureux après avoir ramassé sa hotte. Sa cueillette était bonne, elle allait pouvoir confectionner de la confiture de myrtilles et des tartes, dont Noël était particulièrement friand. Elle avait ses coins à myrtilles, comme elle disait, tapis sous les osmondes royales.

Elle travaillait vite, comme à son habitude, malgré son ventre de plus en plus lourd. Ecartant les fougères, elle reprit le sentier menant à leur cabane.

Elle avait éprouvé le besoin d'avoir un enfant rapidement, comme pour s'empêcher de réfléchir, de se reprendre.

Pour elle, Noël avait cessé de boire. Il était devenu un autre homme. Chaque fois qu'elle regardait son visage à demi détruit par une profonde brûlure, Eloïse était bouleversée. Noël l'aimait; il le lui avait amplement prouvé. Pourquoi donc pensait-elle encore à Clément?

Elle avait mis plusieurs semaines à se remettre de

leur rencontre inopinée sur le pont de Hautes-Rivières. Elle s'était reproché de ne pas avoir trouvé les mots qu'il aurait fallu, elle aurait voulu lui jeter à la tête son abandon. A quoi bon ? Il n'était pas pour elle, elle l'avait toujours su. Si seulement elle avait réussi à l'oublier...

Elle avait fui les Ardennes après leur rendez-vous manqué, le soir du feu des Buires. Elle se souvenait de l'atmosphère de fête, du froid, aussi, régnant ce soir-là, et de sa solitude extrême.

Elle avait attendu jusqu'à ce que l'aube blanchisse, en vain. La main posée sur l'encolure de son chien dans l'espoir de puiser un peu de réconfort à son contact, elle s'était raccrochée à une foule de justifications. « Il a été retardé... » « Ses parents ont des invités... » mais elle savait bien qu'elle se mentait à elle-même. S'il l'avait aimée autant qu'il le prétendait, il serait venu avant la tombée de la nuit.

Elle s'était réfugiée dans la grotte où ils s'étaient aimés la première fois. Là, les bras noués autour du cou de Rousseau, elle avait sangloté éperdument avant de se redresser et de s'essuyer les joues d'un geste rageur.

Plus jamais elle n'aimerait avec cette force, cette intensité. La trahison de Clément lui faisait trop mal.

Elle s'était lavé le visage à l'eau de la source du Gros Caillou. Elle avait regardé autour d'elle, s'étonnant que rien n'ait vraiment changé. Les grands sapins sombres montaient toujours la garde au-dessus de l'eau. Le ciel de février, ouaté de brume, promettait une belle journée. Eloïse, pourtant, se sentait une autre, toute recroquevillée sur son désespoir.

Elle était rentrée auprès de Scipion et de Louise ;

s'était comportée comme si de rien n'était sous le regard pénétrant de son vieil ami. Elle aurait pu se confier à lui sans toutefois en avoir le courage. Au fil des jours suivants, elle s'était cognée à une foule de souvenirs. Le simple fait de courir les bois la bouleversait ; elle espérait toujours apercevoir la silhouette de Clément. Elle avait résolu de fuir les Ardennes. Scipion, qu'elle s'était enfin décidée à mettre dans la confidence, avait tout organisé. Les proscrits, ça le connaissait ! Il avait des filières d'amis, tout un réseau d'anciens communards qui avaient choisi la route de l'exil. Eloïse était donc partie pour la Belgique sans son chien, laissé à la garde de Scipion. Elle avait travaillé dans une imprimerie de Bruxelles, où elle s'était très vite étiolée malgré l'accueil chaleureux des Brasseur, les amis de Scipion. Ses bois lui manquaient trop, elle étouffait dans le bâtiment aux vitres teintées de bleu. Il lui prenait parfois l'envie de hurler afin d'évacuer le trop-plein d'émotions qui la submergeaient. Elle avait trouvé refuge chez une vieille demoiselle qui fumait le cigare et appréciait fort la gnôle. Le soir, elle aimait à raconter à Eloïse ses faits d'armes d'ancienne pétroleuse sous le regard réprobateur de son chien, un cabot mité nommé Cassius.

Eloïse avait tenu près de six mois. C'était nécessaire, lui semblait-il, pour parvenir à retrouver le goût de vivre. Elle était revenue avec des cadeaux plein les bras. Du tabac pour Scipion, des livres pour Louise et pour Vincent. Rousseau avait cassé sa chaîne pour se précipiter sur elle.

« Bien obligé de l'attacher », avait marmonné Scipion après avoir intercepté le regard réprobateur d'Eloïse. « Impossible de le faire rester tranquille, il te cherchait partout. Encore heureux qu'il mange la boustifaille de Louise... »

Elle sourit à cette évocation. Rousseau l'attendait en haut du sentier. Il détestait s'aventurer sous les fougères d'où il revenait avec des teignons et des tiques.

Ses deux hottes en noisetier côri, qu'elle avait fabriquées elle-même, pesaient de plus en plus lourd.

« C'est peut-être bien que je commence à prendre de l'âge », se dit-elle, amusée.

Une douleur fulgurante la saisit alors qu'elle s'arcboutait pour franchir un talus. Gênée par son ventre, affolée par le liquide qui coulait entre ses jambes, elle bascula en arrière, dégringola le sentier. Ses paniers se répandirent sur l'humus. Elle entendit Rousseau aboyer furieusement avant de sombrer dans l'inconscience.

Noël était en train de peigner la meule cuite avec un râteau à longues dents en bois quand il vit arriver Rousseau au galop.

Le chien gémit autour de la meule. Son attitude révélait une détresse telle que le charbonnier comprit tout de suite qu'il se passait quelque chose de grave.

Il descendit prudemment, en utilisant son échelle spéciale légèrement arquée.

Mortellement inquiet, il s'efforçait cependant de mesurer chacun de ses gestes, afin de ne pas se mettre lui-même en danger.

— Eh bien, mon chien, dit-il en se penchant vers Rousseau. Qu'as-tu fait d'Eloïse ?

Le grand chien aboya de plus belle et se retourna, invitant Noël à le suivre.

« J'ai compris », murmura-t-il.

Il fallait faire vite. Il courut à la suite de Rousseau, s'enfonça dans la forêt. Une peur qui ne voulait pas dire son nom lui nouait le ventre. Si le chien ne l'avait pas guidé, Noël n'aurait jamais retrouvé la jeune femme. Lui qui était pourtant un homme des bois connaissait mal les coins à myrtilles. C'étaient là des affaires de femmes, un domaine bien réservé.

Rousseau le conduisit sans hésiter au fond de la sente. Eloïse gisait sur un lit de fougères. Du sang maculait sa tempe.

Sur le coup, Noël la crut morte. Une fureur aveugle le saisit ; il lâcha une bordée de jurons avant de se ressaisir. Se penchant vers la jeune femme, il lui tâta le cou là où le pouls battait encore faiblement.

« Je la sauverai », pensa-t-il avec force.

Il la ramena à la cabane en trébuchant à plusieurs reprises. Il poussa la porte du pied ; posa le corps d'Eloïse sur la table. Il eut un haut-le-corps en découvrant ses vêtements trempés. Les mains tremblantes, il la déshabilla, lui frictionna le corps et lui fit avaler un peu d'eau-de-vie, fabriquée par Eugène, le bouilleur de cru.

Elle ouvrit les yeux, le considéra d'un air hagard.

— Le bébé, murmura-t-elle.

Il lui dédia un immense sourire. Elle vivait ! Pour le reste, il se débrouillerait.

— J'en fais mon affaire, lui dit-il.

Chaque fois qu'il contemplait Eloïse et le bébé, assises devant l'âtre, Noël éprouvait une bouffée d'amour si intense qu'il fermait les yeux. Sa femme et sa fille... C'était une sacrée revanche pour lui, le mal-aimé, le cadet d'une famille dans laquelle on ne connaissait qu'un seul moyen d'échange, les coups. Noël avait pris le pli de boire très jeune, pour réussir à vivre quand même. Son grand-père distillait lui-même de l'eau-de-vie de prune.

Le garçon avait facilement accès aux bouteilles de gnôle et ne se gênait pas pour puiser dedans. Il avait très vite compris que l'alcool l'aidait à oublier. Tout son corps se dilatait sous l'effet de la chaleur. Et il planait alors dans une douce hébétude avant de s'effondrer dans la paille. Quand Victor l'avait tiré de l'enfer familial, il était trop tard. Noël était devenu un ivrogne.

C'était bien fini, désormais, se dit-il avec une pointe de fierté. Ç'avait été dur, il avait bien pensé en crever mais il avait eu raison de ses vieux démons. Il se rasait même le dimanche. Un exploit, pour lui qui avait longtemps conservé une barbe d'ermite !

De nouveau, il regarda Eloïse et la petite. Quand il songeait qu'il avait joué la sage-femme, lui, Noël, avec ses grosses paluches, il en tremblait rétrospectivement. Finalement, tout s'était à peu près bien passé. Le bébé était né sans difficultés majeures et Eloïse, bien qu'encore faible, avait assez vite repris des forces. Elle était folle de la petite, prénommée Laure, en hommage à une bonne amie de Victor. Noël s'émerveillait de la voir si mignonne, si bien proportionnée... parfaite. Lorsqu'il la prenait dans ses bras et disait « ma fille », le monde lui appartenait.

A cet instant, dans sa modeste cabane meublée de bric et de broc, Noël Brouillet était le plus heureux des hommes.

18

Scipion reposa son racloir et son burin sur l'établi et releva la tête. Son travail avançait bien ; le petit lit serait bientôt terminé. Il avait sculpté pour Laure un chêne dans la masse du bois car elle était née dans la forêt. Une force nouvelle coulait dans ses veines à la perspective de s'occuper du bébé. Louise était morte durant l'hiver. Un froid qu'elle avait dans la poitrine l'avait emportée en quelques jours. Les remèdes classiques — sirop de carotte, grogs — s'étaient révélés impuissants. Scipion avait bien pensé à faire monter le docteur jusqu'à la cabane mais il était déjà trop tard. Noël l'avait aidé à creuser un trou au pied d'un gros chêne que Louise aimait tout particulièrement. Eloïse, retenant ses larmes, avait procédé à la toilette mortuaire de celle qui l'avait élevée. Elle lui avait passé sa robe noire, unique vestige du temps lointain où elle était institutrice, avant 1870.

Louise paraissait toute menue, comme recroquevillée dans le cercueil confectionné par son vieux compagnon. Il y avait déjà un certain temps qu'elle lui en avait passé commande. Il l'entendait encore lui confier : « Tu vois, mon Scipion, je crois bien que je partirai la première. C'est dans l'ordre des choses. Tu es plus jeune que moi d'un an et, surtout, beaucoup plus costaud. Moi, l'humidité, à la longue, ça me ronge la poitrine. Mais ne tire pas cette tête, mon gars. Tu vas me préparer un beau cercueil. Fais-le à ta guise, ce sera ton dernier cadeau. Je voudrais juste que tu graves dessus une phrase qui me ressemble... »

Il s'était exécuté, en protestant, et en mordillant le tuyau de sa pipe. Décidément, sa Louise ne ressemblerait jamais aux autres femmes ! Lui demander un cercueil comme cadeau... avait-on idée ?

Il avait pris son temps pour choisir le bois, qu'il était allé voler avec Eloïse et Noël. Du bois de lune, dérobé à la nuit, le meilleur qui soit. Il avait lentement préparé ses outils. Chacun de ses gestes le ramenait au temps du faubourg Saint-Antoine alors que, jeune apprenti, il apprenait à reconnaître les essences, à caresser le bois du plat de la main avant de commencer à le travailler.

Et puis, comme toujours, il s'était laissé entraîner par le plaisir de la belle ouvrage. Confectionner un cercueil pouvait être aussi un acte d'amour. Tout en maniant ses gouges, il avait choisi les mots qu'il dédiait à sa compagne : l'« amour » et la « liberté ». Scipion s'était surpassé. Et lorsqu'il avait fait admirer son œuvre à Louise, elle avait esquissé un sourire ému.

« Je savais bien que tu étais un artiste, Scipion. C'est un cercueil de reine. »

Elle avait eu un drôle de rire, un peu cassé.

« Tu imagines ? un cercueil de reine, pour une pétroleuse ! Ça me plaît bien... »

Ils n'en avaient plus reparlé. Scipion avait rangé le

cercueil debout, au fond de son atelier bric-à-brac, en se disant que cela n'avait jamais fait mourir personne. Il n'empêchait... Il lui venait parfois de sourdes angoisses, qu'il surmontait avec force rasades de gnôle, ou en allant relever ses collets dans la forêt.

Quand Louise avait attrapé froid, il avait voulu nier ses craintes. Ils avaient encore de longues années à vivre ensemble, il en était convaincu. La mort brutale de sa compagne l'avait pris au dépourvu.

Tous leurs amis étaient venus assister à l'enterrement de l'institutrice, sous le vieux chêne. Nul besoin de prêtre ! Les anciens communards vouaient une inimitié féroce aux membres du clergé. Il se trouvait toujours quelqu'un pour se répéter ce distique inventé par l'anarchiste ardennais François Malicet :

Et du boyau du dernier prêtre
Serrons le cou du dernier flic.

Scipion et Eloïse étaient restés seuls un bon moment au-dessus de la tombe refermée tandis que Noël entraînait leurs amis jusqu'à la cabane où Eloïse avait préparé du café, des vautes et des gaufres.

Le vieux menuisier et celle qu'il considérait comme sa fille étaient revenus à pas lents, en s'appuyant l'un contre l'autre. Une page était tournée ; ils en avaient tous deux conscience. La vie sans Louise... cela leur paraissait inconcevable.

Heureusement, Laure était là. La petite fille était vite devenue la mascotte des charbonniers et des braconniers. On lui apportait du sucre candi, une poupée de chiffon, une couverture en peaux d'écureuils...

Eloïse protestait : « Vous allez trop la gâter », mais les hommes rudes de la forêt s'obstinaient.

« Tu comprends, lui disaient-ils, elle est née sur notre domaine, dans nos bois. Elle fait partie de notre famille. »

Noël souriait. Il était le premier à faire le cheval pour amuser la petite. Il dessinait des formes au charbon de bois sur des plaques d'ardoise. Laure tendait les mains.

« Elle te ressemble », disait-il à Eloïse, tout heureux.

Le bonheur... Il ne savait pas jusqu'alors à quel point c'était bon.

— Noël ! Attends-moi !

Eloïse retroussa sa jupe pour mieux franchir le gué. A cet endroit, la Semoy s'assagissait. On la traversait aisément en sautant sur de grosses pierres claires. Sur l'autre rive se trouvait l'un des coins de pêche de la jeune femme. Chaque fois qu'elle y venait, elle ne pouvait s'empêcher de penser à Clément.

Troublée, elle vacilla. Il y eut un frôlement dans l'eau ; Eloïse ressentit une violente douleur au mollet.

« Noël... j'ai été piquée », murmura-t-elle, portant la main à son cœur.

Il se retourna vers elle. Elle lut sa propre condamnation sur le visage soudain blême du charbonnier. Il se pencha et, sans prononcer un mot, l'emporta dans ses bras jusqu'à l'autre rive. Là, il l'allongea doucement sur l'herbe, donna un coup de couteau dans la morsure avant de la presser. Il eut un haut-le-corps en voyant le sang noir s'écouler de la blessure.

— Je vais mourir, dit Eloïse, la voix blanche.

D'ordinaire les vipères, pourtant nombreuses dans la

vallée, ne la mordaient pas. Il y avait entre elle et les reptiles comme un pacte tacite.

Noël serra les dents. Il confectionna rapidement un garrot à l'aide d'un collet qu'il avait dans sa poche et serra la jambe de la jeune femme au-dessous du genou.

Vite, se disait-il, vite. Victor seul pouvait sauver Eloïse. Le vieux charbonnier attrapait les vipères à la main et en avait toute une collection, soigneusement conservées dans des bocaux emplis de formol.

— N'aie pas peur, tu ne mourras pas, lui promit-il.

Ses paupières battirent. Ses lèvres avaient noirci, elle était toute molle. Il lui administra de petites tapes sur les joues.

— Eloïse ! Bats-toi, je t'en prie. Ne te laisse pas aller.

Il se pencha ; l'emporta de nouveau dans ses bras comme un voleur.

Il courut d'une traite jusqu'au domaine de Victor. Le vieux charbonnier vivait dans une espèce de cahute en planches. A l'intérieur, parmi un fouillis invraisemblable, des dizaines d'animaux empaillés contemplaient les arrivants de leurs yeux vides.

— Sauve-la ! ordonna Noël en allongeant Eloïse sur la table.

Il raconta, d'une voix haletante, la vipère dans l'eau, le malaise qui avait saisi Eloïse... Sans mot dire, Victor saisit un morceau de fil de fer sur une étagère, le passa à la flamme. Il se pencha, le plongea à plusieurs reprises dans la blessure d'Eloïse. Elle gémit, remua la tête en tous sens.

— Doucement, ma belle, lui recommanda-t-il, tout

en sachant qu'elle était à demi inconsciente. Ne me complique pas la tâche...

Il entreprit ensuite de lui faire absorber une importante quantité d'eau salée, jusqu'à ce qu'elle vomisse des glaires vertes et même du sang.

— C'est le venin qui s'en va, commenta Victor à l'intention de Noël qui, conscient de sa propre impuissance, contemplait Eloïse d'un air désespéré.

— Va donc chez l'Aglaé chercher de quoi préparer des tisanes de fleurs pectorales, lui ordonna le vieux charbonnier. Tu sais, la pauvre petite n'est pas encore tirée d'affaire, précisa-t-il, soucieux.

Noël le savait bien. Il se le répétait tout en courant vers la masure de la vieille guérisseuse. Il ne la connaissait que de loin, pour l'avoir croisée au hasard des sentiers. Il entra comme un fou chez Aglaé. Elle le considéra d'un air moqueur.

— Bonjour, charbonnier. Tu avais peur de ne pas me trouver?

Il secoua la tête, trop essoufflé pour réussir à parler. Lorsqu'il le fit enfin, ce fut pour raconter ce qui s'était passé, d'une voix entrecoupée de sanglots.

Aglaé leva la main.

— Doucement, charbonnier! Ta belle contrebandière n'est pas encore passée. Victor a fait ce qu'il fallait. Je m'en vas te donner les fleurs pectorales qu'il réclame. Continue à la faire boire beaucoup. Et ne t'inquiète pas si elle ne mange rien. Il faut vider son corps de tout le poison de la vipère. Elle est jeune, elle se remettra.

Sa voix recelait une pointe d'amertume. Elle songeait à Julia. Aglaé avait peur pour sa protégée. La fille de

Laforgue accumulait les bizarreries. Elle ne redevenait elle-même que lorsqu'elle se réfugiait dans la saboterie.

Noël remercia ; s'en alla. Aglaé le suivit d'un regard soucieux avant de se plonger à nouveau dans l'étude de ses cartes.

19

1896

Parvenue au sommet de la butte, Eloïse prit une longue inspiration. C'était si bon de se sentir à nouveau vivante, après ces deux interminables semaines durant lesquelles elle avait déliré. Lorsqu'elle s'était enfin relevée de son matelas de fougères, elle se sentait toute faible et elle avait dû s'appuyer au bras de Noël pour faire le tour de la cabane et aller se pencher au-dessus du berceau de Laure.

Noël avait été pour elle un soutien précieux. Elle se rappelait qu'il l'avait soignée jour et nuit, la faisant boire sans cesse, lui tenant la tête lorsqu'elle vomissait, nettoyant ses sanies... Elle marmonnait parfois une parole d'excuse.

Il la faisait taire en posant la main sur les lèvres. « Chut... ma belle. »

Il avait des mains énormes, toujours un peu noircies mais, pour elle, elles se faisaient douces. Il l'avait soignée avec un dévouement infini, ne la quittant pas. Le vieux Victor avait repris du service sur l'aire à faude pendant ce temps.

« C'est bien la première fois que je vois ton Noël abandonner sa meule ! » avait-il dit à Eloïse le jour où elle était sortie de la cabane.

Son Noël... La morsure de la vipère les avait soudés plus que n'importe quel serment. Eloïse se savait aimée, et cette certitude l'aidait à reprendre rapidement des forces, tout comme les sourires de Laure.

La petite poussait bien, en posant sur le monde qui l'entourait son regard très clair, étonnamment semblable à celui de Noël. Lorsqu'il disait « ma fille » et la prenait dans ses bras, il avait des étoiles plein les yeux. Dans ces moments-là, Eloïse se sentait heureuse, profondément.

Elle contempla le paysage offert avec un sentiment de plénitude.

A leur arrivée dans les Ardennes, son père, Félicien Mazet, avait tenu à monter jusqu'à la crête d'où l'on dominait les Vallées. Il avait désigné la forêt d'un ample geste de la main.

« Un nouveau domaine, ma fille. A nous de le faire nôtre ».

Elle, l'orpheline de mère, s'était alors juré de s'enraciner dans la forêt. Au plus profond.

Une grive s'égosillait derrière elle. Eloïse sourit. Elle retrouvait avec un plaisir accru chacune des sensations qu'elle croyait avoir oubliées. L'humidité du sous-bois, l'odeur si particulière de fumée de l'aire à faude, le tapis de minuscules anémones blanches, qu'elle préférait ne pas cueillir car elles se fanaient tout de suite.

L'air était encore vif, en ce mois de mai, et il stimulait Eloïse. Noël lui avait confectionné des sandales de corde et des sortes de guêtres qui protégeaient ses mollets. Elle savait qu'elle ne traverserait plus la Semoy au gué, elle avait eu trop peur. Même pas pour elle. Pour Laure, et Noël. Elle avait dû batailler avec le charbonnier qui ne voulait pas la laisser monter seule jusqu'aux baraques.

— Hé ! lui avait-elle lancé. Tu ne crois quand même pas que je vais rester enfermée parce que j'ai été mordue par un serpent ? Ma vie, c'est courir les bois.

Il le savait. Il s'était incliné. Le danger faisait partie de leur vie, à l'un comme à l'autre. S'il la retenait prisonnière, Eloïse dépérirait. Il la voulait libre. Et heureuse.

Aux baraques, la vieille Zélie l'accueillit avec force transports.

— Tu nous manquais, Eloïse. Tout ce temps sans te rouetter... Et ton homme... pour lui tirer trois mots à la suite ! De drôles de gars, nos charbonniers...

Il faisait chaud chez la vieille Zélie. Sa baraque sentait bon le café et le tabac. Un univers familier à Eloïse. Son monde.

— Bois, lui fit son hôtesse en lui tendant une tasse de café odorant.

La jeune femme y réchauffa ses mains.

— Tu as toujours toutes tes pratiques de Charleville et de Monthermé ?

— Nous verrons bien s'ils ont eu la patience de m'attendre, répondit Eloïse avec une désinvolture assez bien imitée.

De toute manière, la différence de prix des deux côtés de la frontière était si importante qu'elle trouverait toujours des personnes intéressées. Et puis, ce n'était pas seulement l'appât du gain qui l'aiguillonnait mais bel et bien le désir de transgresser la loi, de jouer à cache-cache avec les douaniers.

Vincent lui avait enseigné toutes les ruses. Elle connaissait la forêt aussi bien que le vieux contrebandier et avait une perception aiguë des êtres comme des animaux.

Autour d'elle, on parlait. De Vincent, précisément, qui avait sauvé deux pacotilleuses des pattes des douaniers et s'était payé le luxe de déposer leurs ballots de marchandises sur le pas de leur porte.

— Un gars bien, Vincent, apprécia la vieille Zélie en faisant claquer sa langue.

Ce n'était pas le cas d'Humbert, « l'homme noir », qui parcourait toujours la région.

— Il ne se trouvera donc personne pour nous débarrasser de ce malfaisant ? lança-t-elle, exaspérée.

Si elle en avait eu la force... elle n'aurait pas hésité à tirer sur lui à coups de chevrotine. Il ne fallait pas croire, elle était un bon fusil, elle aussi, dans le temps !

— Quand je dansais la valse avec mon Albert sur un guéridon de café, précisa la vieille Zélie.

Les deux femmes qui se tenaient près du poêle approuvèrent d'un hochement de tête. Elles se ressemblaient, bien qu'aucun lien de parenté ne les unît. Le teint pâle, les yeux cernés de sombre, le dos voûté à force de transporter de lourdes charges... A cinquante ans, elles en paraissaient plus de soixante-dix. Eloïse frissonna. Cela lui faisait peur, tout à coup. Comme si ces deux femmes avaient préfiguré ce qu'elle deviendrait, d'ici quelques années.

« J'ai encore du temps devant moi », pensa-t-elle.

Elle avait toujours pensé qu'elle mourrait jeune, comme sa mère et son père. D'une certaine manière, elle préférait qu'il en fût ainsi. Elle voulait rester libre de son destin, ne pas s'économiser. « A quoi bon ? » se disait-elle.

« Nous travaillons si dur que nous sommes usés avant l'âge. Moi, au moins, j'ai choisi la liberté... »

Scipion et Louise avaient forgé son choix de vie. Rester libre, toujours... Après la naissance de Laure, elle avait éprouvé quelque difficulté à se sentir mère. Forcément, la petite ne lui permettait pas de vivre à sa guise. Elle avait réussi, cependant, à s'en accommoder. Elle aimait sa fille, elle ressentait beaucoup d'affection et de tendresse pour Noël. Tout était bien. Si seulement elle avait pu réussir à oublier Clément Descharmes.

Julia se pencha au-dessus du berceau et contempla avec appréhension le visage de son fils. Le bébé rouge de colère qui s'agitait en tous sens comme s'il voulait arracher son maillot offrait une ressemblance troublante avec Laforgue.

« Comme un remords », pensa Julia.

Elle ne devait pas y penser, au risque de basculer dans la folie.

Si Viviane n'avait pas insisté, elle se serait très vite désintéressée de son fils. « Clément ne comprendrait pas », lui avait dit la vieille femme le jour où elle avait surpris Julia se bouchant les oreilles pour ne pas entendre les hurlements du bébé. Son regard attentif lui disait qu'elle ne la jugeait pas. Elle cherchait seulement à l'aider. Viviane savait toujours ce qu'il convenait de faire. Julia ne lui disputait pas ses prérogatives. Elle n'avait que peu de goût pour la tenue d'une maison et, à la Croix-Haute, tout fonctionnait sans anicroche. « Grâce à l'argent de ma dot », se disait parfois Julia avec une pointe de cynisme.

Ce n'était plus tout à fait vrai, d'ailleurs. Clément bataillait ferme pour obtenir de nouveaux marchés et si l'entreprise Descharmes était de nouveau prospère, c'était bel et bien grâce à ses efforts.

Pour sa part, Julia aurait aimé développer la fabrication de sabots féminins mais Félix l'occupait tant qu'elle ne parvenait pas à trouver le temps de descendre jusqu'à la saboterie. Etait-ce pour cette raison, se demandait-elle parfois, que sa mère était partie sans elle ? Parce qu'elle rêvait d'une autre vie, que sa situation de mère de famille l'empêchait de concrétiser ?

Cette question n'avait pas fini de l'obséder.

Félix s'agita. Elle le reposa dans son berceau, qui avait déjà abrité plusieurs générations d'enfants Descharmes et dégrafa son corsage. Viviane prétendait que le fait de donner le sein renforçait le lien entre l'enfant et sa mère. Remarque qui laissait Julia sceptique. Comment aurait-elle pu être mère, elle qui se sentait toujours orpheline de Rosalie ? Dieu merci, Clément adorait son fils. C'était même dérangeant pour la jeune femme, qui n'avait jamais reçu la moindre marque de tendresse de la part de son père, seulement de la violence.

Elle reprit Félix dans ses bras. L'enfant chercha le sein, qu'il téta goulûment. Elle le contempla durant un bon moment sans bouger. Elle avait peur, parfois, de son fils. Sans parvenir à mettre un mot sur cette peur.

20

1901

« Qu'est-ce qu'Alfred aurait fait à ma place ? »

Chaque fois qu'elle s'aventurait dans les ateliers, Julia se posait cette même question. Elle voyait bien que plus rien ne tournait rond depuis que Marceau, un homme venu de Rethel, dirigeait les sabotiers, mais elle se sentait impuissante.

« Ce n'est pas l'affaire d'une femme », lui avait fermement déclaré Clément à plusieurs reprises. Comme s'il s'imaginait pouvoir l'empêcher de venir à la saboterie ! N'avait-il donc pas encore compris que c'était sa seule raison de vivre ?

Elle bataillait pied à pied pour convaincre son mari de ne pas mécaniser la production. Les sabots issus des ateliers Laforgue avaient toujours eu une bonne renommée. Si les machines remplaçaient le travail des hommes, Clément perdrait inévitablement une bonne partie de sa clientèle.

Elle pénétra dans l'ancien atelier d'Alfred. Elle

éprouvait à chaque fois une émotion palpable, comme si son vieil ami avait encore été là.

Lambert, le sabotier, s'éclairait à l'aide d'une lampe à pétrole équipée d'une sorte de réflecteur. Il travaillait, vite et bien, sur un gros billot de bois de cerisier.

Julia huma l'odeur de sciure, toujours familière. Parfois, il lui arrivait de la chercher à la Croix-Haute, et elle se disait qu'elle n'était pas vraiment chez elle.

Lambert ne releva la tête qu'au bout d'un moment. Il essuya d'un revers de main les gouttes de sueur qui perlaient à ses tempes.

— Bonjour, mademoiselle Laforgue.

A la saboterie, elle était restée « mademoiselle Laforgue ». A la Croix-Haute, on l'appelait « madame Clément ». Personne n'usait plus de son prénom depuis que la vieille Aglaé était morte. C'était Julia qui avait découvert son corps raidi par le froid dans la cabane dépourvue de chauffage. Aglaé devait avoir passé juste avant le premier janvier car Julia avait retrouvé tout son matériel — grandes feuilles de papier, pelures d'oignon, sel — étalé sur sa table pour préparer son almanach.

Elle avait tenu à offrir un enterrement de première classe à sa vieille amie. Clément l'avait laissée faire. « J'agirais de même pour Viviane », lui avait-il confié.

Tous deux avaient en commun une enfance perdue. Cela les rapprochait à défaut d'amour.

Julia s'avança près de la coche du creuseur. Lambert avait pris soin de maintenir les deux sabots placés dans l'encoche au moyen de cales. Chacun de ses gestes était léger et assuré. Après avoir évidé le morceau de bouleau à la gouge, il utilisa le taraire, et différentes cuillers.

Elle se pencha au-dessus de son ouvrage sans craindre de le gêner. Un vrai sabotier « causait » avec son bouleau sans se préoccuper du reste.

Il aplanit son morceau, avant de parachever sa tâche au boutoir, au paroir et au cœur.

Elle avait toujours aimé le nom de cet outil, le cœur. Comme pour donner tout son sens au métier de sabotier.

Lambert repoussa sa casquette en arrière.

— Ces machines, mademoiselle Julia, nous, on n'en veut pas.

Elle soutint son regard inquiet. A quoi bon, en effet, avoir appris de son propre père chaque geste, l'avoir répété jusqu'à atteindre une quasi-perfection si l'achat de machines venait tout gâcher ?

— On a toujours bien travaillé, reprit Lambert.

La gorge nouée, elle hocha la tête. Elle se baissa pour franchir le seuil de l'atelier après avoir gratifié Lambert d'une tape sur l'épaule.

Le long de la rivière, les fleuristes s'activaient dans un bâtiment dont Julia avait fait chauler les murs. Celles qu'on appelait ainsi étaient des femmes de tous âges qui, à une cadence folle, maniaient de minuscules outils destinés à orner les sabots féminins. Canif, griffet, enlève-feuille, lignard, trois coins, compas... dessinaient dans le bois tendre des motifs fleuris.

— Ça va se vendre comme des petits pains à la foire de Givet, lança Euphrasie, la doyenne des fleuristes.

Julia sourit.

— Nous avons aussi une bonne clientèle en Belgique.

Le temps où les sabotiers de Sapogne ou de Regniowez partaient vendre leur production en portant de lourdes hottes sur leur dos était bel et bien révolu. On utilisait désormais des carrioles. Clément parlait même d'expédier les sabots Laforgue par le train. Julia était partagée. L'ambition de son époux lui faisait parfois un peu peur. Ne risquait-il pas de voir trop grand ?

Clément la rejoignit alors qu'elle prenait congé des fleuristes.

— Je savais que je vous trouverais ici, lui dit-il.

Elle le regarda à la dérobée. Les années écoulées ne l'avaient pas trop marqué. Il avait gagné une certaine carrure, était un homme fait, désormais. Elle aurait pu l'aimer... si seulement elle n'avait pas été prisonnière du passé.

Et lui, l'aimait-il ? C'était le genre de question particulièrement dérangeante qu'elle refusait de se poser.

Son époux avait son jardin secret, qu'il préservait avec soin. Il partait chasser de longues journées sans prendre la peine de lui donner de ses nouvelles. A son retour, fourbu, il passait d'abord par la cuisine où il vidait le contenu de sa gibecière. Il lui arrivait parfois de passer la nuit chez des amis, les Ferrant, de l'autre côté de la frontière. Julia ne l'accompagnait pas. Elle avait la chasse en horreur.

— Rentrons, lui proposa Clément.

Il avait fait l'acquisition, à Mézières, d'une automobile, une Clément Bayard, ainsi nommée par son constructeur, Adolphe Clément, en hommage au chevalier Bayard, défenseur de la citadelle en 1521.

Les premiers temps, Julia s'était fait prier pour l'utiliser. Elle avait finalement cédé, son refus obstiné peinait Clément. Elle devait reconnaître que ce moyen de locomotion était plus pratique et plus confortable que le boghei.

Désormais, elle descendait à Charleville chaque jeudi avec son mari. Il se rendait à la préfecture, s'occupait de ses affaires tandis que Julia visitait sa modiste et sa couturière. Clément tenait à ce que son épouse lui fasse honneur. Julia avait eu de la peine à dépenser autant d'argent pour des toilettes avant d'y prendre goût. Après tout, c'était agréable de se promener sous les arcades de la place Ducale en étrennant une robe de taffetas qui bruissait joliment à chaque pas.

Elle accordait une grande importance au choix de ses chapeaux. Sa modiste, mademoiselle Catherine, savait que madame Descharmes aimait les cabriolets et les couvre-chefs à voilette.

« On dirait que vous cherchez à cacher votre visage », lui avait-elle fait remarquer un jour. Julia s'était troublée. Dans la pièce où s'amoncelaient velours, satin et crêpe, l'atmosphère était devenue irrespirable. Elle avait réussi à se tirer un sourire. « Me cacher ? Quelle idée, voyons ! »

Rentrée à la Croix-Haute, elle avait longuement observé son reflet dans la psyché de sa chambre. Elle aurait été belle, sans ce regard insondable qu'elle posait sur les êtres et les choses.

« Le regard d'une criminelle », avait-elle pensé en se détournant.

Elle ne se supportait pas mais n'éprouvait pas de remords. Si Laforgue n'était pas mort, elle n'aurait jamais pu continuer à vivre.

21

1903

Les collines, sang et or mêlés, flambaient avant de venir mourir au bord de la rivière. Le soleil dansait entre les feuilles des arbres. Un soleil d'automne qui ne tarderait pas à disparaître, happé par la cime des arbres.

La fillette marchant à pas pressés sur le sentier n'avait pas peur. Elle avait Gavroche, le grand chien noir, pour la protéger. Et, au-dessus de sa tête, Titi, le geai apprivoisé, qui l'accompagnait partout.

A sept ans, Laure était très fière de se débrouiller seule. Sa mère le lui répétait souvent : « Chérie, tu peux faire n'importe quoi, du moment que tu le veux vraiment. »

Laure aimait bien que sa mère l'appelât ainsi : « chérie ». Ce simple petit mot faisait courir des frissons partout sous sa peau. Elle se sentait aimée.

Elle hâta le pas, impatiente de se blottir contre Eloïse. Elle avait tenu à aller chercher elle-même de l'eau à la source pour prouver à sa mère qu'elle était grande, à présent.

Le geai se mit à imiter l'aboiement de Gavroche. C'était l'un de ses tours favoris, il réussissait même à reproduire le bruit du passe-partout. Eloïse s'y était laissé prendre une, deux fois. A présent, elle riait, levait le poing en direction de l'oiseau apprivoisé et menaçait de lui tordre le cou. Ce à quoi le geai répliquait par un éclat de rire, copie conforme de celui d'Eloïse.

— Hou hou ! cria Laure en se rapprochant de l'aire à faude.

Chaque fois qu'elle apercevait son père perché sur la meule, elle éprouvait une bouffée de fierté.

« Ton père, c'est le maître du feu », lui avait dit un jour Scipion.

Laure aimait bien le vieux menuisier qui s'était chargé de son instruction. Elle était arrivée à l'école de La Neuville-aux-Bois en sachant lire et écrire couramment. Cela lui avait permis de ne pas se laisser impressionner par les gamines et les gamins qui prétendaient qu'elle avait le visage noirci. Comme si sa mère ne lui avait pas appris à se laver avec soin, été comme hiver, dans la rivière ! Laure aimait les livres mais ne prisait guère l'école. Elle préférait de loin la forêt, qui constituait son domaine privilégié.

Son père lui adressa un signe complice de la main. Entre elle et lui, c'était une longue histoire d'amour.

Laure apporta le bidon d'eau à sa mère qui cuisinait dans la clairière au-dessus des braises d'un feu de branches. Noël avait bâti une hutte dans laquelle ils vivaient le temps qu'il exploite l'aire à faude.

Cette existence itinérante avait beaucoup de charme

aux yeux de Laure. Ses parents et elle étaient différents des autres. Des êtres libres.

Gavroche s'assit près du feu, humant l'odeur du lard bouillant sur lequel Eloïse s'apprêtait à verser la pâte à vaute. Pour ce faire, elle avait cassé six œufs dans un bol, ajouté six fourchettées de farine et mélangé le tout.

Eloïse et Laure le surveillaient du coin de l'œil.

— Gare à toi si tu touches à mon frichti ! s'écria Eloïse.

Elle aimait bien Gavroche tout en pleurant toujours son vieux Rousseau. Il était mort auprès d'elle par une nuit d'hiver particulièrement froide. Elle n'oublierait jamais le dernier regard que son chien et elle avaient échangé. « On a mené une belle vie, toi et moi », semblait-il dire.

Elle l'avait tenu serré contre elle un long moment, tentant de le réchauffer comme il l'avait fait si souvent pour elle. Elle avait creusé elle-même sa tombe, près de la cabane de Scipion. La terre était gelée, elle avait peiné, sué, pour réussir à entamer la couche de neige glacée. Noël, navré, la regardait faire sans oser l'aider. « C'est mon chien, c'est mon travail », lui avait-elle lancé. Les larmes, rageuses, gelaient sur ses joues. C'étaient autant de piqûres sur sa peau, auxquelles elle ne prêtait même pas attention.

Quelques jours plus tard, Noël lui avait mis dans les bras une boule de poils hirsute, qui cherchait encore à téter. Elle avait placé le chiot dans un carton près du feu, lui avait donné du lait chaud puis, progressivement, un peu de viande rouge. Elle avait attendu plusieurs jours avant de lui choisir un nom. Elle s'était déjà attachée à lui et avait peur qu'il ne meure, comme Rousseau.

Gavroche était robuste. Il avait très vite noué des relations complices avec Laure. Eloïse en était heureuse. Sa fille avait besoin d'un compagnon à qui tout raconter.

Chaque fois qu'elle contemplait Laure, elle se sentait particulièrement fière. Sa fille était belle, et vive. Ses longs cheveux fauves formaient un contraste étonnant avec ses yeux couleur d'eau claire, hérités de Noël.

— Nous irons tantôt voir Scipion, proposa Eloïse à sa fille.

Elle s'arrangeait pour se rendre régulièrement à la maison de celui qu'elle considérait comme son père. Vincent, son vieil ami le braconnier, lui apportait des lièvres et des faisans qu'Eloïse se chargeait de préparer. Elle cuisinait le gibier à la façon de Louise, en l'accommodant d'herbes et en le laissant longuement mijoter.

Le fait d'avoir fondé un foyer l'avait incitée à s'intéresser un peu plus aux activités ménagères. Elle s'en acquittait parce que c'était son rôle mais préférait de loin courir les bois. Noël en souriait.

«Je veux que tu sois heureuse avant tout.»

Elle regarda son compagnon. Il était dans son élément, évoquant quelque mystérieux alchimiste capable de transformer le bois en charbon.

— Ne rentrez pas trop tard, toutes les deux, leur recommanda Noël en les voyant s'éloigner.

Eloïse se retourna; lui adressa un grand signe de la main.

La haute silhouette de Noël, penchée au-dessus de la meule, était cernée d'ombre. Eloïse en eut froid au cœur.

Scipion replia son couteau d'un coup sec et regarda gravement Eloïse.

— Crois-moi, ma fille, on a beau célébrer tous les 18 mars l'anniversaire de la Commune, notre idéal anarchiste bat bel et bien de l'aile. Regarde-les, ces députés socialistes qui rentrent dans le rang... Le plus souvent, ils vivent — et bien ! — à nos crochets. J'ai peur de ne pas voir la révolution avant d'aller rejoindre Louise sous les chrysanthèmes.

Cette expression revenait de plus en plus souvent dans sa conversation.

Eloïse lui tapota la main.

— Scipion, voyons... Tu nous enterreras tous.

— Tu fais bien de dire ça! s'écria-t-il. Tiens... lis.

Il se leva lourdement et alla fourrager dans le tiroir du buffet. Il sortit une feuille de papier quadrillé soigneusement pliée en quatre qu'il tendit à Eloïse.

— Lis, répéta-t-il. Tout haut. Je sais bien que ce ne sont pas les idées de Noël mais il faudra respecter ma volonté, ma fille.

La gorge étranglée, Eloïse murmura :

« Ce jour, en pleine possession de toutes mes facultés, je déclare vouloir être enterré civilement, c'est-à-dire sans le secours d'aucun culte religieux, quand même, dans mes derniers moments, j'aurais des défaillances dont je ne serais pas responsable. »

Il avait précisé : « Fait à La Neuville-aux-Bois, le 15 juin 1898 » et, en dessous de sa signature, mentionné les noms de ses deux témoins, Vincent et Noël.

— Noël était au courant? s'étonna Eloïse.

— Hé! Qu'est-ce que tu crois? Entre hommes, on

se soutient. Tu promets, n'est-ce pas, petite ? Pas de curé, pas de buis béni ni de messe. Rien que mes camarades et toi, bien sûr.

— Ne pense pas à tout ça, Scipion, je t'en prie. Je n'ai pas envie de te perdre. Tu es... le dernier qui a connu mon père.

Tous deux se regardèrent gravement.

— On ne peut pas arrêter le temps, ma fille, reprit enfin Scipion. Ni revenir en arrière.

A cet instant, elle songea à Clément. Elle l'aimait toujours, se dit-elle effondrée. Elle ne voulait pas le reconnaître. Surtout pas.

Elle reprit le chemin de leur maison après avoir préparé le repas de Scipion. Laure lui donnait la main et tenait Gavroche par le collier. Les ombres de la nuit s'allongeaient sur le sentier. L'air sentait le champignon et l'humus, des odeurs familières. De gros nuages couraient dans le ciel, entre les cimes des arbres.

Laure serra un peu plus étroitement la main de sa mère.

— Tu sais, je ne voudrais pas vivre ailleurs. La forêt... c'est comme mon royaume.

Eloïse lui répondit par une pression de la main. La plupart du temps, toutes deux se comprenaient par un simple échange de regards. Noël prétendait d'ailleurs être jaloux de leur entente.

« La mère et la fille... deux diables contre le père ! » gémissait-il en riant.

— Maman...

Laure tourna un visage effrayé vers Eloïse.

— La meule brûle...

Elles s'élancèrent vers l'aire à faude. Noël ne s'y trouvait plus.

— Chérie, viens avec moi, dit Eloïse en saisissant la lampe tempête.

Les hypothèses les plus folles se bousculaient dans sa tête. Qu'était-il arrivé ? Pourquoi Noël avait-il abandonné sa meule, ce qui ne lui arrivait jamais ?

Elles coururent d'abord chez Victor. Eloïse lui expliqua la situation à phrases brèves, hachées. Il lui tapota l'épaule ; lui promit d'aller s'occuper de la meule.

— Cela ne ressemble pas à Noël, remarqua-t-il.

Eloïse le savait bien, ce qui décuplait son inquiétude. Elle voulut laisser la fillette à la garde de Victor mais Laure protesta avec force.

On eut tôt fait d'alerter les charbonniers. Une battue fut organisée à la lueur des lampes tempêtes. Eloïse posa sur les épaules de sa fille, qui frissonnait, sa vieille cape, dernier vestige de sa propre enfance.

Clément Descharmes, alerté par les lueurs se déplaçant dans les bois, vint se joindre à eux avant l'aube. Les charbonniers le saluèrent. Clément était estimé dans la région. Un homme juste. Il fit la même remarque que Victor.

« Cela ne ressemble pas à Noël. »

Qui ne connaissait pas Noël, dans les deux Vallées ?

Clément se pencha pour se mettre à la hauteur de Laure.

— Veux-tu venir chez moi ? Viviane aura sûrement quelque chose de bon à te faire goûter.

La fillette refusa. Elle voulait seulement son papa.

Ernest, charbonnier depuis plus de trente ans, se gratta le front, cuit et recuit par la chaleur de la meule.

— A-t-on jamais rouetté ça? marmonna-t-il. Un gaillard comme Noël ne disparaît pas comme ça!

C'était l'opinion de tous.

— Un mauvais coup? suggéra Clément Descharmes.

On échangea des coups d'œil dubitatifs. Certes, les anarchistes faisaient encore parler d'eux de temps à autre mais pas un ne se serait attaqué à Noël.

Restait l'hypothèse du malfrat ayant croisé sa route. Là encore, il était inconcevable d'imaginer Noël se laissant détrousser. N'était-il pas un homme en pleine force de l'âge?

L'aube se levait, au-dessus de la vallée. Laure se frotta les yeux.

— Chérie, tu dois aller dormir, murmura Eloïse.

Titi, le geai apprivoisé, vint se percher sur l'épaule de la fillette. Il se mit à gonfler ses plumes et à imiter un bruit bizarre, comme un grondement. Les charbonniers échangèrent un regard inquiet avec Clément.

— Ça s'pourrait bien, grommela Victor.

Eloïse, mortellement inquiète, lui secoua le bras.

— Victor! Vas-tu m'expliquer...?

Elle avait déjà compris, elle aussi, même si elle se refusait à l'admettre. Elle attira sa fille contre elle.

— Nous allons retourner à la maison, Laure. Nos amis continuent de rechercher Noël.

Elle bredouillait, repoussant de toutes ses forces la certitude qui s'imposait à elle. Si Noël n'était pas rentré, c'était parce qu'il était blessé, peut-être même mort. Gavroche, qui avait disparu, revint en gémissant. Sans réfléchir, Eloïse lui emboîta le pas. Clément tendit le bras trop tard pour la retenir.

Elle courait derrière le chien, sans prendre garde aux ronces qui s'accrochaient à sa jupe.

Gavroche s'enfonça au milieu d'un épais taillis et s'immobilisa. Eloïse hurla.

Noël s'était bien battu, ainsi que l'attestait la terre piétinée tout autour de son corps. Il gisait sur le dos, yeux grands ouverts. Sa main était crispée sur une plaie béante qu'il avait en haut de la cuisse, par laquelle il s'était vidé de tout son sang. De grosses mouches tournaient au-dessus de lui.

Eloïse, blême, se retourna vers Clément qui l'avait suivie.

— La petite... je ne veux pas qu'elle voie son père dans cet état..., souffla-t-elle.

Elle-même aurait désiré fuir. Ce n'était pas Noël qui gisait dans la terre et le sang mêlés. Le maître du feu n'aurait jamais dû mourir de cette manière, saigné à blanc par un vieux solitaire qui l'avait touché à l'artère fémorale.

Elle se pencha au-dessus du corps de son compagnon ; lui ferma les yeux avant de poser délicatement un mouchoir sur son visage.

— Venez, à présent, dit Clément en l'entraînant.

Victor avait pris Laure dans ses bras. Gavroche resta auprès de Noël.

Les charbonniers ramenèrent leur ami dans sa cabane. Eloïse avait couché Laure, épuisée, et préparé le lit.

Elle crispa les mâchoires en ouvrant la porte aux hommes du bois.

Au-dehors, le geai ne chantait plus.

22

1903

Ils partirent aussitôt après l'enterrement de Noël. Ils étaient tous venus, bûcherons, charbonniers, vieux communards... unis pour soutenir Eloïse et Laure. Comme beaucoup de ses camarades, Noël était croyant. Il n'omettait jamais de placer une croix au cœur de la meule avant d'en commencer la construction.

Les charbonniers étaient très attachés à certains rites. Nombreux étaient ceux qui se signaient debout sur la meule, faisant le signe de croix avec leur pelle. Ils récitaient aussi cinq Pater et cinq Ave, dédiés à saint Thibaut, le patron des charbonniers, chaque fois qu'ils mettaient le feu à leur faude.

Sur les conseils de Victor, Eloïse n'avait donc pas exigé un enterrement civil. Le père Thomas, le remplaçant du père Bonaventure, souffrant, qui se déplaçait sur un grand vélo noir, était venu jusqu'à la cabane. Il avait parlementé un petit moment avec Eloïse avant d'être autorisé à pénétrer à l'intérieur. La jeune femme, élevée par Scipion et Louise dans la défiance vis-à-vis de la religion, se garda bien de le suivre. Elle respectait seulement les croyances de son compagnon.

Le prêtre ressortit rapidement.

— Vous viviez dans le péché, tous les deux, remarqua-t-il.

Eloïse ne chercha pas à dissimuler son exaspération.

— Si vous ne voulez pas le bénir, cela ne changera rien pour moi, répliqua-t-elle avec force. Noël est mort et toutes vos bondieuseries ne me le rendront pas !

Le prêtre et la femme blessée s'affrontèrent du regard. Le premier, le père Thomas rompit les chiens. Il sentait la jeune femme en pleine révolte, prête à prononcer des paroles irréparables. Or, parmi les charbonniers présents, il y avait quelques-uns de ses bons paroissiens. Il haussa les épaules. Il aimait bien le grand Noël, qui ne rechignait pas à rendre service.

— Après tout, un peu d'eau bénite ne peut pas lui faire de mal, marmonna-t-il.

Laure, qui avait été prévenue avec beaucoup de ménagements, suivit d'un regard intéressé les prières du prêtre. Il s'arrêta près d'elle en sortant de la cabane.

— Es-tu baptisée, petite ? J'aimerais bien te voir au catéchisme.

— Ça, jamais !

Eloïse, d'un geste farouche, serra sa fille contre elle.

— Contentez-vous de son père, l'abbé ! Ne comptez pas attirer ma Laure dans vos filets. Nous ne voulons pas de votre Dieu !

C'étaient Louise et Scipion qui la soutenaient lorsque Eloïse parlait ainsi. Le père Thomas s'était incliné, de mauvaise grâce. Noël avait eu droit à un enterrement bâclé mais cela importait peu à Eloïse. Pour elle, ce qui comptait, c'étaient les amis de Noël qui étaient venus le veiller à tour de rôle, en racontant les tours pendables qu'ils avaient commis ensemble. Eloïse avait ainsi appris que Noël et ses camarades charbonniers étaient de joyeux drilles.

Elle avait permis à Laure de rester, elle aussi, auprès du corps sans vie de son père. La mort de Noël avait été si brutale que la mère et la fille avaient besoin de s'accoutumer à cette idée. Comme si c'était possible ! se reprit Eloïse en donnant un grand coup de pied dans une souche. La révolte était là, intacte, en elle. Clément Descharmes l'avait appris à ses dépens. Au retour du cimetière, blafard sous la bruine obstinée qui tombait depuis deux jours, il avait déclaré, maladroit, à Eloïse :

« Si je peux faire quelque chose pour votre fille et vous... »

Le vouvoiement entre eux n'était pas naturel. C'était comme si rien n'avait existé. Pourtant, Eloïse se souvenait de chacune de leurs étreintes. Elle l'avait regardé. Vêtu de velours sombre, il faisait partie des notables, à présent. Et elle, elle n'était même pas la veuve du charbonnier. Seulement sa concubine, un mot affreux, qu'elle avait préféré, pourtant, au sacrifice de sa liberté.

Un sourire incertain avait éclairé, durant quelques instants, le visage d'Eloïse.

Elle avait tourné la tête vers les Hauts, là où se tenait chaque année le feu des Buires. Avant de regarder, de nouveau, Clément.

« C'est trop tard », avait-elle laissé tomber.

Au cours des mois suivants, le nom d'Eloïse revint fréquemment dans les conversations. Les charbonniers ne s'étaient pas privés de raconter un peu partout son exploit. Seule, elle avait tiré tout le charbon de bois de la meule de Noël. Lorsqu'il l'avait appris, Clément avait imaginé la jeune femme travaillant de nuit, afin de mieux surveiller les braises qui pourraient se réveiller à l'intérieur de la faude. A l'aide de l'arcot, une sorte de grand râteau à long manche, elle avait dû éteindre sa meule à la poussière, quartier par quartier, avant d'utiliser un grand croc à dents courbes, indispensable pour tirer le charbon de bois.

«Tu te rends compte, disaient les charbonniers en roulant leur tabac, après avoir rongé toute sa faude, elle a mis sa récolte en sacs. Comme un homme.

— Comme Noël», avait rectifié doucement Clément.

Où Eloïse était-elle allée puiser la force de remplir des sacs plus hauts qu'elle ? Victor l'avait-il aidée ? C'était bien possible, même s'il se chuchotait qu'elle avait chargé tout son charbon sur une charrette. Le patron était venu, comme prévu, chercher la récolte. Il n'avait pas posé de question à Eloïse, épuisée, qui titubait de fatigue mais la jeune femme avait bien compris qu'il ne lui donnerait pas de travail. Le patron était d'origine italienne. Chez lui, les femmes ne charbonnaient pas. Il avait payé son dû à Eloïse, en refusant de croiser son regard. Elle l'avait interpellé.

«Hé ! je ne suis pas une pesteuse ! Tu fais travailler les charbonniers et tu as peur d'eux ? Quel soldat ! Je ne fais pas le métier du diable, rassure-toi. J'ai simplement terminé l'œuvre de mon homme. Meilleur charbonnier, tu ne trouveras pas de sitôt !»

Elle avait chargé une charrette de leurs maigres biens. Gavroche y avait été attelé. Laure et elle avaient quitté la clairière sans jeter un regard en arrière. Lorsqu'elles frappèrent à la porte de Scipion, le geai de Laure vint se percher sur l'épaule de la fillette. Eloïse sut alors qu'elle avait bien fait de retourner chez son vieil ami. Ici, la vie pourrait continuer.

« Ecoute ! » avait recommandé Eloïse à sa fille. Laure n'entendait rien, hormis les battements précipités de son cœur. Pour leur première montée aux baraques, elle se devait d'être à la hauteur. Cette obligation la paralysait.

— Ecoute, reprit Eloïse, en lui pressant la main.

Laure avait toujours considéré la forêt comme son domaine. Son opinion avait basculé le jour de la mort de son père.

Les narines palpitantes, sa mère humait de mystérieuses senteurs que Laure ne percevait pas. Sa vie était là, dans les bois, où elle se ressourçait. Eloïse était capable de retrouver son chemin en pleine nuit, comme en se jouant. Elle savait quel temps il ferait le lendemain, de quel côté soufflerait le vent, si la rivière risquait de déborder... Elle ne pouvait expliquer pourquoi. Elle le savait, c'était tout. Patiemment, elle cherchait à transmettre son intuition innée de la forêt à sa fille.

— Ne fais confiance qu'à ton instinct, lui recommanda-t-elle avec force. Si les bois te paraissent tout à coup inquiétants, fuis, sans te poser de questions. Les douaniers ne nous feront jamais de quartier.

Elle savait que l'homme noir rôdait toujours dans la forêt d'Ardenne. Il avait connu son heure de gloire lorsqu'il avait arrêté deux malfrats un an auparavant. Eloïse se défiait de lui plus que des autres gabelous.

D'un même mouvement, la mère et la fille se remirent en route sur le chemin. Le geai de Laure les suivait.

« C'est ton meilleur allié, lui avait expliqué Eloïse. Ça n'est pas pour rien qu'on appelle le gérâ le "gendarme de la forêt". »

Laure engrangeait tous ces conseils dans sa mémoire. Marcher sans faire de bruit, avec ces espadrilles à semelles de corde que Scipion leur confectionnait lui-même. Rester attentive au moindre changement dans l'atmosphère de la forêt, sa respiration comme disait Eloïse d'une voix gourmande. Ne jamais emprunter le même chemin. Avoir un refuge sûr. Se défier des personnes rôdant autour des baraques.

Laure savait que, comme son père et sa mère, elle était une enfant des bois.

Eloïse écarta les fougères royales qui dissimulaient l'entrée du sentier.

— Regarde, chérie... Les baraques, là-haut. Chaque fois que tu les verras, tu te diras que tu es libre. Libre d'aller et venir à ta guise. C'est ça, notre vie...

Sa voix eut une brisure. Laure eut brusquement la prescience qu'Eloïse ne songeait pas à Noël, à cet instant. Elle lui jeta un coup d'œil intrigué. Mais la contrebandière, se levant d'un bond, l'entraînait déjà vers les baraques.

Julia leva le nez de ses comptes en voyant la silhouette de son mari se dessiner dans l'encadrement de la porte. Clément, vêtu de sombre, était en tenue de chasse.

— Faites attention à vous, lui recommanda Julia.

La passion de Clément pour la chasse lui faisait toujours peur. Elle s'était exacerbée ces dernières semaines. Son époux traquait un solitaire qui avait causé nombre de dégâts.

— Laissez ce travail à Vaillant, lui avait suggéré Julia.

Vaillant, un solide quinquagénaire, était l'homme de confiance de Clément. Il avait haussé les épaules, se bornant à lui répondre qu'elle ne pouvait pas comprendre.

Dans ces moments-là, Julia réprimait mal une furieuse envie d'exploser. Son mari, bien qu'ouvert aux idées nouvelles, restait attaché à la séparation nette des devoirs incombant à l'homme et à la femme. Tout en reconnaissant les compétences de Julia dans le domaine de la saboterie, il admettait mal l'idée qu'elle pût la gérer de façon efficace.

« Ce n'est pas la place d'une femme », répétait-il.

Avant d'ajouter : « Les ouvriers eux-mêmes ne le comprendraient pas. Contentez-vous de vous occuper de vos fleuristes. Les hommes avec les hommes, les femmes avec les femmes... Exactement comme à l'église. »

Julia soupira.

— Nous ne vous attendrons pas pour le dîner.

Clément s'en alla en disant que ce n'était pas grave. De toute manière, Viviane lui préparait toujours un solide casse-croûte.

Julia se pencha à nouveau sur les colonnes de chiffres. Elle ne vit pas que Clément emmenait Félix avec lui.

Depuis deux bons mois, tous les chasseurs de la vallée traquaient le vieux sanglier qui avait tué Noël.

« On l'aura bien un jour ou l'autre », assuraient-ils. Vaillant qui, sur les ordres de Clément, avait promis une récompense à celui qui lui signalerait la présence du solitaire, avait été averti de son passage dans un champ de pommes de terre en lisière du bois aux Grives. Clément, prévenu aussitôt, avait rassemblé tous les chasseurs disponibles pour organiser une battue.

Il avait deux nouveaux chiens à sanglier, deux terriers à poil dur. Ils se joindraient à la meute hétéroclite composée de bêtes solides et courageuses.

Les chiens à sanglier avaient cette particularité de ne jamais lâcher leur proie. Clément en avait vu qui, le ventre ouvert, continuaient de s'accrocher aux pattes du fauve. Il les aimait, en prenait soin autant qu'il les respectait.

Il se pencha vers son fils.

— Tu restes toujours à mes côtés, Félix. Ne t'écarte de moi sous aucun prétexte.

Son fils était bien bâti pour ses huit ans. C'était un vrai Descharmes, disait Viviane avec une pointe de fierté. Parfois, le regardant à la dérobée, Clément se demandait à quoi ressemblait son père inconnu, le lieutenant prussien, dont il ignorait tout. Il chassait bien vite cette idée.

Respectant la volonté de silence de sa mère, il avait résolu d'y songer le moins possible. A ce prix seulement il pourrait continuer à vivre.

Le froid piquant le saisit lorsqu'il sortit sur le seuil de la Croix-Haute. Il vérifia que Félix était bien emmitouflé. Les chiens s'impatientaient dans le chenil. Vaillant s'avança vers Clément.

— Il est temps, si nous voulons le débusquer.

La battue se mit en place après que Clément eut salué les autres chasseurs. Les hommes de pied avaient déjà localisé le solitaire. Vaillant, chef de battue, attribua un poste à chaque tireur avant que le piqueur lâche la meute. Les chiens, fous de joie, foncèrent vers les taillis en aboyant furieusement.

Un tir nourri salua le sanglier qui chargeait. Celui-ci, offrant une cible fugace, fut atteint aux pattes et à l'arrière-train. Une balle le toucha au dos. Il s'abattit lourdement en grognant.

— Sus ! cria Vaillant.

Les chiens s'élancèrent sur la bête blessée. Durant quelques minutes, l'odeur puissante du fauve se mêla à celle du sang.

Clément se rapprocha. Il tira. Une seule balle, meurtrière à coup sûr.

Vaillant le regarda. Clément ordonna de faire distribuer la viande aux chasseurs et aux nécessiteux de la commune.

Vaillant inclina la tête. Il y avait une question informulée qui flottait entre les deux hommes.

— Non, ne faites rien porter à la femme du charbonnier, reprit Clément après s'être octroyé quelques instants de réflexion.

Eloïse apprendrait très vite la mort du solitaire qui avait tué Noël. Tout finissait toujours par se savoir, dans la forêt.

Vaillant posa la main sur le bras de Clément.

— Regardez...

Félix s'était approché du cadavre du sanglier. Fasciné, il ne pouvait détacher son regard de la scène de la curée, d'une beauté barbare.

— Nous en ferons un chasseur, commenta Vaillant.

Clément fut rassuré. Sans vouloir se l'avouer, il avait longtemps craint que son fils n'ait hérité du caractère de Laforgue.

23

1904

Comme chaque dimanche après-midi, Clément et Félix prirent le chemin des Hauts-Buttés. La neige, tombée en abondance durant la nuit, craquait sous leurs pas. Le paysage, métamorphosé, avait quelque chose d'irréel. Les repères habituels avaient disparu, cédant la place à un décor insolite qui semblait dépourvu de vie.

Marie-Renée Descharmes se tenait à sa place habituelle, auprès de la fenêtre qui donnait sur l'église Saint-Antoine.

Elle tricotait des mitaines noires. Ses gestes étaient si machinaux que Félix avait un jour confié à Clément qu'elle avait dû naître avec des aiguilles à tricoter au bout des doigts. Curieusement, Marie-Renée avait tout de suite établi une relation privilégiée avec son arrière-petit-fils.

Grâce à Félix, qui réussissait à la faire sourire, elle perdait peu à peu de sa raideur. Dimanche après dimanche, elle se racontait à Clément. Tout avait commencé le jour où Marie-Renée avait déclaré d'une drôle de voix : « Tu sais, Clément, il ne faut pas trop nous en vouloir. Georges pensait agir pour le mieux. Il importait avant tout de protéger la réputation de Célia. »

Clément s'était contenté de presser la main de sa grand-mère. Viviane avait beau jeu d'affirmer que le temps effaçait tout, il ne parvenait pas à pardonner. Enfin… c'était plus complexe. Il comprenait le choix de ses grands-parents sans pour autant l'accepter.

Célia, qu'il ne pouvait se résoudre à nommer sa mère, donnait de ses nouvelles de loin en loin. Elle avait fini par épouser un hobereau belge, ils n'avaient pas d'enfants. Parfois, Clément s'imaginait surgissant à nouveau dans sa vie, bousculant tout l'édifice de mensonges derrière lequel elle se protégeait… A quoi bon ? Célia, comme lui, savait qu'il ne le ferait pas. Il n'avait pas envie de détruire son existence, même s'il souffrait à l'idée qu'elle ne le reconnaîtrait jamais pour son fils. Après tout, était-ce bien utile ? Tous deux connaissaient la vérité.

Marie-Renée posa son ouvrage sur ses genoux. Quel âge pouvait-elle donc avoir ? Elle était de plus en plus mince et décharnée sous ses cheveux blancs. Autour d'elle, les autres pensionnaires jetaient de temps à autre des coups d'œil intrigués à Clément. Félix avait accompagné la sœur Saint-Cyprien à l'office.

Marie-Renée fit signe à Clément de se rapprocher d'elle.

— Je me suis rappelé, cette nuit, souffla-t-elle. Plus l'on avance en âge, mieux l'on se souvient du passé. Ça ne m'aide pas, en revanche, à retrouver mes lunettes ! Je perds tout...

Clément l'écoutait d'une oreille distraite. Lorsqu'il la regardait à la dérobée, il songeait que ses grands-parents lui avaient volé son enfance.

— Le lieutenant, reprit Marie-Renée, je crois bien qu'il s'appelait Hermann.

Clément sursauta.

— Hermann ?

— Ou Herbert, fit Marie-Renée, désinvolte. Célia savait, elle.

Clément haussa les épaules.

— C'est si loin, à présent...

Marie-Renée lui crocheta le bras. Ses ongles s'enfoncèrent dans la peau de son petit-fils.

— C'est ton père, tout de même, Clément. Même si nous te l'avons caché durant toutes ces années. Les journées sont longues, ici, et le remords me ronge.

Il aurait voulu lui répondre qu'il était trop tard, qu'il n'avait plus envie d'évoquer ce sujet. Son père... Il y songeait de loin en loin, sans chercher plus avant. Depuis qu'il avait un fils, il était apaisé.

Il se pencha vers sa grand-mère.

— Ne vous tourmentez pas ainsi.

Il échangèrent un regard indéfinissable. Marie-Renée désirait l'entendre dire qu'il lui pardonnait mais Clément ne se sentait pas encore prêt. Plus tard, peut-être...

Son fils et lui mangèrent avec Marie-Renée les gaufres que Viviane avait préparées. C'était l'un des derniers plaisirs de la vieille dame. Elle ne demanda pas de nouvelles de Julia, et Clément n'éprouva pas le besoin de parler de sa femme.

— A dimanche prochain, déclara-t-il, se penchant pour déposer un baiser sur la joue de Marie-Renée.

Sœur Cyprien les reconduisit sur le seuil. Le vent était tombé. Les Hauts-Buttés s'étaient figés dans une immobilité glacée.

— Rentrez vite chez vous, leur recommanda la religieuse.

Elle embrassa Félix, à qui elle venait de donner un sucre d'orge. Elle lui avait dit quelques minutes auparavant que, pour nombre de pensionnaires de l'hospice, il représentait le rayon de soleil du dimanche. De vieux cloutiers cassés en deux lui racontaient leur vie de rude labeur ; certains lui parlaient de « leur » guerre contre les Prussiens.

« N'oublie jamais, petit », lui disaient-ils, et Félix s'imprégnait de leurs histoires.

Le père et le fils redescendirent d'un pas égal. Un lièvre tout blanc détala devant eux. Félix s'arrêta.

— Je ne quitterai jamais mon pays, déclara-t-il gravement à son père.

Clément lui pressa l'épaule, comme pour lui dire qu'il comprenait ce qu'il ressentait. L'amour de la forêt les rapprochait. Dommage que Julia refusât de les suivre dans leurs promenades.

Clément et Félix avaient l'impression d'être seuls au monde dans ce paysage.

Ils n'en furent que plus surpris de se trouver nez à nez avec deux personnes emmitouflées au calvaire de Saint-Antoine. Clément reconnut Eloïse. Elle portait une veste fourrée sur des pantalons d'homme mais cet accoutrement ne parvenait pas à l'enlaidir. Sa fille ouvrait de grands yeux clairs sous une toque en écureuil.

— Bonjour, Clément, dit Eloïse, apparemment très à l'aise.

Sa fille et elle avaient changé. La jeune femme paraissait apaisée. On racontait qu'elle montait toujours souvent aux baraques et que ses clients étaient nombreux. Les amateurs de tabac, de café et de chocolat étaient prêts à payer un bon prix pour se procurer des produits de qualité.

Clément ne présenta pas son fils et ne remarqua pas qu'Eloïse en était peinée. Il la regardait, se disant que les années n'avaient pas de prise sur elle.

— Ce n'est pas un temps à s'attarder, déclara-t-il, un peu platement.

Eloïse partit d'un rire insolent.

— Au contraire ! C'est l'idéal pour faire la tournée des collets. Ne le répétez pas, surtout, ajouta-t-elle.

Félix, fasciné, la contempla avec une admiration non dissimulée. C'était la première fois qu'il se trouvait face à une personne qui braconnait. Une femme, de surcroît !

— La fille aussi ? questionna-t-il.

— Qu'est-ce que tu crois ? répliqua Laure avec vivacité. Je suis capable de me débrouiller seule dans la forêt.

Elle était aussi audacieuse que sa mère, songea Clément. Il aurait pu être son père… si seulement il n'était pas parti en quête de Célia.

Il y eut un silence. Il sut à cet instant qu'Eloïse pensait, elle aussi, à leurs rendez-vous dans la grotte ou près du Chêne à l'Image. C'était à la fois si loin et si proche...

La première, Eloïse se ressaisit. Elle prit Laure par le bras.

— N'allons tout de même pas attraper froid. Bonne fin de journée, Clément. Au revoir, jeune homme.

Le jeune homme en question, rouge de confusion, salua la mère et la fille d'un signe de tête. Il les suivit du regard tandis qu'elles s'enfonçaient sous les taillis.

— Elle me fait penser à l'*Arduinna Dea*, dit-il à son père.

Clément esquissa un sourire. Il aurait dû se douter que Viviane raconterait un jour ou l'autre à son fils l'histoire de la Diane ardennaise, divinité vénérée par les Romains, représentée, tout comme Diane chasseresse, avec un arc et des flèches. Viviane aimait à dire que la Croix-Haute avait été bâtie sur les ruines d'un temple consacré à *Arduinna Dea*. C'était une belle légende à laquelle il avait accordé foi, lui aussi, lorsqu'il était jeune. En tout cas, comme tous les Descharmes, son fils et lui étaient de fameux chasseurs.

— C'est une femme de bien, même si tu trouveras toujours quelqu'un pour la critiquer.

Félix, surpris par le ton de son père, l'observa à la dérobée. Clément s'était remis en route tout en gardant les yeux fixés sur les taillis qu'Eloïse et Laure avaient écartés. Il paraissait épuisé, tout à coup, et profondément malheureux.

24

1908

Lorsqu'il l'aperçut, il sut que le moment des retrouvailles était enfin venu. Chaque soir, il était allé jusqu'au Chêne à l'Image dans l'espoir de la rencontrer. Mars, avril, mai étaient passés sans lui en offrir l'occasion. Jusqu'à ce jour de juin, tiède et chargé de langueur. Une chaleur inusitée régnait dans les sous-bois, exaltant le parfum des fraises et des framboises.

Elle avançait de sa démarche souple et dansante, balançant son panier en osier rempli de fraises des bois.

— Bonjour, Eloïse, dit-il simplement.

Elle leva les yeux. Leurs regards se prirent. Elle marcha vers lui. Elle frémit lorsqu'il posa la main sur son épaule ronde, nue sous le caraco de coton blanc. Il voulut dire quelque chose. Eloïse plaqua ses doigts sur les lèvres de Clément. Les mots auraient tout gâché. Il se pencha ; l'embrassa.

Quinze années s'étaient écoulées et, pourtant, Eloïse n'avait rien oublié. Une chaleur délicieusement troublante l'envahissait. Ils n'eurent pas besoin de se concerter pour prendre le chemin de la grotte. C'était pour eux une évidence.

Quand ils s'unirent sur une jonchée de fougères, Clément enfouit son visage dans les cheveux dénoués d'Eloïse.

— Je t'aime, je n'ai jamais aimé que toi, souffla-t-il.

Elle aurait voulu lui demander pour quelle raison il l'avait abandonnée, la laissant en proie aux doutes et au désespoir. A quoi bon? songea-t-elle. Les années avaient passé, l'un et l'autre avaient refait leur vie, bien qu'elle détestât cette expression.

Elle ne lui dit pas qu'elle l'aimait. Il lui suffisait de se tendre vers lui, de retenir la plainte qui sourdait sous ses caresses, de soutenir son regard durci. Ce qu'elle éprouvait pour lui allait au-delà de l'amour. C'était une fusion totale.

Clément se sentit déchiré lorsqu'elle s'écarta de lui. Le nom, l'existence de Julia, flottaient entre eux. Pourtant, il refusait l'idée même de culpabilité. Julia et lui ne s'étaient jamais vraiment aimés.

Il tenta de l'expliquer à Eloïse sans détours. La jeune femme secoua la tête.

— Il y a nous deux, et puis il y a ta femme. C'est comme ça.

Il ne voulait pas la voir résignée. Elle s'empressa de le détromper. Non, c'était autre chose. Elle estimait leur amour différent, le situait au-dessus de l'idée de mariage ou de tromperie.

Il la regarda s'éloigner sans avoir trouvé les mots pour lui répondre.

Il l'aimait... c'était sa seule certitude.

A la Croix-Haute, Viviane s'activait devant sa bassine à confitures. Elle avait les joues rougies ; des mèches grises s'étaient échappées de son chignon. Clément s'approcha d'elle et, d'un mouvement preste, dénoua les cordons de son grand tablier bleu.

— Oh ! fichu gamin ! s'écria la gouvernante.

Elle souriait, cependant, la taquinerie de Clément leur rappelait à tous deux des souvenirs d'enfance chers à leur cœur.

Clément et Viviane échangèrent un regard complice. Elle lui suggéra de dire à Félix de venir goûter ses confitures.

A treize ans, le fils de Clément était passionné de chasse et d'armes à feu. La communication entre le père et le fils était plus difficile, alors qu'auparavant ils s'étaient toujours bien entendus.

« C'est l'âge, affirmait Viviane avec une assurance que Clément ne partageait pas. Il a besoin de faire son coq pour se prouver qu'il existe. »

Félix poursuivait ses études au lycée Chanzy. Il avait de bons camarades à Charleville, avec qui il aimait à se promener sous les arcades de la place Ducale ou le long des Allées, cours d'Orléans. La ville l'avait changé.

— J'ai bien peur qu'il ne s'intéresse plus aux confitures, remarqua Clément en riant.

Il ne demanda pas ce que faisait Julia. Son épouse se trouvait à la saboterie, en grande discussion avec les fleuristes. « Ma foi, pensa-t-il avec un brin de cynisme, si c'était la condition pour qu'elle le laisse libre de ses actes... »

Il se sentait un autre homme, fort de l'amour d'Eloïse. Il ne voulait pas songer aux lendemains. Tant qu'il pourrait voir Eloïse, que tous deux s'aimeraient avec cette force, cette passion intactes, il serait heureux.

Debout devant la pierre à évier, il but un grand verre d'eau fraîche, dédaignant le vin ou la goutte que Viviane lui proposait, et repartit dans la forêt.

Il devait monter la garde le long de la rivière.

On lui avait volé du bois la semaine précédente. C'était une affaire qu'il tenait à régler seul. Pas question, en effet, d'alerter la gendarmerie.

Les bords de la Semoy avaient une beauté empreinte de poésie. Il ne fallait pas s'étonner si autant de légendes couraient sur la vallée cernée de rochers moussus. Une brume, à nulle autre pareille — la brume de Semoy —, s'élevait au-dessus de la rivière. Clément s'installa derrière une grosse pierre, non loin de son bois prêt à être acheminé vers la Belgique, et attendit.

Ils arrivèrent alors que le clocher du village sonnait les douze coups de minuit. Deux gamins, vêtus de sombre, se coulant de rocher en rocher avec l'aisance d'une longue pratique. Ils commencèrent à rassembler des fagots de bois.

— Halte-là ! s'écria Clément, sortant de sa cachette. Les voleurs pris en flagrant délit s'étaient immobilisés. L'un d'eux tenta de détaler. Clément le rattrapa par le col.

— Pourquoi voler mon bois ? Tu n'as pas le courage de travailler ?

Le garçon tremblait. D'une secousse, Clément braqua sur lui le faisceau de sa lampe-tempête.

De surprise, il le lâcha. Il proféra un horrible juron.

Le gamin décampa sans plus attendre, entraînant avec lui son complice.

Clément, stupéfait, ne chercha pas à les rattraper. Une seule question l'obsédait. Pourquoi Félix, qui ne manquait de rien, éprouvait-il le besoin de lui voler son bois ?

Il rentra à la Croix-Haute à pas lents. La fatigue pesait tout à coup sur ses épaules. Il ne pouvait oublier cet instant où il avait reconnu le visage blême de son fils. Pourquoi Félix avait-il agi ainsi ? Avait-il des besoins d'argent que Clément ne soupçonnait pas ? Il lui était impossible d'en discuter avec Julia. Elle ne refuserait pas de l'écouter, non, elle ferait seulement preuve de la plus grande indifférence.

La maison était silencieuse lorsque Clément y pénétra. Il imaginait Félix réfugié dans une grange, paniqué à l'idée de devoir affronter la colère paternelle. A moins que... Il lui venait brusquement l'idée que son fils l'avait peut-être provoqué sciemment. Dans quel but ? Il l'ignorait. Il y avait de nombreuses zones d'ombre autour de Julia, qu'il n'avait pas su, ou pas voulu, éclaircir. Sa femme et lui avaient toujours mené des existences parallèles, comme s'ils avaient tacitement passé un contrat.

Clément, cependant, n'ignorait pas les accès de mélancolie qui terrassaient Julia, la poussant à se réfugier dans sa chambre sans se nourrir ni voir quiconque. Il se chuchotait dans le village que la fille Laforgue était un peu dérangée. Félix avait-il hérité de la bizarrerie de sa mère ? Autant de questions qui tourmentaient Clément.

Il passa la nuit à guetter le retour de Félix, en vain.

Lorsqu'il sortit ses chiens, au petit matin, il découvrit Félix blotti sous le chenil. Ils se défièrent du regard durant plusieurs minutes avant que Clément ne laisse tomber, d'un ton chargé de lassitude :

— File te débarbouiller. Tu viendras dans mon bureau à huit heures.

Il ne reconnaissait plus cet inconnu qui était son fils.

— Je veux m'engager dès que ce sera possible.

Tête haute, Félix défiait à nouveau son père. Clément soupira. Comment n'avait-il pas pris conscience des transformations opérées chez son fils? A plus de treize ans, Félix n'était plus un gamin mais un homme en devenir.

Il prit sur son bureau un coupe-papier représentant saint Hubert, le patron des chasseurs. Il lui venait de son grand-père. Brusquement, Clément mesura mieux combien il était difficile d'élever un garçon. Il se sentait désarmé.

— C'était plus simple de venir me le dire en face plutôt que d'aller chercher du bois de lune, remarqua-t-il. Entre nous, ce n'est d'ailleurs pas très malin. Tu te voles toi-même, en t'attaquant à ton héritage.

— Te parler? ricana Félix. Tu es plus proche de tes boquillons que de ton propre fils.

Il se tut. Deux rides d'amertume encadraient sa bouche.

Clément esquissa un mouvement vers lui avant de se reprendre. Il comprenait qu'en s'attaquant à son bois, Félix avait voulu l'atteindre, lui.

— As-tu une idée de ce que représente l'armée?

enchaîna-t-il. Tu aimes la vie au grand air. Je ne suis pas certain que tu te plieras volontiers aux ordres.

Félix haussa les épaules.

— On change, en vieillissant... La forêt, j'en ai fait le tour ! Et, à propos d'air, j'ai bien besoin d'en changer. En ville, on l'impression de vivre. C'est ce qu'il me faut.

— Veux-tu en discuter avec ta mère ? suggéra Clément.

Il se sentait las, à bout d'arguments. A quoi bon se battre pour sauvegarder la Croix-Haute si Félix ne voulait pas reprendre le domaine ?

— Ma mère ?

Le garçon émit un rire un peu cassé avant d'ajouter cette phrase cruelle :

— Est-ce qu'elle sait seulement que j'existe ?

Clément ne trouva rien à répondre.

Lorsqu'il aborda le sujet, un peu plus tard, avec Julia, elle lui donna le sentiment de ne pas être concernée le moins du monde.

— Félix a encore le temps de réfléchir. Il n'a que treize ans, après tout.

Clément caressa distraitement du plat de la main la table signée « Fonder-Radaud », du nom d'un maître menuisier de Rimogne.

— Il avait la Croix-Haute à sa disposition. Monsieur fait la fine bouche... A qui transmettre le domaine ?

Julia considéra son mari d'un air perplexe.

— Mon pauvre ami ! Vous en êtes encore à vous poser ce genre de question ? Vivez, et ne vous préoccupez pas du reste ! De toute manière, quand nous serons morts, Félix vendra nos biens et nous n'y pourrons rien changer !

Le cynisme dont elle pouvait faire preuve désarmait Clément. Il le lui exprima sans détours. Elle le fixa de son regard insondable.

— Dites-vous bien que je m'efforce de survivre depuis plus de vingt ans.

Elle ne pouvait mieux lui exprimer son indifférence à tout ce qui n'était pas elle. Au fond de lui-même, il comprenait Félix. Partir, c'était une façon de sauver son âme.

— Tu es belle, ma fille. Le bonheur te va bien.

Eloïse ne se troubla pas sous le regard attentif de Scipion. Le vieil ébéniste connaissait tout d'elle, même ce qu'elle n'avait jamais osé lui confier.

Il lui tapota la main, comme pour lui dire de ne pas s'inquiéter. Il avait vieilli, se tenait voûté, et toussait beaucoup. Ce qui ne l'empêchait pas de lui réclamer toujours son tabac, qu'elle montait lui chercher aux baraques. Scipion avait insisté pour que Laure se rende à l'école du village. Il avait pris le temps d'expliquer à Eloïse combien c'était important pour la petite.

« Nous vivons au XXe siècle. Même si nous conservons notre idéal, l'époque de la Commune est bel et bien finie, ma fille. Il faut savoir tourner la page. Si elle passe son certificat, Laure pourra continuer jusqu'au brevet et, pourquoi pas, devenir institutrice, comme ma pauvre Louise. »

Il avait refusé d'écouter les protestations d'Eloïse qui estimait que seule la forêt passionnait Laure.

« Elle changera, prétendait-il. Il suffit qu'elle rencontre un gars de la ville qui lui plaise. La forêt, c'est bien joli mais ce n'est pas une vie. Le soir, j'ai toute l'humidité du sol qui monte dans ma vieille carcasse. Laure mérite autre chose. »

Seulement... Laure le désirait-elle ? Eloïse n'en était pas certaine. Les temps changeaient, affirmait Scipion. La forêt ne resterait plus longtemps le refuge des proscrits et des rebelles.

Pourtant, Eloïse avait toujours ses clients fidèles et n'envisageait pas de mener une autre vie que la sienne. Surtout depuis que Clément et elle s'étaient retrouvés.

Scipion serra ses mains noueuses l'une contre l'autre.

« Le jour où je ne pourrai plus tenir mon ciseau à bois ou mon jeu de gouges, je n'aurai qu'à me tirer une balle dans la tête », avait-il confié une fois à Eloïse. Devant son expression effrayée, il s'était empressé de la rassurer. Cela ne risquait pas encore d'arriver, voyons ! Il était solide. Et puis, il avait Antoine à former.

Antoine Brasseur était arrivé un soir d'été. Il venait à pied de Bruxelles. C'était le petit-fils des amis imprimeurs de Scipion qui avaient hébergé Eloïse quinze ans auparavant. Il avait refusé de travailler à l'imprimerie parce que seul le bois le passionnait. Scipion voulait-il bien lui apprendre ?

Scipion avait hésité. A son âge, avec sa vue qui baissait, son dos qui se voûtait de plus en plus, était-ce bien raisonnable ? Mais Antoine s'était immobilisé devant le buffet de Louise, une pure merveille sculptée de motifs fleuris et il l'admirait avec un enthousiasme, une fougue tels que Scipion avait cédé.

Il n'avait pas eu de fils. Quelque part au fond de lui, il aimait l'idée de transmettre son savoir, sa pratique.

Antoine s'était intégré sans problème à leur vie. Il dormait dans la grange, travaillait sans relâche, et donnait un coup de main à Eloïse et à Laure pour les gros travaux. C'était un garçon débordant de vie. Eloïse était heureuse de le savoir aux côtés de Scipion lorsqu'elle partait pour ses expéditions ou allait retrouver Clément.

Scipion lui sourit.

« Suis ton chemin, ma fille. Tu as bien le droit ».

Il n'en dirait pas plus, elle le savait. Il lui suffisait d'avoir son approbation.

25

1911

Adrienne, qui avait remplacé la mère Zélie, morte à la tâche dans sa baraque, pesa le dernier paquet de café avant de le poser sur le comptoir.

— Vingt-cinq kilos, ça fait une lourde charge, dit-elle à Eloïse.

— J'ai l'habitude.

La jeune femme dissimula le café dans le fagot de genêts qu'elle ajusta sur son dos. Elle s'était déguisée et, toute vêtue de noir, avec le fichu cachant ses cheveux fauves, elle avait l'allure d'une femme d'âge mûr revenant avec du bois mort. Depuis quelque temps, les contrôles s'étaient intensifiés à la frontière. Eloïse se défiait de l'homme noir qui était revenu en Ardenne après une longue période d'absence. On racontait qu'il avait été gravement malade suite à une mauvaise chute. « A coup sûr, c'est sa méchanceté qui ressort ! » s'esclaffaient les pacotilleuses qu'il avait envoyées en prison à plusieurs reprises.

— Prends garde à toi, recommanda Adrienne.

Eloïse lui répondit par un salut désinvolte de la main. Elle n'avait pas peur. Les choses étaient juste devenues plus difficiles.

Pour cette raison, elle refusait que Laure l'accompagne dans ses expéditions. D'ailleurs, sa fille poursuivait ses études à Charleville. Eloïse était particulièrement fière d'elle.

« Tu vois, Noël, songeait-elle souvent, ta fille, c'est quelqu'un. Une tête bien faite, comme dirait Louise. »

Chaque fois qu'elle pensait à Noël, c'était avec beaucoup de douceur. Elle vivait un autre amour avec Clément, sans pour autant oublier le charbonnier. Clément... c'était la passion, l'amour fou, que leurs rencontres clandestines exacerbaient encore. Elle aurait voulu vivre avec lui au grand jour tout en sachant qu'il n'infligerait jamais pareil camouflet à sa femme. Et puis... à quoi bon ? Elle tenait trop à sa liberté pour accepter l'idée d'aller s'installer à la Croix-Haute. Qu'aurait-elle fait dans cette grande bâtisse ? Elle préférait l'inconfort de la cabane de Scipion, ses courses dans la forêt.

A trente-cinq ans, elle avait encore de bons jarrets et distançait Laure aisément.

« Tu t'encroûtes en ville, ma fillc ! » lui lançait Eloïse en riant.

Elle s'habillait avec soin chaque samedi pour aller chercher sa fille en gare de Hautes-Rivières. Jupe rouge, paletot noir, bottines cirées avec soin, chignon impeccable... c'était une autre Eloïse qui arrivait sur le quai de la gare. Dès qu'elle apercevait le train venant de Charleville, elle agitait tant et tant la main que ses cheveux se dénouaient. Le rose lui montait aux joues, elle courait vers le quai dans l'attente de l'ouverture des portières. La mère et la fille se jetaient alors dans les bras l'une de l'autre. Sylvestre, le chef de gare, se raclait la gorge.

« Qu'est-ce que ta mère s'est languie de toi, Laure ! »

La jeune fille, rieuse, se suspendait au bras d'Eloïse. Leur complicité faisait plaisir à voir.

Un samedi soir, la mère et la fille avaient croisé Julia Descharmes qui revenait, elle aussi, de Charleville.

La maîtresse de la Croix-Haute ne les avait pas saluées. Les connaissait-elle seulement ? Eloïse n'avait pu se défendre d'éprouver un pincement au cœur en voyant la femme de Clément se diriger vers son tilbury, qu'elle conduisait seule. La femme de Clément... Elle, qui avait toujours refusé de se marier, se surprenait à envier le statut d'épouse de Julia. Le monde à l'envers, vraiment !

Chaque fois qu'elle se blottissait dans les bras de son amant, Eloïse ne pouvait se résoudre à se sentir coupable. Ils s'aimaient. Julia pouvait-elle en dire autant ?

On chuchotait toujours beaucoup dans le dos de « la fille Laforgue ». La saboterie rencontrait quelques difficultés. On ne portait plus de sabots en ville mais des bottines. C'était plus « chic », pour reprendre un mot en vogue. Julia avait dû se résoudre à débaucher. Elle en avait perdu le sommeil.

Viviane fut frappée par le visage sombre de la maîtresse de maison à son retour.

— Ça ne va pas, madame Clément ? demanda-t-elle.

Julia haussa les épaules.

— Ce n'est rien... un peu de fatigue. Demain, il n'y paraîtra plus.

Elle monta dans sa chambre, s'adossa à la porte refermée comme pour se protéger de quelque intrusion.

C'était un cauchemar, tenta-t-elle de se répéter. Elle savait bien, pourtant, au fond d'elle-même, qu'il n'en était rien.

Elle avait frémi en lisant la lettre de Fernande Legros, deux jours auparavant. La bonne amie de son père lui écrivait parce qu'elle avait besoin de la voir. A coup sûr, Julia serait intéressée lorsqu'elle saurait ce que Fernande avait à lui dire.

Elle aurait pu en parler à Clément mais elle n'avait pas osé le faire. Son mari et elle partageaient si peu de choses. Le nom de Descharmes, la Croix-Haute... Autant dire rien...

Elle qui descendait rarement en ville avait été saisie par les changements survenus à Charleville. Les tramways avaient modifié le trafic, ainsi que le développement de l'utilisation des bicyclettes. De plus, l'accident survenu le 26 juin 1911 entre un train venant du nord et un tramway avait provoqué une polémique au sujet de la suppression du passage à niveau entre Charleville et Mézières et son éventuel remplacement par un pont de chemin de fer.

Fernande lui avait fixé rendez-vous dans le square de la Gare.

Julia hésita à la reconnaître. Les abus de bonne chère et d'alcool avaient alourdi sa silhouette et congestionné son visage.

Fernande serra les mains de la jeune femme avec effusion.

— Il y a si longtemps, Julia…

Celle-ci se raidit.

— Je vous croyais installée à Paris. Vous en avez les moyens avec ce que Laforgue vous a laissé.

Les yeux de Fernande se rétrécirent. Elle porta la main à sa gorge d'un geste théâtral.

— Qu'est-ce que l'argent, Julia ? D'autant que la vie à Paris… peste ! On a tôt fait de dépenser. Tout coûte les yeux de la tête…

Julia faisait mine de l'écouter, tout en se demandant quelle désagréable surprise Fernande pouvait bien lui réserver.

Elle parla, encore, de mauvais placements réalisés, de Jules, qui n'aurait jamais supporté de la voir réduite à ce train de misère… Elle posa la main sur le bras de Julia.

— Laforgue voulait le meilleur pour moi. Je le méritais, affirmait-il. Pas comme sa garce de femme. Ni toi.

Elle marqua une pause avant d'ajouter qu'il lui avait fait nombre de confidences, peu de temps avant sa mort. A croire qu'il pressentait quelque chose…

Julia s'était sentie rougir sous le regard pénétrant de Fernande. L'ancienne maîtresse de Laforgue avait profité de son trouble pour faire des allusions sans équivoque au secret que Julia taisait avec soin depuis des lustres. Elle avait été claire : si Julia ne lui versait pas une somme d'argent suffisante, elle se verrait dans l'obligation d'avoir une conversation avec Clément Descharmes. Il fallait la comprendre, c'était un secret trop lourd pour elle.

Ulcérée, Julia l'avait plantée au milieu du jardin public.

Elle avait marché, longtemps, au hasard des rues, pour se retrouver sur la place Ducale où elle avait jeté un coup d'œil distrait à la vitrine du Gagne-Petit, un magasin de confection féminine.

En montant dans le train, elle se demandait encore comment réagir face aux menaces de Fernande. Elle était seule, sans personne à qui se confier. La présence de sa mère lui manquait cruellement, ainsi que celle d'Aglaé.

Elle marcha longuement dans la chambre. Là, elle avait donné naissance à Félix, qu'elle n'avait jamais vraiment réussi à aimer. Comment l'aurait-elle pu ? On ne lui avait pas appris.

L'angoisse nouait son ventre tandis qu'elle se remémorait les menaces à peine voilées de Fernande. Quelle serait la réaction de Clément s'il apprenait la vérité ? Son mari et elle étaient restés deux étrangers à cause de Laforgue. Julia, l'enfant blessée, ne pouvait plus accorder sa confiance à un homme, quel qu'il soit, après avoir été la victime de son père.

Elle finit par se résoudre à descendre à la cuisine. Viviane pourrait peut-être la réconforter.

Le domaine de la gouvernante était vide. Ce n'était pas vraiment étonnant au milieu de la nuit. Julia s'assit à la table. Elle prenait brutalement conscience du fait qu'elle n'avait jamais préparé un repas ici. Elle s'était toujours sentie une visiteuse ou, pis, une invitée.

Brusquement, sa vie lui apparut comme une mascarade. Elle avait triché depuis l'enfance pour ne pas révéler la honte qui pesait sur elle et, à présent, elle se retrouvait au pied du mur. Elle n'avait pas l'intention de donner à Fernande l'argent que celle-ci réclamait.

Elle avait déjà des difficultés de trésorerie et, en outre, ne se faisait guère d'illusions. Fernande lui en demanderait toujours plus et elle, Julia, serait prisonnière de son chantage.

Fallait-il pour autant assumer le scandale ? Elle ne s'en sentait pas le courage, ne serait-ce que pour son époux. Clément l'avait toujours bien traitée. Elle aurait pu l'aimer, si ses souvenirs n'avaient pas pesé trop lourd sur son cœur.

L'horloge battait avec insistance, comme pour lui rappeler l'ultimatum de Fernande.

« Rendez-vous jeudi, sur le marché dc la place Ducale. Avec l'argent. »

Elle remonta dans sa chambre ; s'installa à son bureau pour écrire une lettre. En la cachetant avec soin, elle se sentit mieux. Elle avait arrêté sa décision.

Les gendarmes alertés par Clément dès le lendemain fouillèrent toute la vallée, en vain. L'époux de Julia n'avait parlé à personne de la lettre qu'il avait trouvée sur son bureau. Julia, en lui expliquant le cauchemar que son père lui avait fait subir, lui avait donné une ultime preuve de confiance. Cinq jours plus tard, un gamin découvrit le corps de Julia qui dérivait, non loin du pont de Monthermé.

Le drame marqua les esprits. La vieille Marcelle, qui vivait encore à Hautes-Rivières, rappela que Julia Laforgue avait tenté de se pendre, alors qu'elle avait à peine douze ans. Les commères hochaient la tête d'un air entendu, comme pour dire : « Qui a bu boira... Pauvre Julia ! C'était son destin... »

Lorsqu'on parlait d'elle, on s'obstinait à l'appeler

« la fille Laforgue ». De quoi donner à penser que personne n'avait cru à ce mariage arrangé...

Clément dut plaider la cause de Julia auprès du père Bonaventure. En l'absence de lettre, on n'était pas du tout certain qu'elle ait souhaité attenter à ses jours. C'était sûrement un accident. Le prêtre, qui le connaissait bien, devina qu'il lui dissimulait une partie de la vérité mais ne fit état de rien.

Clément désirait lui éviter des obsèques civiles bien qu'il ignorât si Julia y attachait quelque importance. Il était sous le choc, tout en culpabilisant de ne pas ressentir de réel chagrin. Il éprouvait surtout de la compassion pour celle qui avait été sa femme durant dix-sept ans et dont il savait si peu de chose.

Il ne parvint pas à établir un contact réel avec Félix. Son fils l'accompagna dans l'église de La Neuville-aux-Bois. Il garda le visage fermé, les yeux secs durant la brève bénédiction. Les sabotiers et les fleuristes s'étaient déplacés, ainsi que de nombreux voisins. Parmi eux, cependant, il n'y avait pas une seule amie de Julia, la fille Laforgue n'en avait jamais eu. C'était un triste constat que Marie-Renée, descendue des Hauts-Buttés pour la circonstance, ne put s'empêcher de faire. Elle estimait qu'elle aurait dû mourir depuis longtemps plutôt que cette « pauvre Julia ». Pauvre Julia... L'expression revenait souvent dans la bouche des curieux qui accompagnèrent Félix et Clément jusqu'au cimetière. Comme toujours, la communauté villageoise se resserrait lorsque l'un des siens disparaissait. On ne voulait pas se rappeler que, de son vivant, Julia avait été abondamment critiquée.

Au cimetière, Clément se surprit à chercher des yeux

la silhouette d'Eloïse. Il savait, pourtant, qu'elle ne viendrait pas. Félix se tenait bien droit à ses côtés. Avait-il de la peine ? Il était difficile de le dire.

Une personne vaguement familière vint saluer le père et le fils. Clément reconnut Fernande Legros. Il refusa de lui serrer la main. Elle le regarda comme si elle voulait lui dire quelque chose ; finit par s'en aller en trébuchant sur les talons de ses bottines.

Félix la suivit d'un regard méprisant. Il n'avait qu'une hâte, quitter ce cimetière humide, cette maison sinistre pour aller se frotter aux lumières de la ville.

26

1912

Eloïse plongea dans la Semoy, délicieusement fraîche. Elle nagea jusqu'à un îlot de verdure; se hissa sur la berge. De là, elle avait une vue familière sur la petite plage herbue et les collines boisées qui enserraient la rivière.

Elle secoua la tête; tordit ses longs cheveux fauves. Elle aimait à se baigner à la fin de la journée, alors que la chaleur desserrait enfin son étreinte. A trente-six ans, elle se sentait encore jeune. Les regards masculins qui la suivaient avec insistance lui disaient qu'elle était toujours belle. Ils contribuaient à la rassurer, alors qu'elle s'interrogeait au sujet de Clément.

Par réserve, elle s'était éloignée lorsqu'elle avait appris la mort brutale de Julia Descharmes. Elle ne voulait à aucun prix s'imposer dans la vie de Clément.

Il était monté un soir de mars à la cabane de Scipion. L'air était chargé de douceur, le ciel encore clair. Eloïse venait de cueillir une brassée de jonquilles dans un coin connu d'elle seule. Elle s'était immobilisée sur le seuil de la cabane en reconnaissant la haute silhouette de Clément. Assis en face de Scipion et d'Antoine, il devisait comme s'il avait toujours vécu dans ce cadre et non à la Croix-Haute. Il s'était levé dès qu'il avait aperçu Eloïse et elle s'était sentie bizarrement émue de le voir sauter ainsi sur ses pieds. C'était un sentiment réconfortant, l'impression d'être une dame… Eloïse avait souri, ensuite, de cette réaction. Quelle importance ? Elle prônait assez l'égalité entre les hommes et les femmes !

Clément, après l'avoir saluée, avait poursuivi sa conversation avec Scipion et Antoine. Il envisageait de créer une entreprise de menuiserie à La Neuville-aux-Bois. Il existait toute une tradition de fabrication de meubles du côté de Rimogne. Clément estimait que le savoir-faire des vieux ébénistes devait être sauvegardé. Il avait pensé tout naturellement à Scipion, l'artisan du faubourg Saint-Antoine.

Le vieux communard avait posé ses mains bien à plat sur la table. Comment pourrait-il encore travailler avec ces articulations déformées ? Clément ne s'était pas laissé démonter. Scipion pouvait toujours guider les mains d'Antoine.

Eloïse se souvenait du regard brillant du garçon, de l'espoir qui le soulevait. Elle s'était bien gardée d'intervenir, cependant, dans la discussion. Le bois restait une affaire d'hommes.

Lorsque Clément avait pris congé, en revanche, elle s'était mêlée à la conversation entre Scipion et Antoine. Travailler avec Clément Descharmes, n'était-ce pas trahir l'idéal des proscrits de la forêt ? Curieusement, Scipion avait soutenu la thèse contraire.

— Notre génération, à Louise et à moi, a été sacrifiée en quelque sorte. Ça suffit comme ça ! Le Clément est quelqu'un de sûr. On ne peut pas en dire autant de tout le monde.

Eloïse avait compris que son père adoptif s'inquiétait pour Laure, pour Antoine et pour elle. Il tenait à préserver leur avenir.

Tout naturellement, Clément avait pris le pli de monter à la cabane. Il lui arrivait de partager le repas préparé par Eloïse. Des mets simples — lièvre longuement mijoté dans sa marmite de fonte avec tout un accompagnement d'herbes, bayenne cuite à couvercle fermé, un torchon plié sur les pommes de terre « jusqu'à ce qu'elles attachent au fond de la marmite », assaisonnée d'oignons et largement poivrée.

Eloïse cuisinait à l'instinct, privilégiant les plats longuement préparés qui embaumaient la salle. Tout en faisant honneur au menu, Clément racontait, expliquait ce qu'il avait en tête. Des meubles aux lignes simples, épurées, respectant la tradition.

Eloïse glissait son grain de sel, réclamant des aménagements pratiques, des rangements. Scipion hochait la tête, dressait la liste de tous les outils nécessaires. Ce projet le rajeunissait.

Elle offrit son corps mouillé aux derniers rayons du soleil. Entre ses paupières mi-closes, elle apercevait la Semoy traçant son chemin entre les berges encaissées. Elle était chez elle, dans sa forêt. Heureuse à sa façon.

Elle l'entendit nager vers elle. Il la rejoignit dans un éclaboussement de gouttelettes d'eau. Ils s'étreignirent d'un même mouvement dans les herbes hautes.

« Je veux t'épouser », lui dit-il, pesant sur elle.

Elle soutint son regard clair ; sourit, comme pour atténuer le caractère définitif de sa réponse.

— Je ne suis pas une femme pour toi. Tu me vois invitée à la préfecture ? La bonne société de Mézières ne s'en remettrait pas ! Une contrebandière dans les salons donnant sur la Meuse...

— Je me moque de la bonne société. C'est toi que j'aime. Toi seule.

Elle continua de secouer la tête. Il ne devait pas insister, elle ne reviendrait pas sur sa décision. Ils s'aimaient. N'était-ce pas le plus important ?

Lorsque leurs corps se désunirent, il resta allongé contre elle, à suivre le mouvement de sa respiration. Il détestait être séparé d'Eloïse ; il avait toujours peur pour elle. Il avait déjà essayé à plusieurs reprises de le lui faire comprendre, en vain. A l'en croire, la jeune femme ne courait aucun risque dans les bois. Elle y était chez elle.

Il la raccompagna jusqu'à la cabane alors que la nuit était tombée. Hanche contre hanche, ils avançaient du même pas, et c'était une autre façon de s'aimer.

Un vol de grues cendrées passa au-dessus d'eux dans un bruissement de soie froissée.

— J'aimerais..., murmura-t-elle, sans achever sa phrase.

Il eut beau plaider sa cause, elle refusa de lui expliquer ce qu'elle éprouvait. Comment l'aurait-elle pu ? C'était un sentiment diffus, mêlé à la certitude qu'il fallait saisir le bonheur au vol, ne pas le laisser passer.

Clément resta quelques minutes immobile dans la clairière avant de se décider à reprendre le chemin de la Croix-Haute. Derrière lui, une ombre s'appuya au tronc moussu d'un chêne. Une allumette craqua dans la nuit avant qu'une odeur de tabac ne se répande dans les sous-bois.

Scipion avait bien tenté de la dissuader de monter aux baraques mais elle avait refusé de l'écouter.

« De quoi as-tu donc peur ? » avait-elle lancé, le défi aux lèvres.

Il avait eu envie de lui répondre qu'il s'inquiétait pour elle. Elle était tendue, irritable, comme si elle lui avait caché quelque chose. Laure elle-même l'avait remarqué.

« Il faut te reposer, maman », avait-elle recommandé à Eloïse le dimanche précédent.

Se reposer... Eloïse avait éclaté de rire. Autant se coucher pour mourir ! Tant qu'elle pourrait courir ses bois, elle aurait le sentiment de vivre.

Elle emmena Gavroche avec elle. Le chien n'était pas aussi vaillant que Rousseau mais il l'aiderait tout de même à mieux répartir la charge de tabac et de café.

Les nuages se déchirèrent lorsqu'elle quitta la baraque d'Adrienne. La lune éclairait un peu trop à son goût. Elle demeura plusieurs minutes aux aguets, réfléchissant au chemin du retour. Que ferait Vincent à sa place ? Il y avait bien longtemps qu'elle ne s'était pas posé ce genre de question. Elle se décida pour le bois aux Grives et s'engagea hardiment sur le sentier. Gavroche allait devant.

Elle sentit la présence de l'homme noir à hauteur de la sapinière. Elle reconnaissait le parfum particulier de son tabac.

Elle fit demi-tour et plongea dans les taillis. Les

ronces lui déchirèrent les mains et les bras. Elle émit un sifflement bref pour avertir Gavroche. Logiquement, son chien devait se terrer dans un coin en attendant qu'il n'y ait plus de danger.

Le molosse de l'homme noir se jeta sur elle sans qu'elle l'ait entendu arriver. C'était un chien-loup qu'il avait acheté très cher, racontait-on. Eloïse se débattit, en vain. Après l'avoir mordue au bras, le chien la tint en respect, grondant sourdement.

— Debout ! lui intima une voix sèche.

Le douanier braquait vers elle sa lampe-tempête. Eloïse frémit en sentant le métal des menottes se refermer sur ses poignets. Depuis le temps qu'il la traquait, l'homme noir avait fini par la prendre au piège.

Louise lui avait un jour raconté comment, en compagnie de plusieurs camarades, elle avait été arrêtée, en mai 1871, et emmenée au camp de Satory. Un tiers de Paris brûlait. L'aventure de la Commune avait vécu. Après les combats de rue, les massacres étaient devenus systématiques. On fusillait à la chaîne les communards. La mitrailleuse, surnommée par les Parisiens « le moulin à café », était utilisée pour les exécutions en masse.

« Nous devions marcher sous les huées et les crachats des Versaillais », lui avait expliqué Louise.

La vieille institutrice avait soutenu le regard incrédule d'Eloïse. Il était primordial pour celles qu'on avait surnommées « les pétroleuses » de garder la tête haute. Elles n'étaient coupables que de s'être battues pour défendre leur idéal.

Eloïse se remémorait ces confidences en traversant la rue principale du village, bordant la Semoy. Une aube blafarde éclairait la scène. Une petite pluie fine et pénétrante tombait avec une régularité déprimante. Les cloutiers qui travaillaient dans leur boutique, les ménagères qui préparaient le café, les enfants s'apprêtant pour l'école... tous sortaient sur leur seuil pour suivre du regard la belle Eloïse, arrêtée pour la première fois.

Humbert savourait son triomphe. Il marchait d'un pas lent, en tirant sur les bracelets qu'il avait passés à Eloïse. Son chien-loup grognait sourdement. Du sang séché maculait le bras blessé de la jeune femme. Sa vieille cape gisait dans les taillis. Elle frissonnait sous la pluie.

— Eloïse !

Jeannette, une pacotilleuse avec qui elle était déjà montée aux baraques, courut vers elle. Elle lui posa un châle sur les épaules.

— Courage ! On est toutes avec toi, lui chuchota-t-elle.

Le chien montra les dents. Eloïse remercia Jeannette d'un battement de paupières. « Tête droite », se répéta-t-elle. Elle n'allait pas faire plaisir à Humbert en le suppliant de la relâcher !

Il la fit pénétrer dans le bureau de douane. Reynald, le brigadier-chef, la considéra d'un air ébahi.

— La belle Eloïse... Macache, Humbert ! Tu serais bien le premier à l'avoir serrée.

Elle étouffait déjà dans cette pièce mal aérée qui sentait le tabac et les odeurs corporelles. Elle songea à Clément. A cet instant, elle aurait donné n'importe quoi pour le trouver à ses côtés.

— Je n'ai qu'une livre de café sur moi, lança-t-elle. C'est la règle, non ?

Reynald échangea un coup d'œil avec Humbert. Un règlement non écrit stipulait en effet qu'une tolérance était admise pour une livre de café.

Humbert s'approcha pour la fouiller. Le brigadier-chef l'en empêcha d'un ordre bref.

— Humbert ! tu perds la tête ? Il nous faut une visiteuse.

La plupart du temps, on faisait appel à une épouse de douanier pour tenir ce rôle. Il fallait aller quérir madame Reynald qui se trouvait à Monthermé chez sa tante.

Eloïse, les bras croisés, défia les deux hommes du regard.

— Vous ne me toucherez pas, les avertit-elle.

Tout à la joie de l'avoir arrêtée, Humbert n'avait pas prêté attention à la ceinture de tabac et de café dont Eloïse s'était débarrassée en un tour de main dans les taillis. Gavroche, chien de fraudeux bien dressé, s'était enfui avec le reste de la charge. Eloïse avait donc bien sur elle seulement une livre de café.

Le brigadier-chef soupira. Il n'avait qu'une solution : envoyer un gamin du village chercher son épouse et attendre son retour.

— Depuis le temps qu'elle nous nargue, cette diablesse… marmonna Humbert.

Il avait envie de savourer sa victoire. Il rêvait de plier la belle à ses désirs, de la soumettre jusqu'à lui faire perdre sa superbe. Il la voulait… c'était pour lui plus qu'un besoin. Il crispa les poings.

— Vous êtes blessée, remarqua le brigadier-chef.

Le sang coulait à nouveau de la morsure qu'Eloïse avait au bras.

Reynald jeta un regard réprobateur à Humbert.

— Il ne s'agit tout de même pas d'une criminelle, jeta-t-il sèchement.

Eloïse refusa de s'asseoir. Elle tremblait, de froid et d'humiliation. Se faire prendre comme une novice... avait-on idée ?

Le brigadier-chef lui proposa un café.

Cette femme belle et fière l'émouvait. Il y avait beau temps que la brutalité d'Humbert lui répugnait. Il n'avait pas l'âme d'un douanier mais d'un chasseur.

Eloïse accepta la tasse de café qu'elle but debout.

Elle reconnut les pas pressés de Clément avant même qu'il ne frappe à la porte. Il avait le visage défait.

— Que lui avez-vous fait ? lança-t-il, menaçant, à Humbert.

Le brigadier-chef s'interposa. Il exhorta Clément au calme en exposant les faits.

— Mais cette dame est blessée, se récria Clément, insistant à dessein sur le mot « dame ».

Il fit chercher le pharmacien qui se présenta au bureau de douane avec sa trousse de secours.

L'affaire prenait des proportions que Reynald aurait préféré éviter. Tout cela à cause du zèle d'Humbert... Aussi fut-il profondément soulagé lorsque sa femme, revenue en toute hâte de Monthermé, lui annonça que la fouille était vaine. Eloïse n'avait bien sur elle qu'une livre de café.

— Je crois que vous pouvez classer l'affaire sans suite, suggéra Clément.

Il en imposait. Reynald avait vite compris qu'il était

préférable de ne pas s'opposer à ce notable. Beau joueur, il s'inclina.

— A condition que madame Mazet ne fréquente plus les bois de nuit. On peut y faire de mauvaises rencontres et se retrouver en fâcheuse posture.

— Mademoiselle, rectifia Eloïse.

Elle était épuisée mais heureuse. Aussi n'accorda-t-elle pas d'importance au regard flamboyant de haine qu'Humbert lui jeta. Elle quitta le bureau de douane, la tête haute ; grimpa dans la voiture de Clément. Tout le bourg avait les yeux fixés sur eux.

— Tu dois m'épouser, maintenant, lui dit-il en posant un plaid sur ses genoux.

Elle secoua la tête.

— Jamais de la vie !

Il la ramena à la cabane de Scipion. Elle frissonnait et claquait des dents. Son bras l'élançait.

— Maudit homme noir, marmonna Scipion en faisant bouillir de l'eau.

— Merci, Clément, souffla Eloïse.

Elle ne voulait pas l'accompagner à la Croix-Haute. Ne pouvait-il la comprendre ? Ils appartenaient à deux mondes différents. C'était aussi bien ainsi, conclut-elle.

Il finit par s'en aller, profondément découragé. Assise à la table, elle le suivit du regard.

« Si seulement je l'aimais moins... » soupira-t-elle.

27

1912

Laure se disait parfois qu'elle ne devait pas regarder en arrière. Certains souvenirs faisaient trop mal. Elle avait déjà eu beaucoup de peine à surmonter le chagrin provoqué par la mort de son père. Elle rêvait encore de lui, étendu sous la feuillée avec tout ce sang répandu autour de lui. Lorsqu'elle avait su que Scipion, son cher Scipion, avait disparu dans l'incendie de leur cabane, elle avait eu envie de hurler. Eloïse lui avait expliqué d'une voix mal assurée que le vieux communard, qui avait des difficultés pour se déplacer, était mort brûlé vif. Elle-même cueillait des myrtilles dans l'un de ses coins secrets. Elle avait remarqué le ciel rouge, au-dessus de la cime des sapins, et s'était hâtée vers la cabane. Elle avait poussé d'un coup d'épaule la porte en bois attaquée par les flammes, avait découvert son vieil ami recroquevillé sur son siège. Il régnait une chaleur suffocante à l'intérieur de la cabane.

Les flammes cernaient Eloïse. Elle voulut soulever

Scipion. Il retomba inerte sur sa chaise. Le pouls ne battait plus. Eloïse hurla.

Elle avait couru chercher de l'aide au village ; avait rencontré en chemin des boquillons qui avaient posé leurs outils pour la secourir. Lorsqu'ils étaient arrivés à la clairière, la cabane s'était effondrée. Eloïse, tétanisée, avait contemplé le désastre sans mot dire.

C'était Rémi Tête-Noire qui avait pris l'initiative d'alerter Clément. Le patron était monté aussitôt à la clairière. Il avait emmené Eloïse qui s'était laissé faire sans protester.

« J'aimerais bien savoir qui pouvait en vouloir autant au vieux Scipion », avait marmonné Lucas en brandissant un chiffon imbibé d'essence découvert dans les décombres.

Eloïse, tout comme Clément, avait son idée sur la question. Elle n'avait rien dit, cependant, aux gendarmes qui étaient venus à la cabane pour mener leur enquête. Laure, prévenue par les soins de Clément, était rentrée pour aider sa mère à enterrer Scipion et à sauver ce qui pouvait l'être.

Il n'y avait pas eu de prêtre, conformément à la volonté du vieux communard. Seulement des obsèques civiles, qui avaient rassemblé la plupart des habitants de la vallée. Les compagnons de lutte étaient tous venus, des amis de Belgique également, les bûcherons, les cloutiers, les ouvriers des forges de Laval-Dieu... Le père Bonaventure lui-même s'était incliné au-dessus du cercueil qu'Antoine avait fabriqué à la hâte.

« Si c'est pas malheureux, grommelait le jeune homme. Le meilleur des ébénistes... il méritait cent fois mieux. »

« Je suis là à titre personnel, et non en tant que représentant de l'Eglise », avait précisé le prêtre en réponse au froncement de sourcils d'Eloïse. Elle lui avait alors serré la main, faisant fi des vieilles rancunes.

« Merci pour Scipion. »

Laure avait soutenu sa mère tout au long de cette journée d'épreuve. Elle avait repris comme tout le monde les paroles du *Temps des cerises* au moment où Claudius, le fossoyeur, avait jeté les premières pelletées de terre sur le cercueil.

Un frisson avait parcouru l'assistance.

> « *J'aimerai toujours le temps des cerises ;*
> *C'est de ce temps-là que je garde au cœur*
> *Une plaie ouverte.*
> *Et Dame Fortune en m'étant offerte,*
> *Ne pourra jamais fermer ma douleur...*
> *J'aimerai toujours le temps des cerises*
> *Et le souvenir que je garde au cœur.* »

Les paroles de Jean-Baptiste Clément prenaient une résonance particulière pour tous les amis de l'ébéniste. Scipion disparu, c'était la conscience de la forêt qui s'en allait. Une page se tournait... L'aventure de la Commune n'était plus qu'un vieux rêve, balayé par le siècle nouveau.

Clément était venu lui aussi et, curieusement, sa présence avait été acceptée sans problème.

Ensuite, il avait fallu batailler avec Eloïse qui prétendait bâtir une nouvelle cabane dans la clairière. Depuis son arrestation, quelques mois auparavant, une méchante toux lui déchirait la poitrine. Laure et Clément étaient tombés d'accord pour lui forcer la main.

Il y avait des lustres que les Descharmes possédaient une petite ferme bâtie à flanc de coteau, dominant la Semoy. Elle était inoccupée depuis que la fermière avait été assassinée par deux routiers belges.

Eloïse finit par céder aux instances de sa fille. Elle se souvenait encore de la toux persistante de son père et savait qu'un nouvel hiver passé au fond des bois risquait de lui être fatal. Elle avait donc accepté de suivre le traitement prescrit par le docteur et de se ménager.

Se ménager... elle détestait cette expression. Elle n'était pas encore une vieille femme, tout de même!

En revanche, elle avait farouchement refusé d'épouser Clément et de venir s'installer à la Croix-Haute. Elle tenait à rester une femme libre. Laure la comprenait.

A dix-sept ans, la jeune fille s'était engagée à la suite de Jeanne Mélin dans le mouvement pacifiste et assistait à toutes les conférences de la vice-présidente du groupe La Paix par le Droit. L'idée même de la guerre la révulsait.

Il ne se passait pas une journée sans que la presse, locale ou nationale, ne traite de la revanche. Eloïse, qui conservait tous les journaux avant que l'incendie de la cabane ne les détruise, avait fait son éducation pacifiste. Laure se rappelait avoir appris à lire en déchiffrant *L'Emancipation* et aiguisé son esprit critique en découvrant des chroniques particulièrement choquantes.

Le Courrier des Ardennes ne justifiait-il pas la fusillade de Fourmies en prétendant que «les artilleurs du

15e régiment venant de Douai avaient été salués par des “Vive la Prusse !” poussés par des poitrines françaises » ?

Le climat belliciste avait monté d’un cran suite aux événements du Maroc. Le mot « revanche » était devenu fédérateur. On jouait régulièrement au théâtre de Charleville des pièces intitulées *Cœur de Française* ou *Sang français*. La société sportive l’Espérance avait pour devise : *Tout pour la patrie*.

Dans ce contexte, l’action de Jeanne Mélin rencontrait nombre de difficultés. La Fédération des travailleurs socialistes et la CGT soutenaient le mouvement pacifiste. On évoquait même la visite éventuelle de Jean Jaurès dans les Ardennes, sans trop oser y croire. Laure, pour sa part, s’investissait avec une sorte de rage.

La paix… n’était-ce pas l’affaire des femmes ?

L’enquête diligentée par les gendarmes n’avait rien donné. Ils avaient conclu à un acte de malveillance. Laure, tout comme Eloïse et Clément, soupçonnait le douanier Humbert. Ce dernier avait en effet proféré à maintes reprises des menaces à l’encontre d’Eloïse. Une conversation entre Clément et le brigadier-chef avait entraîné la mutation d’Humbert dans la zone frontalière d’Hirson. Le jour de son départ, Laure s’était sentie soulagée.

Sa mère lui avait raconté beaucoup de choses et Laure avait deviné ce qu’Eloïse avait tu. Les épreuves les avaient encore rapprochées.

Antoine était venu tout naturellement s’installer avec elles à la ferme. Il avait sauvé la plupart des outils de Scipion et installé son atelier dans les anciennes écuries.

Avec ses économies, Eloïse avait acheté un cochon et des lapins. Elle avait bêché un potager, planté des pommes de terre, parce que Scipion lui avait toujours affirmé que c'était le meilleur moyen de nettoyer le terrain.

Quand elle s'appuyait sur sa bêche pour contempler la Semoy en contrebas, une nostalgie douce-amère l'envahissait. Elle se souvenait de sa jeunesse, lorsqu'elle allait pêcher le brochet à la nuit ou dérober du bois de lune. Vingt ans avaient passé... Elle était une femme mûre, à présent.

Clément venait lui rendrc visite plusieurs soirs par semaine.

« Je déteste me faufiler dans ta chambre comme un voleur », lui faisait-il remarquer.

Elle riait, renversant ses long cheveux fauves en arrière.

« Il faut te faire une raison. Je ne serai jamais une femme respectable ! »

Elle menait la vie qu'elle avait toujours vécue, entretenant une correspondance suivie avec les amis de Scipion, recueillant les enfants de Jeannette, la pacotilleuse, qui avait fini par être arrêtée.

Dans l'espoir de la dissuader de courir les bois, Clément lui avait offert une machine à coudre. Après avoir manifesté quelque perplexité, Eloïse avait résolu « d'apprivoiser l'engin », comme elle disait. Elle avait coupé, taillé le trousseau de Laure qui obtiendrait un poste d'institutrice à la prochaine rentrée. Elle-même se faisait des jupes, en s'étonnant d'y prendre goût.

« Ce doit être que je vieillis », pensait-elle.

Antoine avait utilisé les albums de modèles de

Scipion pour confectionner des meubles à la fois solides et ornés de motifs fleuris. Grâce à lui, la ferme fleurait bon les copeaux de bois et la cire.

« Maman... es-tu heureuse ? » lui avait demandé Laure, le dernier dimanche.

Heureuse ? Oui, quand elle avait assez de souffle pour grimper jusqu'aux baraques, lorsque Clément restait pour la nuit et qu'ils s'aimaient, quand Laure lui dédiait un sourire radieux.

Elle n'oubliait pas le passé, elle avait simplement essayé de construire une nouvelle vie.

28

1914

Laure contempla sa classe d'un air satisfait. Les bureaux sentaient bon la cire, les encriers étaient vidés, le plancher astiqué. C'était un monde familier qu'elle allait quitter pour deux mois.

Elle aimait son métier d'institutrice mais, durant l'année scolaire, la forêt lui manquait. L'automne dernier, elle était allée à la tenderie aux grives un dimanche. C'était une façon pour elle de marcher dans les pas de son père.

Certains souvenirs qu'elle avait de Noël lui faisaient encore mal, d'autres l'émouvaient. Elle se revoyait, gamine, partant avec lui amorcer les pièges. Noël, le nez en l'air, lui énumérait les différentes sortes de grives et elle se récitait leurs noms, pour le plaisir. « La nicheuse, la roussette, la blonde, la blanche, et la draine, peu intéressante parce que moins grasse... » Il fallait la voir, rapportant triomphalement leur butin et lançant à sa mère : « Tiens, maman, ça n'est plus notre affaire ! »

Laure ferma avec soin son cahier du jour, vérifia que le tableau noir portait la mention de la date de la rentrée : le 1er octobre 1914.

Elle savait qu'Eloïse l'attendait, à la ferme. Elle-même était impatiente de revoir sa mère mais, auparavant, elle devait passer par Charleville.

Elle connaissait un bouquiniste, Jeannot, qui lui accordait des prix sous prétexte qu'ils avaient fréquenté la même école élémentaire. A chaque période de vacances, elle allait chez lui faire provision de livres. Tout comme Eloïse, elle lisait tout, avec un égal bonheur. Aussi bien *Le Dernier des Mohicans* que *Les Compagnons de Jéhu* ou les ouvrages de Jules Verne.

Elle ferma l'école à clef, se pencha pour soulever son sac de voyage. Elle devait se hâter pour attraper au vol le train de la vallée, qui l'amènerait à Charleville en fin de matinée.

C'était samedi, jour de marché place Ducale. Laure s'arrêta quelques instants pour admirer l'ordonnancement symétrique des pavillons.

— Je savais que je te retrouverais ici, s'écria une voix familière dans son dos.

Elle se retourna. C'était bien Jeannot qui l'apostrophait ainsi. Il avait un visage aux traits mobiles, des yeux noisette, des cheveux sombres. Il roulait lui-même son tabac qu'Eloïse lui fournissait en échange de livres.

— Ça me fait plaisir de te voir, lui dit-il. Viens à la boutique. J'ai découvert de vrais trésors dans une maison de Laval-Morency.

Il parcourait le département à bicyclette, cherchant comme il disait, « l'oiseau rare », des livres, toujours des livres, au hasard des greniers ou des successions.

Laure lui sourit.

— Montre-moi tes merveilles.

Il l'aimait depuis toujours, songea-t-il en détaillant sa silhouette élancée. Laure portait la toilette à ravir et, grâce aux talents de couturière de sa mère, pouvait rivaliser avec les élégantes de la ville.

La jeune fille avait des cheveux fous, d'un blond chaud, les yeux bleus de son père et une bouche gourmande. Ils étaient nombreux à la courtiser, sans qu'elle semble leur prêter quelque attention. Depuis la venue de Jean Jaurès dans les Ardennes, l'année précédente, elle militait toujours plus activement pour le pacifisme.

Elle s'immobilisa au beau milieu de la rue du Moulin.

— Il fait si beau... Dis-moi que nous n'aurons pas la guerre, pria-t-elle.

Jeannot haussa les épaules. Depuis plusieurs semaines, il entendait tant de propos revanchards qu'il ne savait plus quoi penser. Il pressentait que le combat pour la paix de Laure et de ses amis était voué à l'échec mais n'avait ni l'envie, ni le courage de lui ôter ses illusions. Il se contenta donc de l'entraîner à l'intérieur de sa boutique située tout près du Vieux Moulin et de lui montrer fièrement deux petits livres.

— Regarde, la Bibliothèque bleue... Les ouvrages que les colporteurs vendaient au fond des campagnes. J'ai réussi à dénicher *Les Quatre Fils Aymon* et *Le Médecin des pauvres*. Ceux-ci ont été lus et relus.

De génération en génération, depuis Louise, la mère adoptive d'Eloïse, on savait que la lecture représentait le seul moyen d'évasion possible. « C'est notre religion», affirmait la vieille institutrice. Laure ne l'avait pas oublié.

Elle fit son choix dans la boutique de Jeannot; il promit de monter à la ferme bientôt. Il raccompagna la jeune fille jusqu'à la gare.

— Tu devrais acheter une bicyclette, lui suggéra-t-il.

Elle sourit parce que Clément avait formé le projet d'en offrir une à Eloïse pour son anniversaire, fin juillet.

Se méprenant sur son sourire, Jeannot l'embrassa au coin des lèvres.

Ce n'était pas une sensation désagréable, après tout, se dit Laure.

Elle agita la main en montant dans le train. Elle avait hâte de rentrer à la ferme.

Eloïse marchait à grands pas sur le quai de la gare pour tromper son impatience. Elle avait refusé que Clément l'accompagne.

« Chérie, voyons, protestait-il, tout le monde, ou presque, sait pour nous deux... »

Elle se moquait bien des autres. Elle voulait sa fille pour elle seule. Clément viendrait partager leur souper. Des gaufres avec un bol de café, parce que Laure en réclamait toujours.

Mohican, son Grœnendael, gémit doucement. Le train entrait en gare. Eloïse salua presque machinalement un Belge qui venait chaque été, et aperçut Laure. Sa fille avait une beauté rieuse qui attirait les regards masculins.

« Tu serais fier de notre fille, Noël », songea-t-elle.

La chaleur accablante lui donnait envie de se baigner

dans la Semoy. Cet été 1914 serait inoubliable, elle se le promettait.

Chaque fois qu'elle cherchait à reconstituer l'enchaînement tragique des événements qui avait abouti à la mobilisation générale, Eloïse se disait que quelque chose avait dû lui échapper. On ne se retrouvait pas en guerre du jour au lendemain, simplement parce qu'un archiduc autrichien et sa femme avaient été assassinés dans les Balkans !

Laure lui avait parlé de la Bosnie-Herzégovine, en lui indiquant une tache rose sur la carte de l'Europe.

« C'est fini », avait annoncé sa fille d'une voix cassée le jour où elle avait appris l'assassinat de Jaurès. Le cri de cette femme inconnue qui hurlait : « Ils ont tué Jaurès ! » au soir du 31 juillet 1914, au café du Croissant, sonnait le glas des espoirs.

Tous les pacifistes savaient en effet que le tribun constituait le dernier rempart contre la guerre. Jaurès abattu, c'était la victoire des revanchards qui s'époumonaient à crier : « A Berlin ! »

Clément était d'accord avec Laure. Il estimait que, malgré le vote de la loi de trois ans, la France n'était pas prête à se lancer dans un conflit de cette envergure.

« Nous courons à la catastrophe », avait-il répété à plusieurs reprises dans les salons de la préfecture. On avait feint de l'écouter, parce qu'il était un notable de la vallée mais, dans son dos, on ne s'était pas gêné pour critiquer son défaitisme. S'il devait y avoir la guerre, ce serait l'affaire de deux mois, tout au plus. Les Boches n'avaient qu'à bien se tenir !

Et puis, tout était allé si vite qu'on n'avait même plus

eu le temps de se poser de questions. Les cloches sonnant le tocsin à la volée dans les deux Vallées, les visages blêmes des hommes et des femmes sortis sur leur pas de porte, les aboiements plaintifs des chiens... Mohican gémissait sourdement, le museau entre les pattes.

Eloïse avait refusé de croire au départ de Clément. Il avait plus de quarante ans ; la guerre ne le concernait pas. Elle avait compris le jour où il était venu à la ferme. « Je pars, Eloïse », lui avait-il déclaré.

Elle le connaissait assez pour savoir qu'il ne reviendrait pas sur sa décision. Il avait insisté pour que Laure et elle aillent se réfugier à la Croix-Haute, en vain.

« Ce n'est pas ma maison », répétait-elle, obstinée.

Elle lui avait expliqué que, de toute manière, elle ne pouvait quitter la ferme. Elle s'occupait d'Antoine, de Vincent, son vieil ami devenu pratiquement impotent, qu'elle avait recueilli. Il y avait aussi Ernest et Elisa, les enfants de Jeannette, qui considéraient la ferme comme leur second foyer. Clément l'imaginait-il débarquant à la Croix-Haute avec tout son monde ?

Viviane, à juste titre, pousserait les hauts cris...

« Prends garde à toi, avait murmuré Clément en l'embrassant. Et n'oublie pas que je t'aime. »

Elle lui avait offert un sourire lumineux en guise de réponse.

« Tu as intérêt à revenir en vie, Clément Descharmes ! »

Elle n'était pas descendue sur le quai de la gare comme la plupart des autres femmes, elle n'avait pas pleuré, ni prié, elle qui ne croyait pas. Elle était montée dans la forêt, jusqu'au Chêne à l'Image, s'était pressée contre le tronc rugueux. Il reviendrait. Il ne pouvait en aller autrement, puisqu'ils s'aimaient.

Le mois d'août s'était étiré dans une douloureuse torpeur. Vincent, assis devant la cheminée, organisait les préparatifs.

« Je les ai vus à l'œuvre, en 70, expliquait-il. Une véritable armée de sauterelles. Ils nous tondront la laine sur le dos si nous n'y prenons pas garde. »

Son mot d'ordre était simple : faire des provisions et les dissimuler. Tout comme il fallait cacher les bouteilles de goutte que ses pratiques lui offraient en échange d'un lièvre. « Ça pouvait toujours servir », affirmait-il.

Plusieurs conciliabules les réunirent dans la salle, autour de la « table d'Antoine ». Finalement, ils décidèrent d'utiliser comme cache une trappe qui se trouvait dans l'atelier d'Antoine. Il fabriqua un coffrage de même dimension qu'il posa dessus, et plaça au fond les précieux albums de Scipion.

L'action les aidait à supporter l'attente. Les informations les plus contradictoires leur parvenaient de Charleville et de Givet.

Les événements se précipitèrent à compter du 25 août.

En entendant le canon tonner, Eloïse eut le réflexe enfantin de se boucher les oreilles. Elle échangea un regard lourd d'inquiétude avec Antoine.

— Tu es sûr de ne pas vouloir retourner chez toi ?

Il secoua la tête.

— Désormais, chez moi, c'est ici.

Laure était allée à Nouzon rendre visite à son amie Suzanne. Le soir, elle n'était toujours pas rentrée. Le ciel était rouge. Eloïse, dévorée d'angoisse, passa la nuit debout, buvant tasse de café sur tasse de café.

Vincent somnolait sur sa chaise à haut dossier tandis qu'Antoine faisait les cent pas dans la cour.

— J'y vais, annonça-t-il enfin à Eloïse.

Elle jeta un châle sur ses épaules.

— Je t'accompagne.

Antoine était bon marcheur. Il connaissait, lui aussi, les chemins de la forêt qui permettaient de raccourcir la distance.

Au fur et à mesure qu'ils se rapprochaient de Nouzon, ils rencontrèrent des femmes et des enfants hagards. La ville brûlait. Ayant résisté durant plusieurs heures, elle était à présent bombardée depuis la Cachette en guise de représailles. L'hôtel de ville, l'école des filles et l'école des garçons étaient en flammes.

— Laure... souffla Eloïse.

Elle courut chez Suzanne, qui habitait le long de la Meuse. La maison, étroite et grise, était vide. Antoine posa une main rassurante sur l'épaule d'Eloïse.

— Elles ont dû se cacher quelque part.

Elle secoua la tête. Si Laure n'était pas blessée, elle croyait deviner où elle se trouvait. En effet, ils découvrirent la jeune fille quelques minutes plus tard en compagnie d'autres volontaires occupés à tenter d'enrayer l'incendie de l'école.

La mère et la fille s'étreignirent. Laure, les cheveux défaits, les joues et les mains noircies, paraissait épuisée.

— Je n'aurais jamais imaginé qu'on pût se comporter de la sorte, confia-t-elle à Eloïse.

Elle qui avait milité avec tant d'ardeur pour le pacifisme se sentait écartelée, impuissante. Elle avait secouru la veille des réfugiés venant de Dinant. Tous racontaient les mêmes atrocités, les exécutions de civils innocents, les bombardements aveugles, les massacres. En l'espace de vingt-quatre heures, elle avait le sentiment d'être devenue une autre.

Eloïse retroussa ses manches.

— Passe-moi ton seau, je vais te remplacer.

Un peu à l'écart, Antoine discutait avec des réfugiés belges. Les Allemands étaient entrés à Bruxelles et avaient levé une énorme contribution de guerre.

Eloïse se demanda avec un pincement au cœur s'il n'allait pas tenter de regagner Bruxelles. La présence d'Antoine à la ferme la rassurait, même si elle ne l'avouerait pas volontiers.

Au loin, du côté de Charleville, le canon tonnait toujours.

29

1915

Comme toujours lorsqu'elle se sentait découragée, Eloïse était montée sur le plateau. Là, au milieu de la lande tourbeuse, parmi les coulées de bruyères, elle avait inspiré de longues bouffées d'air frais, comme pour se débarrasser de toutes les idées sombres qui l'empoisonnaient. L'année 1914 qui devait s'achever en apothéose pour l'armée française avait vu la totalité du département ardennais occupée par les Allemands. Il avait fallu se plier sans regimber aux diktats de l'ennemi. Obéir aveuglément aux ordres de la Kommandantur, ne plus se rendre en Belgique, déclarer ses chiens et acquitter une taxe, tuer tous les pigeons pour le 27 mai, faucher à compter de la date fixée et transporter tous les foins récoltés dans les magasins allemands...

C'était mal connaître le caractère rugueux et indomptable des habitants de la vallée ! Tout était prétexte à contourner les ordres de l'occupant. D'autant que le manque de nouvelles en provenance du front se faisait de plus en plus pesant. *Le Petit Ardennais* était paru pour la dernière fois le 26 août 1914 et, depuis, le département était tenu en coupe réglée.

Eloïse tourna le dos aux bouleaux, reprit un sentier qu'elle fréquentait beaucoup autrefois... il y avait plus de vingt ans. Elle venait en repérage, consciente d'avoir son rôle à jouer auprès d'Antoine et de Jeannot. « Les garçons », comme elle les appelait, avaient pris le maquis.

Depuis, ils vivaient dans la forêt, et ils avaient mis sur pied une filière de passage vers la frontière belgo-hollandaise. Nombreux en effet étaient les soldats français qui s'étaient retrouvés derrière la ligne de front à la fin d'août 1914. La situation avait été si confuse que beaucoup de Français avaient perdu tout contact avec leurs unités.

Elle écarta les fougères qui se trouvaient sur son chemin, s'arrêta quelques instants dans la clairière où ils avaient vécu, Noël et elle. Cela lui semblait si loin... Et pourtant, il ne se passait pas une journée sans qu'elle évoque le père de Laure.

Le vent venu des Hauts, froid et piquant, la fit frissonner. Elle resserra son châle sur ses épaules. Avant, elle n'avait jamais froid.

« Je vieillis », pensa-t-elle. A moins que ce ne soient les soucis... Parvenue au calvaire, elle bifurqua à droite pour prendre le chemin de la Croix-Haute. Elle savait qu'elle trouverait Viviane dans la vieille maison forestière. Elle passa par-derrière, pour ne pas avoir à saluer le planton allemand qui faisait les cent pas devant la grand-porte.

Viviane était assise à la table. Les lunettes sur le nez,

elle tentait de déchiffrer *La Gazette des Ardennes*. Son visage s'éclaira lorsqu'elle aperçut Eloïse sur le seuil.

— Bonjour, ma belle ! Quelle bonne idée d'être montée me voir. Dis-moi, c'est mensonges et compagnie, ce journal !

— De la propagande pure et simple. Comment allez-vous, Viviane ?

La vieille femme se redressa de façon perceptible. Elle n'avait pas à se plaindre. Exception faite de ses vieilles douleurs, qui s'accentuaient toujours au printemps et à l'automne, elle avait encore bon pied bon œil et, à soixante-treize ans passés, tenait la Croix-Haute d'une main ferme. Elle avait refusé à grands cris de venir s'installer à la ferme comme Eloïse le lui proposait. Elle n'y pensait pas, voyons ! Abandonner la maison des Descharmes, le bien de Clément ? Déjà que cette « engeance de Boches » mettait à mal la forêt, abattant n'importe quel arbre... !

— Si seulement nous savions où se trouve Clément... osa dire Eloïse.

La guerre avait rapproché ces deux femmes qui avaient longtemps mené des vies parallèles. La première, Eloïse était venue saluer Viviane, début septembre. Elles avaient commencé à échanger des nouvelles. Viviane lui avait expliqué que Félix, mobilisé dès le 3 août, devait se battre quelque part du côté de la Marne. Elle ne savait rien de plus concernant Clément, mais — sa moue en disait long — elle n'osait imaginer quelle serait sa réaction lorsqu'il apprendrait l'occupation des Ardennes.

Au fur et à mesure de leurs rencontres, elles s'étaient un peu plus confiées. Viviane, prompte à juger, avait vite compris qu'Eloïse était « une fille bien ». Remarque qu'elle renforçait d'un claquement de langue.

De son côté, Eloïse appréciait la sagesse, le solide bon sens de la gouvernante.

— Vous n'avez pas peur de rester seule ici avec eux ? s'enquit-elle.

— Peur ?

Le visage de Viviane se dérida.

— Que pourraient-ils faire à une vieille bête comme moi ? Et puis, je ne suis pas vraiment seule. J'ai mes souvenirs, qui m'accompagnent. Les Boches vivent de leur côté, dans les appartements des vieux maîtres, et moi du mien. J'ai simplement l'impression que l'histoire recommence...

Elle se mit alors à raconter la première occupation de la Croix-Haute, à la fin de 1870. Son visage se ferma d'un coup, et Eloïse comprit qu'elle ne voulait pas tout lui dire. Quelle importance ?

Elles évoquèrent les dernières brimades de l'occupant, qui ne se gênait pas pour piller et réquisitionner à tout-va.

Mohican, qui était resté dehors, gratta à la porte de derrière.

— Fais-le entrer, déclara Viviane. Ce brave chien me changera des monstres noirs des Prussiens !

Elle songeait à Clément sans relâche. Quelle serait sa réaction lorsqu'il apprendrait que la Croix-Haute était à nouveau occupée par l'ennemi ?

Se demandait-il, chaque fois qu'il rechargeait son arme s'il ne risquait pas de se trouver face à son père ?

Pour avoir eu une longue conversation avec lui la veille de son départ, elle savait qu'il se considérait comme un Français à part entière. Son géniteur inconnu n'était rien pour lui. Clément était un Descharmes.

— Raconte-moi, reprit Viviane. Comment va le vieux Vincent ?

Il fatiguait, bien sûr, et se morfondait de ne plus pouvoir courir les bois mais il se rendait encore utile en surveillant la soupe pendant qu'Eloïse allait arracher les orties en compagnie d'autres femmes du pays, contraintes de travailler pour les Allemands.

— Les maudits... marmonna Viviane.

Déjà en 1871... Ils étaient restés moins longtemps, cependant. Mauricette, qui venait l'aider pour le gros ménage, lui racontait les dernières exactions. Le pays se désespérait à l'idée de se trouver réduit à une sorte d'esclavage.

Eloïse poussa un long soupir. Elle songeait à Laure, qui s'était tant battue pour la paix, jusqu'au jour où elle avait assisté, impuissante, à une scène de barbarie. C'étaient deux sinistres uhlans de la mort qui avaient traversé le village de Rumigny au galop et abattu le gamin qui s'enfuyait devant eux. Elle s'était élancée vers eux, l'insulte aux lèvres. Le vieil Alphonse, à qui elle apportait régulièrement des livres, l'avait retenue aux épaules et bâillonnée sans douceur.

« Malheureuse ! Tu seras bien avancée quand ils t'auront tuée, toi aussi ! »

Ce jour-là, tout avait basculé dans la tête de Laure. Lorsqu'elle était rentrée à la ferme, elle avait déclaré à sa mère : « Je veux faire quelque chose, moi aussi. »

Viviane versa le précieux café dans deux tasses.

« Sans toi, j'ne pourrais plus en boire », dit-elle à Eloïse.

Celle-ci, en effet, continuait de monter régulièrement en Belgique malgré toutes les interdictions et approvisionnait Viviane. La vente de café étant prohibée, on ne trouvait qu'un extrait de gland ou de chicorée, particulièrement détestable.

Viviane qui, pour une fois, s'était assise, savoura son café, les yeux mi-clos.

— Hum... c'est bon ! Sais-tu que je le mouline en milieu de journée, quand ils sont au loin. Sinon, le parfum les attirerait à coup sûr dans ma cuisine !

Elles échangèrent quelques nouvelles du village. Eloïse subissait depuis quelques jours des perquisitions à répétition. On voulait à tout prix lui faire dire qu'elle cachait Jeannot, qui aurait dû partir en colonne.

— C'est encore une dénonciation, commenta Viviane. Ah ! pour ça, le monde n'est pas joli-joli ! Comme si on ne devait pas tous s'unir contre les Boches...

Par jalousie, pour régler de vieux comptes... parfois remontant au siècle précédent, certains recouraient à la délation. C'était là un danger supplémentaire pour Eloïse et pour Laure qui n'avaient vraiment pas besoin que les Allemands viennent mettre le nez dans leurs affaires.

— Fais attention à toi, surtout, reprit Viviane.

Elle qui savait tout des secrets des Descharmes et des Laforgue se reconnaissait en cette fille d'Ardenne aussi belle que courageuse. C'était la femme dont Clément avait besoin, la seule capable de le rendre heureux. A condition qu'il revienne de cette maudite guerre, se dit-elle.

Eloïse se leva.

— Merci pour le café, Viviane. Prenez soin de vous, vous aussi.

Elles s'embrassèrent, trois coups, comme des amies qu'elles étaient devenues, sans même l'exprimer.

Viviane la raccompagna sur le seuil. La bise venue d'en haut giflait les joues. Elle la suivit longtemps des yeux avant de se renfermer. Volets tirés, feu attisé, grâce au bois de lune qu'Eloïse et Laure lui apportaient régulièrement... dans sa cuisine, elle ne craignait rien ni personne.

Excepté certains souvenirs.

La soupe — un mélange d'eau, de chou arraché à l'occupant, de pommes de terre et d'herbes dans lequel Eloïse avait glissé le morceau de lard trop sec envoyé par le ravitaillement américain — mijotait sur la cuisinière offerte par Clément deux ans auparavant. Cette cuisinière, pourtant modeste comparée à celle de la Croix-Haute, représentait le summum du luxe pour l'enfant élevée dans la forêt. Lorsqu'elle se rappelait comment il fallait cuisiner, chez Scipion et Louise ou encore dans la cabane bâtie par Noël, elle s'émerveillait de ce nouveau confort.

Vincent, assis à la table, lui racontait par le menu les dernières brimades du commandant d'étape.

Il ponctuait chaque phrase d'un « vingt dieux » retentissant.

« J'voudrais avoir... tiens ! ne serait-ce que dix ans de moins. Ils rouetteraient, ces fiers-à-bras ! »

La porte s'ouvrit d'une poussée si brutale qu'Eloïse sursauta. Médusée, elle reconnut Laure qui s'adossait contre le mur.

— Ils arrivent sur mes talons, murmura la jeune fille, essoufflée.

Elle sortit un revolver de sous sa jupe.

— C'est une arme anglaise, maman. S'ils la trouvent sur moi, ils me fusillent.

Elle énonçait cela paisiblement, comme une évidence. Eloïse n'hésita pas.

— Donne ! fit-elle.

Soulevant le couvercle de sa marmite en fonte, elle esquissa le geste de plonger le revolver dans la soupe.

— Malheureuse ! s'interposa Vincent. Tu veux donc tous nous faire sauter ?

Ils s'entre-regardèrent. Eloïse eut alors un vieux réflexe de pacotilleuse. Si elle avait appris à utiliser la machine à coudre, c'était d'abord pour arranger ses vêtements à sa façon et les munir de poches spéciales destinées à recevoir paquets de café ou de tabac. Elle glissa l'arme dans l'une des cachettes de son ample jupe bordeaux et respira un grand coup.

— Raconte-nous, à présent, ordonna-t-elle à sa fille.

C'était Jeannot qui lui avait offert l'arme. Il redoutait toujours qu'elle ne fasse une mauvaise rencontre. Cela ne posait pas de problème jusqu'à ce soir où Laure avait été aperçue sur le chemin menant à Hautes-Rivières après le couvre-feu. Deux Prussiens étaient à ses trousses. Elle les avait distancés mais ils la connaissaient de vue et ne tarderaient pas...

Des coups sourds ébranlèrent la porte. Ils l'ouvrirent d'un coup d'épaule ; foncèrent sur Laure.

— Pourquoi vous être sauvée? Vous vous cachez?

Eloïse, tête haute, marcha sur les Allemands. Elle parlait un peu leur langue, ce qui facilitait les choses.

— Ma fille a dû avoir peur de vous, intervint-elle. Elle se sentait fautive d'être encore dehors après le couvre-feu.

Posément, elle gifla Laure. La jeune fille recula d'un pas en se tenant la joue.

— Cela ne se reproduira pas, reprit fermement Eloïse.

Les deux soldats se concertèrent. Apparemment, ils étaient impressionnés par le calme et la maîtrise dont Eloïse avait fait preuve. Ils jetèrent un regard indécis à la salle. C'était un intérieur comme il y en avait beaucoup d'autres dans les deux Vallées. Meubles solides, vaisselle rustique, sol de terre battue impeccable, pierre à évier surmontée d'une beuquette qui permettait de regarder au-dehors.... L'un des deux Allemands s'approcha de la cuisinière. Il souleva le couvercle de la marmite; reçut la vapeur chaude en plein visage et s'empressa de reposer le couvercle.

— Dites à votre fille... c'est bon pour cette fois mais si jamais elle recommence, nous l'emmener à la prison de Monthermé.

L'endroit, situé rue Pasteur, sous l'école, n'avait pas bonne réputation.

— Elle ne recommencera pas, affirma Eloïse.

Elle sentait le métal froid du revolver contre sa cuisse. Elle fit bonne figure, cependant, jusqu'à ce que les Allemands soient enfin sortis.

Laure se jeta contre elle. Elle admirait la maîtrise de sa mère. Elle-même avait pensé mourir de peur.

Eloïse lui caressa la joue.

— Chérie... ce doit être la première gifle de ta vie ! Il le fallait, pour les rassurer.

— La prochaine fois, frappe un peu moins fort !

— Il n'y aura pas de prochaine fois, affirma Eloïse.

Elle savait, ce disant, qu'elle refusait de regarder la réalité en face. Sa fille et elle avaient choisi de mener un jeu particulièrement dangereux avec l'ennemi.

30

1916

« Il doit bien exister un moyen de communiquer », soliloquait Eloïse, tout en épluchant avec parcimonie les précieuses pommes de terre achetées à prix d'or de l'autre côté de la frontière.

Plus que tout le reste, l'absence de nouvelles la minait. Elle supportait sans se plaindre la faim, le froid, le travail épuisant. Il lui semblait qu'elle aurait supporté bien pire si seulement elle avait eu la certitude que Clément était vivant.

Elle s'angoissait encore plus à son sujet depuis qu'elle avait fait la connaissance de Célia Descharmes.

Toutes deux s'étaient rencontrées sur les chemins de la clandestinité, entre Hargnies et Namur. Eloïse, frappée par la ressemblance que la femme aux cheveux blancs offrait avec Clément, n'avait pu dissimuler sa surprise. Célia, en apprenant qu'elle venait de La Neuville-aux-Bois, avait mentionné son nom de jeune fille et confié qu'elle avait passé toute son enfance à la

Croix-Haute. Elles avaient évoqué des souvenirs communs avant de parler enfin de Clément.

L'intonation de sa voix, l'éclat de ses yeux, trahissaient les sentiments d'Eloïse. Les dangers encourus favorisaient les confidences.

Au cours d'une nuit passée dans une cabane, à guetter le passage des patrouilles ennemies, Célia avait raconté la vérité à Eloïse.

« Pourquoi me le dire à moi ? » avait simplement demandé la contrebandière à la fin du récit de sa compagne de résistance.

Célia avait haussé les épaules.

« J'ai dépassé la soixantaine, je mène une vie dangereuse. Je suppose que j'avais besoin de me confier. Pourquoi vous ? Parce que vous aimez mon fils. Voilà. J'ai réussi à lui donner son nom. Mon fils. Ce secret fut si lourd à porter, durant toutes ces années... Dites bien à Viviane que je ne l'ai jamais oubliée. Et Clément... mon Dieu... vous saurez ce qu'il faut lui raconter. Vous êtes une femme forte, Eloïse. Vous ne vous seriez jamais soumise comme j'ai dû le faire. »

Elles avaient parlé longtemps, toute la nuit, en fait. Au petit matin, Célia était repartie avec les deux soldats Français qu'Eloïse avait fait passer en Belgique. Elle avait suivi des yeux la mère de Clément, jusqu'à ce qu'elle soit happée par la brume.

Célia était une femme forte, elle aussi, pour se lancer dans l'action clandestine à son âge.

A son retour, Eloïse était passée par l'hospice des Hauts-Buttés. Célia l'avait chargée d'un message pour sa mère.

L'hospice, bâti en pierres du pays et coiffé d'ardoises,

constituait une plaque tournante du réseau. Les religieuses, en effet, n'hésitaient pas à cacher des aviateurs ou des résistants, au nez et à la barbe de l'occupant.

A quatre-vingt-six ans, Marie-Renée Descharmes avait gardé toute sa tête, comme elle disait avec une pointe de fierté. De plus en plus mince, le visage émacié, elle semblait avoir concentré toutes ses forces dans ses mains, qui se crispaient sur le pommeau de sa canne.

Elle avait dévisagé sa visiteuse avec intérêt. Eloïse était vêtue chaudement, comme pour chacune de ses expéditions. Son chignon lâche menaçait de s'effondrer. Peu lui importait.

— Je vous ai déjà rencontrée dans La Neuville-aux-Bois, remarqua Marie-Renée.

Eloïse inclina la tête. Parce qu'elle n'avait jamais su manier l'hypocrisie, elle parla d'entrée de jeu de Célia. Le visage de son hôtesse se défit.

— Je n'ai pas revu ma fille depuis quarante-cinq ans, souffla-t-elle.

Un dialogue étrange coupé de silences, s'était alors instauré entre les deux femmes.

Vincent, armé d'une tenaille, arracha d'un coup sec les boutons en cuivre qui ornaient la commode et le lit de Laure. Il soutint le regard horrifié d'Eloïse.

Il lui demanda, rudement, si elle préférait que les Allemands s'en chargent. Les perquisitions se multipliaient depuis quelques semaines. L'ennemi avait besoin de cuivre pour ses fabriques d'armement tout comme il recherchait du bronze et tout autre métal non ferreux. Les soldats qui recevaient une prime par kilo de cuivre récupéré se montraient particulièrement zélés. On avait eu beau promettre en haut lieu que les objets du culte seraient épargnés, en réalité, il n'en avait rien été. Dans la plupart des églises, on s'était emparé des lustres, des chandeliers, des lampes d'autel, des tuyaux d'orgues et, même, des attaches des tapis. Sans parler, bien sûr, des cloches.

— J'aime mieux aller les jeter dans la Semoy, grommela Vincent dans ses moustaches.

Eloïse fut tentée de lui répondre que ses jambes ne pourraient le porter jusque-là ; elle s'en abstint à temps. A quoi bon causer de la peine à son vieil ami ?

Elle réprima une grimace en portant la main à ses reins endoloris. Arracher des échaudures à longueur de journée... un travail qu'elle détestait. C'était l'une des dernières lubies des Allemands. Les commandants d'étape avaient placardé des affiches ordonnant la récolte des « orties à tiges longues ». Celles-ci seraient utilisées pour l'industrie textile. Dans sa mansuétude, l'armée occupante annonçait son intention de payer douze francs cinquante les cent kilos de tiges desséchées, sans feuilles et ayant une longueur d'au moins cinquante centimètres. Les enfants de Jeannette l'aidaient dans cette tâche et Eloïse donnait les deux tiers de la somme récoltée à leur mère, malade.

« On ne va quand même pas continuer à vivre comme ça ! » marmonnait Vincent.

Les Ardennes étaient en coupe réglée. Impossible de sortir de chez soi entre vingt heures et six heures en hiver, vingt et une heure et cinq heures en été. Les volets devaient être hermétiquement clos dès la tombée de la nuit. Chaque Ardennais ne pouvait circuler qu'avec sa carte d'identité, payante bien sûr. Elle était de couleur rouge pour les hommes âgés de dix-sept à quarante-huit ans, blanche pour les femmes et les hommes n'appartenant pas à cette classe d'âge bien précise.

Tout, depuis les œufs, jusqu'aux vins, les pianos, les chevaux de bois, et même... les confessionnaux, était réquisitionné, destiné à l'Allemagne.

Les tranchées nécessitant toujours plus de bois, l'occupant décimait les chênes de la forêt. En janvier 1916, les Allemands décidèrent de couper tous les noyers afin de fabriquer des millions de crosses de fusil. La saboterie Laforgue avait été fermée depuis longtemps, les machines et tous les outils avaient disparu. Viviane avait soupiré en apprenant la nouvelle.

« Ça me fait peine, bien sûr, mais cela m'attriste moins que de voir notre forêt saccagée. Laforgue n'était pas un gars de chez nous. Il est venu dans la vallée seulement pour faire de l'argent, parce qu'il savait que les gars d'Ardenne sont rudes au travail. Il n'y avait que Julia pour aimer la saboterie. Félix ne s'y est jamais intéressé. »

C'était vrai. Il n'empêchait... Eloïse avait eu de la peine, comme pour toutes les entreprises démantelées. L'ennemi manifestait sa volonté de faire des Ardennes un département allemand à part entière. Tant que des résistants s'y opposeraient de toutes leurs forces, elle gardait bon espoir. Même si elle avait peur pour sa fille et pour toutes les personnes qui refusaient de se plier à la loi de l'occupant.

Elle s'efforçait de ne pas songer à Clément.

«J'ai déjà cru l'avoir perdu une fois, se disait-elle. Si

nous sommes vraiment destinés à nous revoir, il reviendra. »

C'était là sa force, elle en avait conscience. Elle refusait de se laisser abattre. La révolte contre l'injustice l'avait toujours aidée à se tenir bien droite. Laure lui ressemblait. C'était certainement pour cette raison qu'André, un instituteur de Monthermé, leur confiait à toutes deux de nombreuses missions.

Les Allemands cherchaient à prendre au piège des contrebandiers célèbres comme Victor Droguest ou des résistants notoires comme Jules Grafteaux, de Deville. Ces hommes traqués rejetaient dans l'anonymat tous ceux qui œuvraient dans l'ombre, et André ne s'en plaignait pas.

La porte s'ouvrit d'un coup. Laure, les joues rougies par le froid, se hâta vers la cuisinière.

— Bonsoir, lança-t-elle à la cantonade. Je suis glacée. Et j'ai faim. Tellement faim… Il va neiger cette nuit, c'est sûr.

Lorsque Laure alignait ainsi les phrases, elle était en souci. Eloïse entraîna sa fille vers le cellier.

— Raconte…

— Jeannot a été pris, souffla-t-elle. Il a été blessé alors qu'il traversait la Meuse. Ils l'ont emmené à Charleville.

— Il s'évadera, tenta de la rassurer Eloïse.

Elle sentait les mailles du filet se resserrer autour d'eux. Elle réconforta Laure avant de lui demander si son ami d'enfance avait des papiers sur lui.

Laure secoua la tête.

— C'est moi qui garde la plupart des documents.

Jeannot est un homme de terrain, comme Antoine. Ils font office de passeurs.

— Donne-moi les papiers en ta possession. Je vais les mettre en lieu sûr.

Deux hommes étaient porteurs de laissez-passer leur permettant de circuler plus aisément que leurs concitoyens. Le père Bonaventure et le docteur Richard, qui avait succédé au vieux docteur Frémont. Eloïse glissa les documents sous ses jupes et fila dehors.

— Où va-t-elle encore traîner ? grogna Vincent.

Il enrageait d'être ainsi réduit à l'impuissance.

— On ne me dit plus rien dans cette maison, gémit-il.

Laure ne répondit rien. Elle songeait à sa mère, qui prenait tous les risques pour la protéger. Elle avait peur pour elle, pour Jeannot et pour tous leurs amis du réseau.

Elle se retourna vers Vincent.

— Si tu me parlais de cette hutte que tu avais bâtie, vers la Croix-Scaille, lui suggéra-t-elle.

Eloïse marchait, vite, vers la maison du docteur Richard, située au milieu du village. Mohican avançait au même rythme. Elle avait déjà remarqué que les Allemands se défiaient de son chien. Elle se hâtait, cependant, pour être rentrée avant le couvre-feu. Ce n'était certes pas le moment d'attirer l'attention sur leur maison. L'arrestation de Jeannot lui pesait sur le cœur. Elle avait parfois le sentiment qu'ils allaient tous tomber entre les mains de l'ennemi. Elle refusait cette idée avec force. La bise venue des Hauts lui coupait le souffle. Elle resserra sa cape autour d'elle. La Neuville-aux-

Bois lui paraissait grise, sans couleur, en cette fin de journée.

« Si nous les laissons faire, ils nous voleront jusqu'à notre âme », se dit-elle.

Les patrouilles quadrillaient le village. Chaque maison devait afficher la liste des occupants avec leur nom, leur prénom, leur âge, leur sexe et leur profession. Eloïse se demandait parfois comment Scipion aurait réagi face à une telle mainmise de l'ennemi sur la vie quotidienne. Assurément, il aurait tempêté si fort qu'il se serait retrouvé face au poteau d'exécution !

L'épouse du docteur Richard vint lui ouvrir. C'était une femme d'une cinquantaine d'années, ayant encore beaucoup d'allure, malgré ses problèmes cardiaques. Elle introduisit Eloïse dans le cabinet du médecin. Il releva la tête, s'avança à sa rencontre.

— Eloïse... rien de grave, j'espère ?

Elle lui raconta ce qui se passait en quelques phrases brèves avant de lui remettre les documents de Jeannot. C'étaient des plans et des indications concernant le cantonnement des troupes ennemies. Le docteur Richard glissa la liasse dans la mallette contenant sa trousse. Il allait se débrouiller pour la transmettre à un membre du réseau, qui passait régulièrement en Belgique.

— Soyez prudentes, Laure et vous, lui recommanda-t-il. Ils sont particulièrement agressifs, ces derniers temps.

Elle promit. Elle eut l'impression qu'il voulait ajouter quelque chose. Madame Richard frappa à la porte.

— Jérôme... on vous fait appeler à la Kommandantur.

Eloïse s'éclipsa. Lorsqu'elle arriva à la ferme, elle découvrit la salle sens dessus dessous. Vincent gisait sur le sol.

— Ils ont emmené Laure, lui expliqua-t-il. A mon avis, c'est une dénonciation mais ils n'ont rien trouvé.

Eloïse ne l'écoutait plus. Elle s'était jetée dehors, bien décidée à ramener sa fille.

31

1917

Durant la journée, la douleur de son dos rompu le disputait à la faim. Pendant la nuit, l'estomac se tordait, il se sentait vidé de toute force. Antoine remonta la couverture élimée jusqu'à son cou, tenta de trouver une position moins inconfortable sur sa paillasse en toile d'ortie, gonflée de copeaux de bois humides. Il faisait glacial dans ce qui était appelé pompeusement « le dortoir » et était en fait un baraquement « meublé » de structures en forme de cages. La scierie de Signy l'Abbaye ressemblait fort à un bagne et les hommes qui y travaillaient mouraient de faim. Antoine y avait été envoyé après s'être fait arrêter sur le pont de La Neuville-aux-Bois. André l'avait pourtant mis en garde à plusieurs reprises. La surveillance ennemie s'était encore intensifiée au cours des derniers mois. Antoine avait voulu se persuader qu'il saurait passer inaperçu. Il désirait entrevoir Laure, elle lui manquait trop. Il ne s'était pas rendu compte à quel point il tenait à elle jusqu'au moment où il avait quitté la ferme. Eloïse,

Vincent, étaient sa famille de cœur. Laure, c'était différent.

L'homme allongé au-dessus de lui gémit dans son sommeil. C'était un employé aux écritures chez un notaire de Givet. Il avait été envoyé à Signy en guise de représailles pour avoir falsifié des cartes de ravitaillement. Le pauvre diable ne tiendrait pas longtemps au camp. Il n'était pas fait pour rouler des arbres à longueur de journée, les charger sur des chariots pour les débiter ensuite en planches ou en poutres de différentes longueurs et largeurs.

Personne, d'ailleurs, ne pouvait soutenir ce rythme infernal. Les prisonniers travaillaient nuit et jour, par équipes, de six heures et demi du matin à trois heures et demi de l'après-midi ou de trois heures et demi à minuit avec seulement un quart d'heure de repos pour le repas… ou ce qui en tenait lieu.

Le régime, à Signy, était plus que spartiate. Comme unique repas une soupe, de l'eau chaude, plutôt, contenant de petits bouts de betteraves ou, les jours fastes, des navets à moitié pourris. On avait droit aussi, tous les deux jours, à un morceau de pain infâme et gluant.

Dubosc, un camarade d'Antoine, garçon boucher de son état, trompait sa faim en énumérant tout ce qu'il avait l'intention de manger quand la guerre serait enfin finie.

Serrés autour du poêle qui enfumait plus le baraquement qu'il ne le réchauffait, les bûcherons salivaient en écoutant Dubosc évoquer civet de lièvre et sanglier mariné. Antoine, lui, parlait des carbonades flamandes et du waterzooi de sa mère, des grives d'Eloïse.

Les grives… Raymond, le Givetois, secouait la tête.

Fallait-il qu'ils soient devenus tous fous pour échanger des recettes de cuisine alors qu'ils étaient condamnés à plus ou moins brève échéance ?

Antoine ferma les yeux. Lui ne rêvait pas de nourriture mais de Laure. Depuis le soir de son arrestation, il avait compris à quel point il l'aimait. Dieu merci, la jeune fille n'était pas restée longtemps emprisonnée à Monthermé. On n'avait rien pu établir contre elle, et Eloïse, aidée du docteur Richard, avait réussi à la faire libérer rapidement.

Il tenait bon en gardant l'espoir de s'évader. Dubosc et lui observaient soigneusement les allées et venues des gardiens, guettant la faille. Comment courir vite, cependant, avec le ventre creux ? Chaque jour qui passait affaiblissait leurs forces. Les « galériens de Signy », comme ils se surnommaient entre eux, effectuaient un travail de force avec des moyens dérisoires. Les accidents étaient d'ailleurs fréquents et, la plupart du temps, le pauvre diable qui en était victime était tué sur le coup. Cela valait peut-être mieux, estimait Raymond avec cynisme car l'infirmerie du camp était considérée par tous — et ce à juste titre ! — comme un véritable mouroir. Un simple hangar, fait de charpentes en mauvais état et couvert de planches disjointes, aussi sale, aussi rongé de vermine que les autres bâtiments... Un trou à rats, pensait Antoine, en se retournant une nouvelle fois sur sa paillasse.

De nouveau, il évoqua Laure, imaginant les mots qu'il lui dirait lorsqu'il la retrouverait. Se raccrocher à l'amour qu'il éprouvait pour elle était le seul moyen de ne pas sombrer.

Le bruit caractéristique du petit avion survolant la forêt fit lever toutes les têtes.

— Il vient de France..., lança Ninon, une jolie brunette.

Chaque passage d'aéroplane soutenait le moral des Français vivant dans les régions occupées. Ce qui, bien entendu, exaspérait l'ennemi.

— Taisez-vous ! hurla celui que toutes les femmes surnommaient l'« Hippopotame », tant il était lourd et gras. A coup sûr, il bénéficiait de rations plus conséquentes qu'elles-mêmes !

Laure nota dans sa tête que l'avion — elle avait reconnu un Caudron — avait pris la direction des Hauts-Buttés. Il allait certainement lâcher un sac de courrier. Il fallait qu'elle en parle à sa mère.

Depuis deux jours, elle avait été réquisitionnée en compagnie de nombreuses jeunes femmes pour aller couper du bois entre Deville et Monthermé. Lorsqu'elle avait protesté en disant qu'elle ne pouvait abandonner ses élèves, il lui avait été répondu que les enfants devaient travailler eux aussi. Les enfants, comme les femmes, les personnes âgées de moins de soixante ans... L'Ardenne occupée était exploitée sans tenir compte des contraintes familiales ou sanitaires. D'ailleurs, fait particulièrement choquant, lorsqu'une personne échappait à ce travail obligatoire, il se trouvait souvent quelqu'un ou quelqu'une pour la dénoncer aux autorités tout en gardant l'anonymat.

André grommelait : « Ces maudits font ressortir le mal. »

Et Vincent soupirait : « Mon garçon, rien de nouveau

sous le soleil ! La trahison, on a connu ça, nous, les anciens de la Commune ! »

Lucienne, avec qui Laure faisait équipe, s'arrêta quelques instants pour masser son dos endolori.

— Au travail ! rugit l'Hippopotame derrière elles.

Les jeunes filles échangèrent un regard ulcéré.

— Comme s'il ne pouvait pas nous aider, ce gros plein de soupe ! chuchota Lucienne.

Le travail était épuisant. Il s'agissait de faire descendre les troncs d'arbre jusqu'à la Meuse. Les plus âgées commençaient à les faire rouler depuis le haut de la côte tandis que les plus jeunes, supposées les plus agiles, les récupéraient à mi-pente avant de les lancer à la dernière équipe, qui les chargeait sur des péniches ou des chariots. Il fallait être sans cesse sur ses gardes pour ne pas être écrasée sous un arbre ou blessée. Le soir, Laure s'effondrait sur la paillasse qu'elle partageait avec Lucienne, dans une usine désaffectée transformée en dortoir. Le travail était si éreintant que les jeunes femmes rentraient généralement chez elles au bout de deux semaines. On les affectait alors à d'autres tâches.

— Pourquoi tu ne passes pas en Belgique ? questionna Lucienne tout à trac.

Laure suspendit son mouvement. Ses mains étaient rouges, écorchées, piquées d'échardes.

— Pourquoi ? répéta-t-elle.

Elle n'y avait même pas pensé. Sa mère, Vincent, se trouvaient en France. Pouvait-on d'ailleurs encore appeler « France » ce département occupé ?

Il y avait une autre raison, elle le savait. Elle ne voulait pas partir tant qu'elle n'aurait pas revu Antoine. Son arrestation avait été mal vécue dans les deux

Vallées. Antoine, l'ébéniste qui transformait n'importe quelle essence en meuble unique, l'élève de Scipion... Sans cette maudite guerre, il se serait certainement établi à son compte.

Au fur et à mesure que les années passaient, Laure se révoltait de plus en plus devant le monstrueux gâchis humain provoqué par cette guerre interminable. Elle ne parvenait plus, cependant, à croire au mouvement pacifiste. Trop d'atrocités avaient été commises, un point de non-retour franchi... Laure avait perdu ses repères. La forêt elle-même, qui avait été si longtemps son refuge, était saccagée par l'ennemi.

— Tu rêves? fit Lucienne en lui lançant un tronc d'arbre.

Laure le rattrapa avec adresse. Dans sa tête, elle songeait toujours à l'avion.

Un signe d'espoir.

Eloïse s'effraya de la maigreur de Laure quand sa fille rentra enfin à la ferme. Plus encore que ses joues émaciées, son regard vide affola sa mère.

« Chérie, viens vite près du feu », lui dit-elle après l'avoir serrée contre elle.

La salle était humide. Vincent surveillait la bûchette qui se consumait avec parcimonie dans l'âtre. C'était du bois de lune, offert par André. Ses amis du réseau l'avaient dérobé la nuit, au bord de la Semoy.

En cette fin d'année 1917, les Ardennais manquaient de tout. De charbon, de nourriture, d'argent. Il était interdit à la population occupée de monter à cheval, d'aller à vélo, en automobile ou d'en conduire... Interdit aussi d'arborer le drapeau français, ou de porter les décorations ayant un ruban tricolore.

— Tes mains, reprit Eloïse.

Laure haussa les épaules. Les crevasses guériraient. En revanche, elle n'oublierait pas de sitôt les yeux implorants des prisonniers roumains, traités plus rudement que du bétail. On chuchotait que s'ils étaient dans un état aussi pitoyable, c'était à cause de la déclaration de guerre tardive de leur pays, que l'Allemagne ne leur pardonnait pas.

Elle s'était détachée de la colonne ; avait tendu sa ration de pain dc la journée à un grand gaillard dégingandé, si maigre qu'il paraissait prêt à s'évanouir. Il l'avait engloutie avec une rapidité surprenante avant de porter la main droite à sa poitrine, en signe de remerciement.

Laure n'avait pas eu le temps de se rejeter dans la colonne. Un garde s'était précipité vers elle et l'avait frappée à coups de crosse malgré les protestations de ses camarades. Elle était tombée à genoux dans la boue du chemin, sans même chercher à protéger son visage ou son dos des coups qui tombaient en pluie. Son regard exprimait le défi, et le mépris. Le garde l'aurait tuée sans qu'elle l'implore si ses compagnes n'étaient pas intervenues. Laure avait gardé de cette épreuve le sentiment que rien n'était acquis, jamais, et que l'homme pouvait basculer aisément, franchissant le seuil limite de la barbarie sans même en avoir conscience.

Elle ignorait si elle parviendrait à se confier un jour à Eloïse.

Sa mère, après l'avoir observée durant quelques

minutes sans mot dire, saisit sa vieille cape, qu'elle avait toujours conservée, et la jeta sur les épaules de Laure.

— Tu viens avec moi, décida-t-elle, sans lui laisser le temps de protester.

Elle-même s'emmitoufla chaudement. Elle s'était taillé un pantalon d'homme dans une vieille couverture afin de franchir plus aisément les fils de fer barbelés. Le jour où elle était montée voir Viviane ainsi accoutrée, la vieille femme avait approuvé son initiative.

« Si j'avais ton âge, je t'imiterais, ma belle. Ce doit être beaucoup plus pratique ! »

Laure protesta qu'elle avait froid. Eloïse ne lui laissa pas le loisir de se rapprocher du feu.

— Tu viens avec moi. J'ai besoin de toi. Et n'oublie pas de te munir de « bricoles » !

Durant plusieurs heures, elle entraîna sa fille sur des chemins connus d'elle seule. Mohican les suivait, visiblement heureux de cette escapade. Elles fourrèrent dans le sac d'Eloïse deux lièvres pris au collet, posèrent leurs bricoles dans les meilleurs coins, ceux de Vincent, montèrent jusqu'à la Croix-Haute, d'où le regard embrassait une partie de la vallée et les bois intacts des Hauts.

— Regarde ! recommanda Eloïse à sa fille, ta forêt, celle que tu aimes, où tu as grandi, elle est là. Préservée. Les Boches n'y toucheront pas parce que nous saurons bien les en empêcher. Viens, nous allons porter un lièvre à Viviane.

La gouvernante avait comme rétréci. Elle, la bonne vivante, flottait dans ses vêtements trop larges. Elle accueillit les deux femmes avec joie ; se fit prier, cependant, pour garder le gibier. Elle devrait le faire cuire à l'étouffée durant la nuit si elle ne voulait pas se le faire voler par Manfred, l'ordonnance qui venait fouiner dans sa cuisine.

Elle servit d'autorité un fond de verre d'eau-de-vie à Laure.

— C'est de la bonne, elle date de 1900. Ça va te requinquer, petite. Je n'aime pas te voir pâle et maigre comme ça.

L'impuissance à laquelle elle se trouvait réduite lui « mangeait la rate », comme elle disait. Et encore... elle n'avait pas à se plaindre ! Sans Eloïse, elle serait déjà morte de faim depuis plusieurs mois. Les vieux ne résistaient guère en ces temps de disette et de froidure.

— Ta mère t'a dit qu'elle était allée scier la glace sur la Semoy il y a huit jours ? Avec plusieurs femmes des Hautes-Rivières. Un travail de forçat, oui, petite.

Laure tourna la tête vers Eloïse. La mère et la fille échangèrent le même regard, empreint de fierté.

A la nuit tombée, Eloïse reprit le chemin familier des baraques. Il neigeait. Une atmosphère irréelle baignait les Hauts. Le vent mugissant dans les arbres sifflait dans sa poitrine. Sa progression fut lente et douloureuse même si elle avait encore du souffle et du jarret. Mohican avait de la neige jusqu'au poitrail. Elle-même avait les pieds gelés lorsqu'elle poussa la porte d'Adrienne.

Elle était en pays de connaissance. On la fit asseoir, lui servit d'autorité un café arrosé de gnôle, lui procura des chaussettes sèches.

Mohican, lui, s'était couché devant le poêle.

Lorsqu'elle se sentit un peu mieux, Eloïse expliqua à Adrienne qu'il lui fallait du sucre, du corned-beef, des pommes... de quoi remettre sa fille sur pied. Elle aligna sur le comptoir l'argent qu'elle possédait. Ce n'était certainement pas suffisant, vu les prix prohibitifs qu'atteignaient les denrées alimentaires mais Adrienne lui sourit.

— On va se débrouiller.

Eloïse repartit le sac plein. Le retour lui parut moins pénible malgré sa charge. Elle rapportait de quoi nourrir sa fille.

Mohican débusqua le premier la patrouille. En bête bien dressée, il se plaça en travers du sentier, empêchant Eloïse de poursuivre son chemin. Son chien et elle se connaissaient assez pour ne pas hésiter quant à la conduite à tenir. Ils roulèrent tous deux au plus profond d'un épais taillis.

— Wer da ? cria une voix.

Et une autre, en français cette fois, remarqua :

— Ça me rappelle une autre nuit d'hiver, il y a plus de vingt ans...

Tapie au fond de son fourré, la main sur le collier de Mohican, Eloïse se demandait comment Humbert avait pu revenir dans les Ardennes. N'avait-il pas été muté dans une autre région après la mort de Scipion ? Elle avait appris l'intervention de Clément auprès de ses relations haut placées quand Humbert avait fait ses bagages. Sur le coup, elle lui en avait voulu. Dans la forêt, on avait pour habitude de régler ses comptes soi-même. N'était-ce pas un aveu de faiblesse que de faire appel aux autorités ?

Elle n'avait pas peur. La colère, une sorte de rage froide, l'aidaient à rester calme. Humbert travaillait donc avec l'ennemi ? D'une certaine manière, cela ne l'étonnait pas, elle le savait capable de tout. Mais le réseau était en danger.

Elle resta blottie près de trois heures dans son refuge. Mohican lui tenait chaud. Elle grelottait, cependant, quand elle se remit en route. La patrouille avait renoncé depuis longtemps à la retrouver. Son pantalon était trempé de neige, ses pieds et ses mains bleuis de froid. Elle descendit à la ferme en s'accrochant au collier de Mohican.

Lorsqu'elle s'effondra sur le sol de la salle, elle portait toujours sur son dos le précieux sac de ravitaillement.

32

1917

Décidément, ce terrible hiver 1917 n'en finirait jamais ! L'Ardenne était prise sous le givre et le gel et ses habitants mouraient à petit feu, de faim, de froid et d'épuisement.

« La bête traquée devient encore plus mauvaise », commentait Vincent, faisant allusion aux exigences toujours plus insensées de l'occupant.

Après avoir dépouillé les Français de leurs bicyclettes, de leurs disques de phonographe, de leurs robinets... les Allemands avaient réquisitionné les matelas de laine et de crin, les traversins et oreillers, les machines à coudre — ce qui avait révolté Eloïse — le papier, les balances, la vaisselle, les couverts... A se demander s'il allait rester quelque chose aux infortunés... Laure, qui se remettait doucement, ironisait : « Nous aurons peut-être une chance de les voir partir lorsqu'ils nous auront totalement dépouillés ! » Elle montait souvent à la Croix-Haute aider Viviane qui se retrouvait seule pour assurer l'intendance de la grande maison, Mauricette ayant été envoyée à l'autre bout du département pour rempierrer des routes. La vieille femme refusait toujours de quitter son domaine. Les « appartements des maîtres », comme elle disait, avaient été saccagés au cours d'une soirée de beuverie si bien qu'elle n'osait imaginer ce qui se passerait si elle abandonnait la Croix-Haute.

« Clément ne comprendrait pas », expliquait-elle à Eloïse, et celle-ci approuvait d'un hochement de tête. Clément… était-il seulement encore vivant ?

Comme la plupart des Ardennais, Viviane achetait *La Gazette des Ardennes* uniquement à cause des pages consacrées aux listes des prisonniers français, des blessés et des civils évacués. A compter d'avril 1915, la *Gazette* avait également publié les noms des soldats français inhumés derrière les positions allemandes. Pour le reste des informations, le journal constituait un organe de propagande éhontée qui se livrait à une critique perfide de l'impérialisme anglais et ne mentionnait que des succès constants remportés par l'armée allemande.

Il était impossible aux occupés d'obtenir par ce biais la moindre nouvelle du front. Ils devaient donc s'en remettre à leurs observations concernant les passages d'aéroplanes, les mouvements de troupes dans les gares et… la mine longue de l'occupant. Un ami d'André, monsieur Karleskind, qui tenait le buffet de la gare de Charleville, avait pour habitude d'établir une sorte de baromètre de l'évolution des opérations militaires en fonction de l'air soucieux des officiers, ou au contraire de leur jovialité. Eloïse, qui travaillait toujours pour le réseau d'André, rapportait aussi des informations de

Belgique. L'espoir renaissait en apprenant l'arrivée des Américains. Un espoir bien fragile, cependant, qui se brisait contre les exigences et le comportement des Allemands.

Eloïse contempla sa marmite d'un air si désolé que sa fille se mit à rire.

— Nous sommes ensemble, maman, lui dit-elle. C'est le plus important, non ?

Eloïse aurait voulu lui expliquer qu'elle ne supportait plus l'incertitude au sujet du sort de Clément. Or, elle ne le pouvait pas. Tous, que ce soit Vincent, Viviane ou même Laure, la considéraient comme une femme forte, à même de sortir la tête haute de n'importe quelle situation. Il lui était impossible de leur confier ses failles comme ses doutes. Il fallait avancer, trouver de quoi manger, faire passer en Belgique des informations capitales concernant les mouvements de troupes, la présence du Kaiser à Charleville... Guillaume II, en effet, depuis qu'une bombe était tombée, en 1915, sur le quartier de la gare, avait pris l'habitude de résider à Bel Air.

Elle avait aussi parlé à André d'Humbert, l'homme noir, dont elle avait reconnu la voix. Que faisait-il en compagnie d'une patrouille allemande ? Elle le croyait capable de tout et, depuis qu'elle le savait de retour dans la région, multipliait les précautions.

Noël fut un jour comme les autres, aussi triste, aussi dénué de couleurs. Vincent ayant décrété qu'il se coucherait à six heures pour avoir moins froid, Eloïse et Laure montèrent jusqu'à la Croix-Haute tenir compagnie à Viviane. Il n'y avait plus d'œufs, de beurre ni de farine pour préparer des gaufres. Les trois femmes partagèrent une soupe claire et échangèrent quelques souvenirs avant qu'Eloïse et Laure, bien emmitouflées, ne reprennent le chemin de la ferme, couvre-feu oblige. Elles glissèrent à plusieurs reprises sur le sentier recouvert de neige verglacée. La forêt était étonnamment silencieuse. En attente.

« Il faut qu'ils partent », pensa Eloïse avec force.

A la ferme, Vincent était encore debout. Il ne laissa pas à Eloïse le temps de lui demander pourquoi.

— Nous avons de la visite, dit-il simplement.

Elle dissimula avec soin sa déception en reconnaissant le visage d'Antoine. L'espace d'un instant, elle avait espéré qu'il s'agissait de Clément... Laure se précipita vers leur ami.

Il était d'une maigreur effrayante, et ne parvenait pas à maîtriser ses tremblements.

— Laisse-moi faire, ordonna Eloïse.

Les loques d'Antoine étaient couvertes de boue et de sang séché. Elle les lui ôta avec précaution, après avoir demandé à Laure d'aller lui chercher du linge propre. L'ayant entraîné devant la cheminée, elle le frictionna avec deux serviettes, comme elle eut bouchonné un cheval.

Elle découvrit la blessure de son épaule, fit la grimace. Antoine soutint son regard.

— Ils m'ont tiré dessus quand j'ai franchi la clôture. J'ai continué à courir. De toute manière, je n'avais plus rien à perdre.

Il s'était jeté dans la rivière avant de s'enfoncer dans les bois. Pour échapper aux morsures du froid, il s'était roulé dans la boue, comme un sanglier dans sa bauge. Il avait marché de nuit. La neige, tombant en abondance, recouvrait ses traces. Brûlant de fièvre, il avait mis plusieurs jours à regagner la vallée et attendu la nuit pour se glisser jusqu'à la ferme.

— Bois ça.

Laure lui tendit une tasse d'infusion dans laquelle elle venait de verser une rasade d'eau-de-vie.

— Il faut aller chercher le docteur Richard, murmura Eloïse.

Le bras d'Antoine était gonflé et tuméfié. Laure jeta un châle sur ses cheveux; enfila une veste de laine.

— Fais attention, lui recommanda sa mère.

Cette phrase était dérisoire, toutes deux le savaient. Elles n'avaient pas le choix.

Eloïse, à présent, frottait le torse d'Antoine avec un linge imbibé d'eau-de-vie.

— Quelle misère! soupirait Vincent.

Une bourrasque glacée s'engouffra dans la salle quand Laure ouvrit la porte. Antoine esquissa le geste de la retenir.

— Chut... dit Eloïse qui lui fit passer un paletot ayant appartenu à Noël, repose-toi.

Il avait tellement changé qu'elle hésitait à le tutoyer. Le regard, enfoncé dans les orbites, s'était durci, le visage émacié.

Il cessa de trembler, plongea les yeux dans ceux d'Eloïse.

— Il fallait que je m'enfuie, dit-il, sinon, je crois bien que je serais devenu fou.

Il gardait en lui des images d'horreur et de mort. Ce prisonnier russe squelettique qui mangeait des boules de sciure de bois pour tromper sa faim et qui était mort roué de coups pour avoir tenté de voler un pain.

Raymond, le clerc de notaire givetois, qui avait glissé et avait été écrasé sous un énorme tronc d'arbre. Dubosc enfin, évadé en même temps que lui, et qui était tombé avant même de franchir la clôture de fil de fer barbelé. Antoine avait marqué une hésitation.

« Fous le camp ! avait hurlé Dubosc. Essaie au moins de sauver ta peau. »

— J'aurais tant voulu tous les emmener... souffla-t-il.

Eloïse le serra contre elle sans mot dire.

Elle accueillit le médecin avec soulagement. Laure était très pâle. Ils avaient réussi à se faufiler jusqu'à la ferme sans encombre.

Eloïse savait ce que le docteur devait faire. Elle-même n'avait pas osé se lancer, à cause des risques d'infection. Elle avait préparé de l'eau bouillie, des linges propres. Le médecin ôta la balle sans coup férir. Il fit saigner la plaie, la nettoya avec soin avant d'expliquer à Eloïse comment renouveler les pansements.

— Il va avoir une bonne fièvre mais je pense que vous saurez vous en occuper avec vos tisanes, dit-il en riant à Eloïse.

Elle hocha la tête.

Antoine était très pâle. Où allaient-ils pouvoir le cacher ?

— Dans la forêt, dès qu'il ira mieux, suggéra le docteur Richard. Pour l'instant, gardez-le chez vous. Il filera par derrière en cas de venue impromptue de visiteurs indésirables.

Lui-même repartait vers Hautes-Rivières où une jeune femme l'attendait pour accoucher. Son laissez-passer lui accordait une certaine latitude dont il usait pour se porter au secours des blessés clandestins.

Il repartit dans la neige, pestant contre la réquisition de sa jument, inséparable compagne de ses tournées. Eloïse fit le tour de la maison pour vérifier que tout était bien clos. Antoine de retour, même blessé, c'était l'espoir qui revenait.

Mohican s'approcha de la porte en grondant. Eloïse courut à la fenêtre. Les sinistres « cols verts » montaient le chemin.

— Vite ! cria-t-elle en se retournant vers Laure et Antoine. Elle tendit la clef que Viviane lui avait confiée deux jours auparavant.

— Filez, tous les deux. Je me charge des Boches.

Elle referma soigneusement la porte de derrière sur les deux jeunes gens. Une solide couche de neige damée empêchait de relever les traces de pas.

Eloïse, tendue, revint dans la salle. La patrouille frappait déjà à la porte. Plus d'une heure durant, les Allemands fouillèrent la ferme, retournant le contenu du buffet, renversant la table et les chaises, vidant les coffres et l'armoire... Le tout assorti de menaces et d'interrogatoires sans relâche. Eloïse répondait sans se laisser démonter. Non, elle n'avait pas vu Antoine Brasseur. Elle ne savait pas où il pouvait se trouver. N'avait-il pas été arrêté depuis un bon moment déjà ?

Vincent, de son côté, jouait fort bien le vieillard sénile. Il posait un regard vide sur chacun de ses interlocuteurs, les décourageant de répéter leurs questions.

Les cols verts finirent par repartir en marmonnant des menaces.

— Ils reviendront, soupira Eloïse en contemplant la ferme saccagée.

Son visage se défit. Les yeux pleins de larmes, elle alla ramasser un oiseau de bois, cadeau de Scipion, qu'elle conservait précieusement en souvenir de celui qui l'avait élevée.

Vincent lui sourit.

— Donne. Je verrai si je peux te le réparer.

— Ce n'est rien, mentit Eloïse.

L'oiseau brisé la renvoyait à son propre sentiment d'impuissance face à l'occupant. La révolte grondait en elle. Elle se redressa ; rcmonta ses manches.

— Au travail, à présent ! En attendant leur prochaine visite...

Ils n'avaient pas trouvé Antoine. C'était le plus important. Même si elle sentait l'étau se resserrer autour des siens.

33

1918

Eloïse jeta un coup d'œil aux alentours avant de pénétrer d'un pas décidé dans le cimetière. Viviane avait eu une idée de génie le jour où elle lui avait confié la clef de la chapelle funéraire Descharmes. Laure et Antoine s'y étaient dissimulés le soir où les Allemands étaient venus perquisitionner à la ferme. Depuis, Eloïse avait pensé à utiliser le monument ouvragé au goût du siècle précédent en boîte aux lettres pour les documents destinés à André.

Ce dernier avait enrôlé Antoine qui faisait office de passeur. Laure se rongeait d'angoisse. Parfois, Eloïse avait envie de lui dire qu'il ne servait à rien de se tourmenter. Elle-même n'osait plus imaginer Clément en vie. Lorsqu'elle passait devant le Chêne à l'Image, elle détournait la tête. Jusqu'à ce dernier jour, la veille, où elle était revenue sur ses pas. Elle avait alors, comme avant, caressé le tronc rugueux.

« Rends-le moi ! » avait-elle lancé au vieil arbre, sur un ton de défi.

Elle remonta l'allée, bifurqua à gauche vers la chapelle de la famille Descharmes. Un vent glacial soufflait sans discontinuer. Eloïse se pencha pour pousser la porte en fer forgé. A l'intérieur du monument, un ange en bois dédoré était bien commode pour jouer le rôle de dépositaire.

Le vent plaqua son châle contre son visage lorsqu'elle ressortit. Saisie, elle le rajusta. Elle n'eut pas le temps de voir arriver son ennemi. Il avait dû la suivre et se dissimuler derrière une tombe voisine car il fondit sur elle avec une rapidité surprenante.

— Cette fois, tu ne m'échapperas pas ! s'écria-t-il en la ceinturant.

Il lui rabattit les bras derrière le dos avec une violence délibérée, dans le but de lui faire mal. Eloïse serra les dents.

— Lâchez-la !

Elle reconnut la voix de sa fille et, dès cet instant, redouta le pire. Elle n'avait pas peur pour elle mais pour Laure.

Le douanier ricana.

— La maîtresse d'école croit m'impressionner ? Vous allez vous retrouver toutes les deux dans la prison de la rue Pasteur, à Monthermé, avant d'être transférées à Charleville. Ça fait un moment déjà que je surveille votre petit manège. Le commandant d'étape sera content...

Il y eut une seule détonation. Lentement, comme à regret, l'étreinte d'Humbert se desserra. Médusée, Eloïse le vit s'effondrer sur le sol gelé.

— Laure ! cria-t-elle.

Elle s'élança vers la jeune fille qui tenait toujours le

revolver à la main. C'était l'arme de Jeannot, qu'Eloïse avait déjà cachée une fois.

— Je croyais t'avoir dit de le jeter dans la Semoy. Je ne sais pas si tu te rends compte...

Elle s'interrompit, serra sa fille contre elle.

— Chérie, chérie... je ne veux pas que tu sois mêlée à tout ça...

Les yeux de Laure étaient noyés de larmes.

— Vite, maman, filons. Il ne faut pas qu'on nous trouve ici.

Eloïse eut la présence d'esprit de reprendre les documents dans la chapelle. Elle vérifia que l'homme noir était bien mort avant d'entraîner Laure vers les bois. Là-haut, elles seraient en sécurité.

Si elle devait retenir une seule chose du camp d'Holzminden, ce serait cette déprimante impression de grisaille qui recouvrait tout, les bâtiments comme les humains. Le regard se cognait contre une cour fermée de hauts murs qui donnait à Eloïse le sentiment d'étouffer. Elle songeait alors à sa fille et se disait qu'au moins Laure était à l'abri à Bruxelles. Il avait fallu faire vite après la mort d'Humbert. Eloïse avait appelé André à la rescousse. Elle ignorait comment il s'était débrouillé mais le cadavre du douanier avait été promptement enlevé et ce sans que les patrouilles aient remarqué quoi que ce soit. Comme l'avait dit André, ils avaient eu beaucoup de chance. Laure avait passé la frontière la nuit-même. Elle avait longuement insisté pour que sa mère l'accompagne, en vain.

« Tu me vois abandonnant Vincent et Viviane ? Ils

ont besoin de moi, André aussi. Toi, chérie, il faut te mettre à l'abri. N'oublie rien, surtout. »

Laure était donc partie avec pour tous biens un recueil de poèmes et son journal, qu'elle tenait depuis le début de la guerre. Eloïse ne voulait pas lui laisser le temps de se dénoncer. Elle connaissait trop bien sa fille, en effet, pour deviner que Laure, la pacifiste, allait être bourrelée de remords parce qu'elle avait tué un homme. Finalement, personne ne semblait s'être rendu compte de la disparition de l'homme noir. L'ennemi avait d'ailleurs d'autres préoccupations. Suivant un vieux contentieux qui trouvait sa source dans le refus de la France de leur rendre les Alsaciens passés en France au début de la guerre, les Allemands avaient décidé de prendre des otages parmi la population civile. La nouvelle était tombée le dix janvier. Dix femmes de Monthermé, cinq de La Neuville-aux-Bois, douze de Sedan et de Balan allaient être envoyées dans un camp en Allemagne. En entendant prononcer le nom de madame Richard, l'épouse du médecin qui avait sauvé Antoine, Eloïse avait su ce qu'elle devait faire. Toute la vallée connaissait la petite santé de madame Richard, qui était cardiaque. Eloïse avait fait un pas en avant, se portant volontaire pour remplacer la quinquagénaire. Le commandant d'étape avait haussé les épaules. De toute évidence, il la considérait comme une folle mais peu lui importait, du moment qu'il avait le nombre d'otages requis.

Ensuite était venu le plus difficile. Convaincre Vincent de monter à la Croix-Haute où Viviane pourrait s'occuper de lui. Deux gamins du village l'avaient aidé, en formant « la chaise », comme ils disaient. Eloïse s'était sauvée, très vite, en laissant son chien derrière elle. Viviane criait quelque chose dans son dos ; elle n'avait pas voulu écouter. En compagnie des autres femmes, le long voyage avait commencé.

Sous la neige, qui tombait à nouveau sans discontinuer, les otages avaient subi un interminable appel, durant lequel un *Feldwebel* les comptait et les recomptait, sans parvenir à trouver le même nombre deux fois de suite, puis étaient montées dans des wagons à bestiaux. Là, certes, elles avaient un peu moins froid mais, serrées à quarante dans un espace plus que restreint, avaient très vite souffert des aléas d'une telle promiscuité. Eloïse était parmi les plus jeunes. Une autre femme, épouse d'un médecin sedanais, semblait animée elle aussi d'une volonté de résistance qui tranchait avec la résignation des autres prisonnières plus âgées. Toutes deux avaient organisé une mise en commun de leurs quelques provisions car, bien entendu, durant les deux jours et les deux nuits du trajet, personne ne s'était occupé de l'intendance. Un volet d'aération laissé entrouvert leur permettait de ne pas étouffer complètement.

Sur le quai de la gare battu par un vent glacial, elles avaient dû supporter les insultes d'une bande de gamins excités avant de se mettre en route pour une marche de plusieurs kilomètres, dans la neige et le froid, le ventre vide. Eloïse avait soutenu à plusieurs reprises Léonie Viennet, âgée de cinquante-huit ans, qui titubait de fatigue. Lorsque les prisonnières avaient aperçu les murs d'enceinte de deux mètres de haut surmontés de miradors, l'accablement les avait gagnées. A l'intérieur du camp, elles avaient été dirigées vers un baraquement glacial dans lequel on les avait abandonnées, toujours sans nourriture. Elles avaient passé leur première nuit à Holzminden couchées à même le sol. Eloïse ne s'était pas allongée. Recroquevillée sous sa vieille cape, qui gardait l'odeur de son chien, elle avait longuement mastiqué dans le vide pour tenter de calmer ses douleurs d'estomac. Alice, l'épouse du médecin sedanais, était venue s'installer auprès d'elle.

« Il va falloir tenir », avait-elle dit.

Elles avaient échangé un sourire. La même volonté de résister les animait.

La vie à Holzminden s'était organisée, rythmée par les appels interminables sous la neige ou la pluie, la faim, le froid. Les prisonnières françaises avaient été réparties dans des baraquements couleur grisaille et, au bout de quinze jours, avaient enfin reçu une paillasse et deux couvertures.

Paillasses remplies de copeaux qui absorbaient très vite l'humidité du sol et n'offraient donc aucune protection. La plupart des femmes de leur groupe avaient pris le pli de dormir assises, le dos appuyé contre le mur, afin de moins souffrir de douleurs rhumatismales. Eloïse et Alice étaient toujours solidaires pour remonter le moral des plus fragiles, veiller à ce que personne ne soit exclu de la distribution des rations, pourtant chiches. Comme dans tous les camps, elles avaient droit le matin à une sorte d'infusion à base d'orge grillée sans sucre. Le midi, suivant les jours, rutabagas, choucroute — sans garniture ! — orge perlée ou avoine concassée. Le soir enfin, de la soupe ou un hareng. Régime des plus spartiates qui ne les aidait pas à se défendre de façon efficace contre le froid, toujours mordant.

Les otages ardennaises se serraient les coudes, s'entraidaient mutuellement. Il n'y avait pas de travaux forcés à Holzminden, mais les gardiens pouvaient faire preuve de brutalité. Ce fut le cas le jour où celui que toutes les prisonnières redoutaient, un colosse à l'œil de verre surnommé « Neunœil », bouscula rudement Léonie Viennet, qui ne se rangeait pas assez vite à son goût pour la corvée de l'appel.

La vieille dame tomba à genoux dans la boue. Neunœil se précipita sur elle et lui administra plusieurs coups de crosse. Eloïse n'y put tenir.

— Lâchez-la, sale brute ! cria-t-elle, se ruant sur le gardien.

Il se retourna vers elle. Son œil unique brillait d'une joie mauvaise. Il l'insulta ; lui cracha au visage avant de l'entraîner vers la cour. Eloïse, tête droite, marcha vers le poteau, soutenue par les cris d'encouragement de ses compagnes. Elle connaissait à l'avance le châtiment qui l'attendait. Jusqu'à présent seuls des hommes se l'étaient vu infliger.

Un poteau se dressait au centre de la cour. Le garde obligea Eloïse à monter sur une pierre haute d'une vingtaine de centimètres et à s'adosser au poteau. Un *Feldwebel* s'approcha et lui lia solidement les bras en arrière. Neunœil donna un coup de botte dans la pierre, la faisant rouler en arrière. Eloïse se retrouva suspendue, tout son poids reposant sur ses bras.

« Je tiendrai bon », se répéta-t-elle, tandis que la douleur de ses bras meurtris lui montait au cœur. Elle apercevait ses camarades qui assistaient à la scène. Cela faisait partie de la sanction. Neunœil croyait beaucoup aux vertus de l'exemple. Pendue à son poteau, Eloïse se remémorait ses courses dans la forêt, les nuits passées à la belle étoile en compagnie de Rousseau, ses rendez-vous avec Clément... En règle générale, la punition ne devait pas dépasser une heure. Elle s'appliqua à compter jusqu'à soixante ; recommença. Ses bras lui faisaient horriblement mal. Elle savait, cependant, qu'elle devait rester le plus possible immobile, pour ne pas faire entrer les liens plus profondément dans ses chairs. Elle eut beau compter le plus lentement possible, plus d'une heure s'écoula. Elle sentait son visage se congestionner, elle manquait d'air. Pas question, pourtant, d'implorer son bourreau qui arpentait la cour. Elle ne parvenait plus à voir clairement, le sang ne circulait plus dans ses veines. Elle aperçut Alice qui gesticulait ; il lui sembla l'entendre apostropher Neunœil. Elle faillit s'évanouir lorsqu'on la détacha.

Alice et Marie, une habitante de Balan, se précipitèrent pour la soutenir. Elle jeta un dernier regard chargé de défi au garde.

« Mon vieux Scipion, si tu me voyais... tu serais peut-être bien fier de moi », pensa-t-elle avant de se laisser tomber sur sa paillasse.

34

1918

Plus rien ne serait pareil, songea Eloïse en grimpant le raidillon menant à la Croix-Haute. Elle manquait de souffle, même si elle peinait à se l'avouer. Ses compagnes et elle venaient de rentrer au pays après six mois de détention au camp de Holzminden. Le tout orchestré sans tapage, comme si l'occupant s'était demandé pour quelle obscure raison il avait déporté ces femmes. Une amitié indéfectible l'unissait à Alice et à Léonie. Leur groupe avait résisté au froid, à la faim, au manque d'hygiène. Elles rentraient épuisées, cependant, et se sentaient comme... diminuées.

En descendant sur le quai de la gare de Château-Regnault, Eloïse avait éprouvé un étrange sentiment d'irréalité. Sentiment partagé par nombre de ses compagnes qui se serraient les unes contre les autres.

Elles retrouvaient leur pays, pourtant, mais la plupart ignoraient tout de leurs proches. La guerre, l'occupation, avaient dispersé les familles.

En se hâtant vers la Croix-Haute, Eloïse se tourmentait. Qui allait-elle y trouver ? En même temps, elle ne pouvait s'empêcher de humer l'air de juillet chargé de langueur, de contempler avec une sorte d'avidité les collines boisées, d'un vert profond, qui lui avaient tant manqué. Elle était *chez elle.*

Une animation inhabituelle régnait dans la cour de la maison forestière. Manfred, l'ordonnance du capitaine Stolz, s'agitait en tous sens en hurlant des ordres contradictoires. Le regard dont il gratifia Eloïse lui prouva, s'il en était besoin, que ses six mois de captivité l'avaient profondément marquée. Ce que lui confirma quelques instants plus tard, le gémissement de Viviane :

— Ma pauvre petite ! Te voilà bien arrangée !

— Je suis là, c'est le principal, répondit paisiblement Eloïse.

Elle était soulagée de retrouver la vieille femme, certes un peu plus voûtée, mais encore vaillante. Vincent, fidèle à ses habitudes, était assis devant la cheminée.

— Assieds-toi, s'empressa Viviane, j'ai de l'eau bien fraîche... par cette chaleur.

Ses yeux brillaient. Eloïse posa la main sur son poignet.

— Viviane, vous avez des nouvelles de Clément. Dites-moi vite...

La gouvernante s'assit à son tour. Ses mains tremblaient. Elle se mit à expliquer qu'il y avait du bon et du mauvais. Le mauvais serait vite dit... Félix était mort. Le docteur Richard avait lu son nom dans *La Gazette des Ardennes* et était monté en informer Viviane. La vielle femme n'avait pas réussi à pleurer.

— Imagines-tu ça ? dit-elle à Eloïse. Pour moi, c'est quasi comme s'il était mort depuis l'année 1914. Je l'ai aimé, pourtant, ce gamin, mais il y avait quelque chose en lui qui me glaçait. Tout comme sa mère...

Eloïse soupira. Elle ne connaissait pas vraiment Félix Descharmes mais songeait à Clément. Elle comprenait ce que Viviane voulait dire. Clément, d'ailleurs, lui avait déjà fait part de ses difficultés à communiquer avec son fils. Viviane posa les mains sur la table.

— Et tu ne sais pas... Figure-toi qu'un otage de retour à Charleville a parlé de Clément. Oui, ma belle, notre Clément ! Il était vivant en juin, il se trouvait dans un camp dont je n'ai pas compris le nom, plus loin que la Pologne...

Elle vit Eloïse pâlir atrocement.

— Ce ne serait pas Milejgany ?

Viviane fronça les sourcils.

— Ça y ressemble fort, en tout cas. Un nom bizarre comme ça.

Elle s'affola devant le trouble manifeste de sa visiteuse. Eloïse se reprit très vite. Il se disait tant de choses... elle avait côtoyé au cours des derniers jours passés au camp d'Holzminden des prisonniers en transit, arrivant de Lituanie, plus précisément de Milejgany. Leurs récits décrivaient des conditions de détention épouvantables et un important taux de mortalité.

— Je ne sais plus, mentit Eloïse.

L'irruption de Manfred dans la cuisine la dispensa d'inventer une quelconque excuse. Son capitaine recevait, il manquait d'alcool. Viviane avait peut-être... ?

— Plus rien, grommela la vieille femme. Tout est

parti, même l'eau-de-vie de l'année de naissance de Clément.

Vincent approuva.

— Et comment ! Je dois boire mon jus de chicorée sans gnôle pour le réchauffer !

L'Allemand avait fait diversion. Viviane sourit à Eloïse.

— Tu verras... La guerre sera bientôt finie. Tu retrouveras ta fille et Clément reviendra. L'espoir, petite... C'est ce qui nous permet de garder la tête hors de l'eau.

La fatigue terrassa Eloïse d'un coup. En elle s'entremêlaient les souvenirs du camp, la mort de Noël, ses étreintes passionnées avec Clément. Elle laissa retomber sa tête contre la table. L'épuisement, le souci, avaient raison d'elle. Viviane l'entraîna vers la chambre qu'elle s'était installée dans l'ancienne lingerie, afin de ne plus avoir d'étage à monter. Elle l'aida à s'allonger sur le lit étroit. Un luxe, après tous ces mois passés dans la vermine !

Lorsqu'elle regagna la cuisine, Vincent soupirait en contemplant le parc dont la plupart des arbres avaient été abattus pour chauffer les appartements réquisitionnés par l'ennemi.

— Tous ces jeunes sacrifiés, marmonnait-il. Et nous... pourquoi sommes-nous encore en vie ?

— Il faut croire que nous avons notre utilité ! répliqua vivement Viviane. Ne vous mangez pas la rate, Vincent. Nous avons assez de soucis comme ça.

Chaque jour, de nouveaux trains de blessés en provenance de Charleville transitaient par la vallée de la

Meuse. Il y avait comme un avant-goût de défaite dans ces mouvements de troupes qui évoquaient une retraite. Les Allemands ne faisaient pas preuve d'une plus grande humanité pour autant. Les réquisitions se poursuivaient, ainsi que le pillage des biens industriels et privés. A peine rentrée à la ferme, Eloïse dut subir une nouvelle perquisition au cours de laquelle le peu de vaisselle qui lui restait fut confisqué. Les jours suivants, la Croix-Haute fut transformée en lazaret, et ce malgré l'opposition farouche de Viviane. Des soldats aux yeux creux, au visage émacié, s'installèrent dans la maison forestière. Viviane tenta bien de les chasser à coups de balai mais elle n'était pas de taille. Le médecin, un homme d'une soixantaine d'années au regard las, lui ôta son arme improvisée sans brutalité.

« Ces blessés ont souffert, eux aussi, lui dit-il dans un français châtié. D'ailleurs, la guerre sera bientôt finie. »

André l'affirmait également. Les personnes réfugiées du Nord et de l'Aisne, qui arrivaient par vagues successives, confirmaient les formidables revers des Allemands. Les Alliés triomphaient, pour la première fois l'ennemi reculait. L'espoir montait, comme une houle.

Inlassablement, Eloïse aidait le docteur Richard à soigner les réfugiés dénutris, aux pieds en sang. Elle tentait de glaner des informations sur les camps de prisonniers situés en Lituanie. On haussait les épaules. N'avait-on pas déjà assez à faire sur place ?

Les Ardennes étaient exsangues. L'ennemi avait tout emporté. Il flottait une atmosphère de fin de règne, l'impression que tout était possible, le meilleur comme le pire.

Viviane finit par céder aux instances d'Eloïse et descendit s'installer à la ferme. Elle ne supportait plus de croiser les uniformes détestés dans les couloirs de la Croix-Haute ni d'assister au va-et-vient des camions amenant chaque jour de nouveaux blessés.

« Je pense trop à mon Clément, confia-t-elle à Eloïse. Je voudrais tuer tous ces maudits. »

Eloïse, perplexe, se disait que les soldats blessés n'étaient pas forcément responsables des souffrances des Ardennais. L'état-major, les haines, la peur même, avaient mis en marche une formidable machine à broyer les hommes et les femmes. Vincent s'affaiblissait doucement. Il tiendrait bon, affirmait-il, au moins jusqu'à la paix. La paix... C'était un mot magique, chargé d'espérance, qu'on se répétait comme une incantation.

Le 25 septembre à onze heures du soir, le grondement caractéristique du canon se mit en branle, en provenance du sud.

« Ecoutez ! fit Vincent, les yeux brillants, ils se rapprochent. »

Les jours suivants, le trafic des trains venant d'Allemagne s'intensifia. Les soldats partaient vers le front de Champagne le désespoir au cœur.

« Le monde entier est contre nous », remarqua l'un deux, qui avait demandé l'hospitalité à Eloïse en compagnie de trois camarades. Ils acceptèrent de dormir dans les écuries, parlèrent, un peu, de ce qui se passait dans leur pays. La révolution grondait. A les entendre, les jours de l'empereur étaient comptés. « Trop de souffrances », disaient-ils et, même si Eloïse et Viviane refusaient de s'apitoyer sur leur sort, elles ne pouvaient s'empêcher de comprendre ce qu'ils éprouvaient.

Les événements se précipitèrent en octobre. Partout, les Allemands reculaient face à la force des Alliés.

Début novembre, tandis que le canon tonnait encore et que les incendies ravageant la citadelle de Mézières faisaient exploser un feu d'artifice sanglant, la retraite ennemie s'accéléra.

« Regardez-moi cette déroute », remarquait Vincent, sorti pour l'occasion sur le seuil de la ferme en se cramponnant à sa canne.

L'armée si longtemps victorieuse abandonnait derrière elle des chevaux morts, des voitures ayant rendu l'âme, des trains de marchandises bloqués, des casques, des canons, des fusils même, comme s'ils ne voulaient plus entendre parler de cette maudite guerre qui n'en finissait pas.

Eloïse, descendue chez André, à Monthermé, assista à la débâcle le cœur lourd. Les Allemands avaient tout pris aux Ardennais, les destructions étaient incalculables. Surtout, elle avait le sentiment que sa forêt avait été violée par tous les camps de bûcheronnage qui avaient abattu les arbres sans discernement. Longtemps auparavant, elle avait couru les bois en compagnie de Clément. Elle avait appris de lui l'importance qu'il fallait accorder au choix des coupes, afin de ne pas détruire le patrimoine forestier. Les Allemands avaient tout gâché.

Le 11 novembre, à onze heures, lorsque retentit le clairon annonçant la fin tant attendue des combats, Eloïse se mit à pleurer sous les regards étonnés de Viviane et de Vincent.

— Je vais pouvoir aller chercher ma fille, dit-elle simplement.

Elle se mit en route dès le lendemain, malgré toutes les mises en garde qu'on lui opposa. Elle connaissait les chemins ; elle n'avait pas peur de l'armée allemande en déroute qui se pressait vers le nord. Elle n'eut pas besoin de se rendre à Bruxelles. Elle retrouva Laure à Namur, chez des amis communs, les Claret. Mère et fille se donnèrent l'accolade. Laure était redevenue elle-même. Il émanait d'elle un bonheur paisible qui fit tout de suite deviner la vérité à Eloïse.

— J'attends un petit, lui confirma Laure.

Sa mère lui sourit.

— Antoine va bien ? Je suis heureuse pour vous, chérie.

Il leur fallut plusieurs jours pour regagner la ferme. Les Ardennes étaient dans un état pitoyable.

— Nous n'avons plus qu'à retrousser nos manches pour relever le pays, murmura Laure. Il paraît qu'ils ont tout détruit à Mézières juste avant de lever le camp...

Eloïse ne répondit rien. Elle songeait à Clément.

L'homme au visage creusé, mangé par la barbe, au corps amaigri, respira mieux dès qu'il aperçut les méandres de la Meuse. Il était descendu du train de rapatriés à Charleville, il n'en pouvait plus de supporter la promiscuité avec ses camarades de misère. Ils lui renvoyaient une image de lui-même qu'il avait de la peine à accepter. Dans sa tête se bousculaient les souvenirs de l'enfer vécu au cours des derniers mois. Il était arrivé à Milejgany après un voyage épuisant de six jours et six nuits dans des wagons de troisième classe dépourvus de chauffage en plein mois de janvier.

La température extérieure devait avoisiner les moins vingt degrés. Clément et ses compagnons avaient marché plus de sept kilomètres dans le froid glacial, sous des rafales de vent et des tourbillons de neige, avant d'atteindre un grand corps de ferme cerné de fils de fer barbelés.

« Milejgany, terminus, tout le monde descend ! » avait lancé Pierrot, un Parisien.

En Lituanie, ils avaient souffert de la faim, du froid et de conditions sanitaires effroyables. Clément avait dû à sa constitution robuste de résister. Il se sentait vieux. Le corps usé.

Il se redressa ; rejeta ses épaules en arrière lorsqu'il foula le sol de sa forêt. La pluie tombée en abondance au cours des dernières semaines avait transformé les chemins en bourbiers. Peu lui importait. C'était la terre de son pays qui collait désormais à ses semelles usées, chassant la boue de Lituanie.

Il marqua une hésitation en atteignant le calvaire ; bifurqua à gauche, vers le Chêne à l'Image. Il tenait à saluer d'abord le vieil arbre, pour être certain de la réalité de son retour. Chacun de ses pas ravivait en lui des souvenirs enfouis dans sa mémoire. Durant les nuits interminables de Milejgany, quand ses camarades et lui se serraient les uns contre les autres pour tenter de résister au froid, il avait arpenté sa forêt dans sa tête, humé ce parfum de sous-bois, humus, fumée froide, champignons mêlés, parcouru le trait de griverie et guetté le passage des roussettes.

Il avait revécu chacune de ses rencontres avec Eloïse. Au point qu'il imaginait l'apercevoir, là-haut, près du vieux chêne.

Il pressa le pas en apercevant un pan d'étoffe rouge. La silhouette qui se tenait bien droite au pied de l'arbre lui était familière.

Eloïse soutint son regard.

— Tu vois... je t'attendais, dit-elle simplement.

Mohican, la queue en panache, s'engageait déjà sur le chemin menant à la Croix-Haute.

Enlacé, le couple le suivit.

REMERCIEMENTS

Qu'il me soit permis de remercier d'abord mon « clan », qui supporte sans trop broncher mes doutes et mes angoisses durant mon travail d'écriture.

Mon mari et ma fille, mes meilleurs soutiens ; ma mère, ma fidèle secrétaire depuis des lustres ; mon père, mon premier lecteur.

Elise, qui m'a convaincue de me lancer dans l'écriture de romans ; Marie-Delphine, qui me dispense sans compter conseils amicaux et encouragements depuis l'époque déjà lointaine où elle était ma rédactrice en chef ; Michèle et Michel, Myriam, Jocelyne et Jean qui ont effectué pour moi un patient travail de documentaliste, m'ont grandement aidée dans mes recherches tout au long de mon cheminement.

Je tiens aussi à exprimer toute ma reconnaissance au personnel de la bibliothèque centrale de Charleville-Mézières, à celui des archives départementales des Ardennes et à Martine et Florence, de la librairie Rimbaud de Charleville-Mézières, qui m'ont permis de « dénicher » une grande partie de ma documentation.

Merci à Alice, à Noël et à tous ceux qui, par le biais

d'une simple phrase ou d'un témoignage, m'ont permis de donner une âme à mes personnages.

Un grand, grand merci à Jeannine, Martine, Carole, Gladys, Vincent... et à toute l'équipe des Presses de la Cité. Sans leur confiance, mon *Bois de lune* n'aurait pas vu le jour.

Merci, enfin, à Thibault qui a gentiment « tapé » mon synopsis alors que j'étais immobilisée. Le premier, il m'a dit qu'il avait envie de lire mon roman terminé et ça, pour un auteur, c'est un fameux cadeau !

PRODUCTION JEANNINE BALLAND
Romans « Terres de France »

Jean Anglade
Un parrain de cendre
Le Jardin de Mercure
Y a pas d'bon Dieu
La Soupe à la fourchette
Un lit d'aubépine
La Maîtresse au piquet
Le Saintier
Le Grillon vert
La Fille aux orages
Un souper de neige
Les Puysatiers
Dans le secret des roseaux
Sylvie Anne
Mélie de Sept-Vents
Le Secret des chênes
La Couze
Ciel d'orage sur Donzenac
Jean-Jacques Antier
Autant en apporte la mer
Marie-Paul Armand
La Poussière des corons
La Courée
tome I *La Courée*
tome II *Louise*
tome III *Benoît*
La Maîtresse d'école
La Cense aux alouettes
Nouvelles du Nord
L'Enfance perdue
Un bouquet de dentelle
Françoise Bourdon
La Forge au Loup
La Cour aux Paons
Annie Bruel
La Colline des contrebandiers
Le Mas des oliviers
Les Géants de pierre
Marie-Marseille
Jean du Casteloun
Michel Caffier
Le Hameau des mirabelliers
La Péniche Saint-Nicolas
Les Enfants du Flot
Jean-Pierre Chabrol
La Banquise
Alice Collignon
Un parfum de cuir
Didier Cornaille
Les Labours d'hiver
Les Terres abandonnées
La Croix de Fourche
Etrangers à la terre
L'Héritage de Ludovic Grollier
L'Alambic
Georges Coulonges
Les Terres gelées
La Fête des écoles
La Madelon de l'an 40
L'Enfant sous les étoiles
Les Flammes de la Liberté
Ma communale avait raison
Les blés deviennent paille
L'Eté du grand bonheur
Des amants de porcelaine
Le Pays des tomates plates
La Terre et le Moulin
Yves Courrière
Les Aubarède
Anne Courtillé
Les Dames de Clermont
Florine
Dieu le veult
Les Messieurs de Clermont
L'Arbre des dames
Le Secret du chat-huant
Annie Degroote
La Kermesse du diable
Le Cœur en Flandre
L'Oubliée de Salperwick
Les Filles du Houtland
Le Moulin de la Dérobade
Les Silences du maître drapier
Alain Dubos
Les Seigneurs de la haute lande
La Palombe noire
La Sève et la Cendre
Le Secret du docteur Lescat
Elise Fischer
Trois Reines pour une couronne
Les Alliances de cristal

Alain Gandy
Adieu capitaine
Un sombre été à Chaluzac
L'Enigme de Ravejouls
Les Frères Delgayroux
Les Corneilles de Toulonjac
L'Affaire Combes
Les Polonaises de Cransac
Le Nœud d'anguilles
Gérard Georges
La promesse d'un jour d'été
Michel Hérubel
La Maison Gelder
La Falaise bleue
Tempête sur Ouessant
Le Démon des brumes
Denis Humbert
La Malvialle
Un si joli village
La Rouvraie
La Dent du loup
L'Arbre à poules
Les Demi-Frères
La Dernière Vague
Yves Jacob
Marie sans terre
Hervé Jaouen
Que ma terre demeure
Jean-Pierre Leclerc
Les Années de pierre
La Rouge Batelière
Louis-Jacques Liandier
Les Gens de Bois-sur-Lyre
Les Racines de l'espérance
Jean-Paul Malaval
Le Domaine de Rocheveyre
Les Vignerons de Chantegrêle
Jours de colère à Malpertuis
Quai des Chartrons
Les Compagnons de Maletaverne
Dominique Marny
A l'ombre des amandiers
La Rose des Vents
Louis Muron
Le Chant des canuts
Henry Noullet
La Falourde
La Destalounade
Bonencontre
Le Destin de Bérengère Fayol
Le Mensonge d'Adeline
Frédéric Pons
Les Troupeaux du diable
Les Soleils de l'Adour
Jean Siccardi
Le Bois des Malines
Les Roses rouges de décembre
Le Bâtisseur de chapelles
Jean-Michel Thibaux
La Bastide blanche
Le Secret de Magali
La Fille de la garrigue
Le Roman de Cléopâtre
La Colère du mistral
L'Homme qui habillait les mariées
La Gasparine
L'Or des collines
Jean-Max Tixier
Le Crime des Hautes Terres
La Fiancée du santonnier
Brigitte Varel
Un village pourtant si tranquille
Les Yeux de Manon
Emma
L'Enfant traqué
Le Chemin de Jean
L'Enfant du Trièves
Colette Vlérick
La Fille du goémonier
Le Brodeur de Pont-l'Abbé
La Marée du soir
Le Blé noir

Collection « Sud Lointain »

Jean-Jacques Antier
Le Rendez-vous de Marie-Galante
Marie-Galante, la Liberté ou la Mort
Erwan Bergot
Les Marches vers la gloire
Sud lointain
tome I *Le Courrier de Saigon*
tome II *La Rivière des parfums*
tome III *Le Maître de Bao-Tan*
Rendez-vous à Vera-Cruz
Mourir au Laos
Jean Bertolino
Chaman
Paul Couturiau
Le Paravent de soie rouge
Le Paravent déchiré
Alain Dubos
Acadie, terre promise
Hervé Jaouen
L'Adieu au Connemara
Dominique Marny
Du côté de Pondichéry
Les Nuits du Caire
Juliette Morillot
Les Orchidées rouges de Shanghai
Michel Peyramaure
Les Tambours sauvages
Pacifique Sud
Louisiana
Jean-Michel Thibaux
La Fille de Panamá

Romans

Alain Gandy
Quand la Légion écrivait sa légende
Hubert Huertas
Nous jouerons quand même ensemble
La Passagère de la « Struma »
Michel Peyramaure
Le Roman de Catherine de Médicis

Impression réalisée sur CAMERON par

BUSSIÈRE CAMEDAN IMPRIMERIES

GROUPE CPI

à Saint-Amand-Montrond (Cher)
en juin 2003

Mise en pages : Bussière

N° d'édition : 7071. — N° d'impression : 032820/1.
Dépôt légal : mars 2003.

Imprimé en France